# EL
# CAMINO
# OLVIDADO

JOSE GIL ROMERO    EL    GORETTI IRISARRI

# CAMINO OLVIDADO

1493. Un viejo mapa señala dónde encontrar
el Árbol perdido del Paraíso.

Editado por HarperCollins Ibérica, S. A.
Avenida de Burgos, 8B - Planta 18
28036 Madrid

El camino olvidado
© Jose Gil y Goretti Irisarri, 2024
Derechos cedidos a través de Bookbank Agencia Literaria
© 2024, para esta edición HarperCollins Ibérica, S. A.

Diseño de cubierta: CalderónSTUDIO®
Imágenes de cubierta: Shutterstock

ISBN: 978-84-1064-002-3
Depósito legal: M-5257-2024
Impreso en España por: BLACK PRINT

MIXTO
Papel procedente de
fuentes responsables
FSC
www.fsc.org    FSC® C159065

*A José Berlanga, admirable como pocos.*
J. G. R.


*A mi querido tío Miguel, un hombre bueno.* In memoriam.
G. I.

*Parece todo una tempestad petrificada, pero una tempestad de fuego, de lava, más que de agua.*

Miguel de Unamuno a la vista del paisaje grancanario

*Dios es testigo de que yo no he traspasado una jota los términos de la verdad.*

Final de la carta del Dr. Diego Álvarez Chanca al cabildo de Sevilla sobre el segundo viaje de Cristóbal Colón, 1493

*¿Y qué será ahora de nosotros sin bárbaros?*

Konstantínos Kaváfis, «Esperando a los bárbaros»

# PRIMERA PARTE: *TERRA COGNITA*

## *Nápoles, Cádiz, La Gran Canaria*

*Mi Señor, tengo noticias importantes para Vos.*

*Quiso el Cielo que esta mañana me encontrara con un antiguo amigo, capitán de mercante, al que hace tiempo que yo no veía.*

*Hablando de esto y de lo otro, vino a mencionar que, hará un año, se cruzó aquí, en el puerto de Cádiz, con cierto caballero, toco madera doce veces y rezo al arcángel Miguel para que nos proteja. «Vi a Conrado Racú», me dijo mi amigo. «¿A Racú? —respondí yo, asombrado—. No es posible, a no ser que vieras a un aparecido del Infierno. Ese condenado criminal murió ahogado en Nápoles». «Era Racú, te digo —replicó mi amigo—. No había mirada como la suya. Todos lo daríais por muerto, pero te aseguro que camina y respira como el que más, el puto de él, que Dios lo confunda. Y vestía además de rico terciopelo negro, que daba gloria verlo».*

*De modo que con toda diligencia así os lo aviso, Mi Señor, para que toméis las medidas que Vuestra Merced considere. Ármense los hombres y corran los niños a esconderse: Conrado Racú está vivo.*

# DE CÓMO EMPEZÓ ESTA
## AVENTURA, MÁS O MENOS

## 1

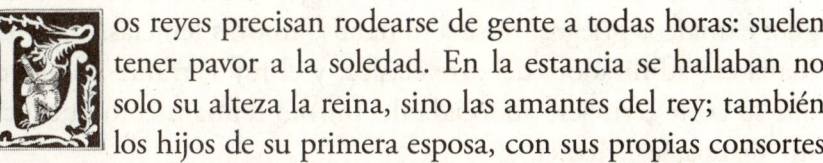

os reyes precisan rodearse de gente a todas horas: suelen tener pavor a la soledad. En la estancia se hallaban no solo su alteza la reina, sino las amantes del rey; también los hijos de su primera esposa, con sus propias consortes y respectivas entretenidas; los pequeños infantes de la segunda esposa; el canciller, capitanes y *assentisti*, damas de Aragón confidentes de la reina… Gente toda, en fin, muy próxima a mis señores los reyes; aquellos de confianza con quienes sus majestades comparten divertimentos, y en ocasiones la cama. Total, medio Nápoles.

Yo llegaba tarde al llamado del rey Ferrante, era agosto y el sol me había perlado de sudor la frente. La villa Poggio Reale, refugio veraniego de la corte, se encontraba alejada de la ciudad y había resultado un capricho carísimo; a tal punto se había construido a imitación del gusto de los Medici que se pidió a Lorenzo *il Magnifico* que desde Florencia enviase a sus arquitectos. Un entramado de columnas corría alrededor del gran patio central, que podía inundarse de agua al modo de un estanque, para maravilla de los invitados.

A la entrada del salón, en tanto me aseaba en una palangana con agua de olor que trajo un criado, el reflejo me devolvió la imagen de un cuarentón avejentado para su edad, de pelo muy corto; delgado de más; pobladas las cejas, bien negras. Larga la nariz, de águila, rota una vez en el puente. Crecida la barba cual era mi costumbre, y oscura, pero conquistada en muchas zonas por las canas.

En el salón declamaba un joven, con voz de orador:

—¡Un tremebundo sobrecogimiento sacudió mi corazón nada más descubrir aquella grieta! ¡Salía por ella un frío que daba espanto, *signore*, como del averno!

Al verme entrar en la sala, al orador se le encendieron los ojos como teas: aquel muchacho sin duda conocía de mi fama; de haber podido me hubiera transformado en ratón, como dicen que hacía el mago Merlín a sus enemigos. Pero este joven no era ningún hechicero, sino vulgar cazador de antigüedades.

Eran muchos los que acudían a Poggio Reale a vender arte antiguo: camafeos griegos, bustos romanos, ánforas fenicias… La reina Juana era admiradora del arte clásico, y el rey Ferrante soñaba con que su corte estuviese adornada del mismo refinamiento que lucían sus aliados, los Medici.

El joven orador continuaba, muy teatral:

—¡Cómo hedía la dicha grieta!, me perdonen las gentiles damas, no pocos animales tenían hecha allí su letrina. ¡Es seguro que aquello llevaba cien años enterrado, desde los césares! ¿Dije cien? Me excusen vuesas señorías, quise mejor decir mil. ¡Cien mil años!

La reina subía y bajaba en el dedo sus anillos, con mucha gana de ver lo que había traído consigo aquel cazador de tesoros y que aguardaba sobre una mesita, oculto bajo sedosa tela.

El rey Ferrante, sentado al fondo, me miró al fin, con esa mezcla de ironía y hastío que es paradigma de buen gusto en los salones napolitanos. Brindé una graciosa reverencia al amo de todo lo que alcanzaba mi vista, Ferdinando I di Napoli y Seçilia, el rey Ferrante, hijo bastardo de Alfonso el Magnánimo.

El rey vestía una camisa de lino azul como quien está en familia, haciéndonos así una merced de confianza. No pudiera decirse del bastardo rey Ferrante ni de ninguno de sus vástagos que fuera dechado de elegancia. Y maldita la falta que le hacía, en todo caso: tenía oro.

Oro para comprar arte clásico y regalárselo a su mujer; oro para comprar prestigio.

Hizo el joven una pausa dramática:

—En aquella cueva, magníficos *signorii*, alteza reverendísima, se hallaba enterrada una obra de arte única, perdida desde hace varias eras. Y eso es lo que aquí os ofrezco, en efecto, para vuestro disfrute.

Señaló con la palma de su mano el objeto tapado por la tela y susurró con voz embaucadora:

—Si es que, a cambio de poseer semejante maravilla, aceptáis pagar una cierta cantidad.

Nada más escuchar el considerable monto que pedía hubo cierto murmullo alrededor de la sala.

El charlatán retiró la tela, como quien descubre el resultado de un truco de magia. La corte toda quiso aproximarse, pero los detuvo un bufido: el rey, que andaba devorando unas brevas, dijo con voz grave, señalándome:

—Primero Fernando.

Di un paso al frente.

A mi caminar se fueron apartando condes y marqueses arruinados, familiares gorrones, gentileshombres y amantes. Me acerqué con mesura, no se trataba de ir a la prisa; observaba la pieza como quien domestica un lobo, ganándole la confianza.

## 2

Lo que encontré sobre la mesa era una escultura de arcilla ejecutada con singular arte; tendría el tamaño de un brazo y representaba a una mujer joven que dormía desnuda, de lado e inclinada hacia el lecho. Su redondez y carnosidad eran de ver, que parecía una hembra sacada de la naturaleza.

Al voltearla no pude por menos que mostrar mi sorpresa.

—¿*Hermaphroditós*? —pregunté.

El joven orador, el llamado Torrigiano, asintió.

La figura desnuda mostraba una verga junto al nacimiento del muslo. El contraste con aquellos pechos de hembra hacía que la vista deambulase insegura de los unos a la otra, sin saber qué carta pudiera ser la acertada.

La corte entera me observaba, atenta al dictamen. Era llegado el momento de hacer mi trabajo; y a la dicha encomienda entregué mi saber.

Acerqué la nariz a la imagen y la olí. Humedecí el dedo en saliva y lo pasé por la figurilla para luego devolverlo a mi boca. A fin de examinar de cerca la figura, extraje de mi túnica un cristal que agranda los detalles. Mirando a través de él se me escaparon un par de gruñidos de satisfacción.

Concluido mi examen, guardé el cristal de aumento y me giré hacia el joven.

—¿Eres tú, por ventura, muchacho, el autor de esta… falsificación?

## 3

Una exclamación de sorpresa corrió de boca en boca a lo largo de la sala. El joven Torrigiano afectó indignación.

—¿Falsificación, decís, *signore*? ¡Juro que la obra se trata de una antigüedad verdadera de la inconmensurable Roma clásica!

—Ah, lo juras —repliqué muy divertido.

—¡Lo juro y lo perjuro!

—¡Silencio, coño! —tronó la voz del rey; el eco recorrió varias salas de Poggio Reale.

De malísimo humor, su majestad me señaló con el dedo.

—Habla —dijo.

Y vaya si hablé.

—Ni el olor ni el gusto de esta talla son antiguos. Su autor la hizo primero y luego la enterró en algún barro de vid. Pero unos solos días bajo la tierra no dan el color y el olor característico que infunden quince siglos.

Señalé al petulante y añadí:

18

—Has querido hacer pasar por antigüedad, joven amigo, lo que no es sino obra recientísima.

Como quien sale de entre bambalinas, de detrás del ganapán dio paso al frente un compañero, tan joven como él; tenía el gesto adusto, y una chepa le coronaba la espalda. La nariz la llevaba aplastada, como rota en peleas de taberna.

—El tasador tiene razón, señoría —dijo con tanta resolución como dignidad—: no se trata de ninguna antigüedad. La talla es obra mía.

La corte entera quedó de piedra; su compañero no acertaba a cerrar la boca, tenía la tez muy sin sangre.

Se alzó el furioso rey Ferrante, decidido a darles a estos estafadores tantos azotes como ducados habían pedido, mas intervine yo enseguida:

—Esperad, *signore* mío, os lo ruego.

Callaron todos, aguardando; y me dirigí al joven huraño.

—Tú. Acércate.

Así lo hizo el bruto de la chepa, se plantó ante mí. Llevaba el pelo sucio y muy rizado; a fe que no podía decirse de él que fuera agraciado, le mecían los ojos dos bolsas y estaba tan flaco que recordaba a un pellejo relleno de huesos. Mas donde su compañero había arrugado el hocico y ahora no se atrevía a respirar, este, en cambio, se erguía ante mí con fiereza. Tenía los ojos de un demente.

Pregunté:

—¿Cómo te llamas y de dónde vienes?

—Mi nombre es Michelangelo Buonarroti, señoría —respondió—; de Caprese.

—Enséñame las manos, Michelangelo.

Obedeció. Dio a ver las manos de un campesino; recias, callosas, acostumbradas a trabajar o a picar piedra. Eran tan toscos su mirada, sus andares y sus gestos, tan rudo al hablar que más pareciera pastor de ovejas que escultor.

—¿Quién te ha enseñado a modelar así la arcilla?

Intervino el otro joven, remordido:

—Somos aprendices, señoría. Hemos estudiado con el maestro Ghirlandaio; y con Bertoldo di Giovanni, también.

—No me ha enseñado nadie —corrigió el tal Michelangelo, muy serio—. Es Dios quien esculpe a través de mis manos.

Reconozco que me divertía, tal soberbia en un muchacho.

Sorprendí a la reina Juana examinando la figura con deleite, muy admirada. Era tal la maestría con la que estaba modelada que obligaba a la luz a detenerse, dándole tal rubor a las venas de arcilla que podía confundirse con el latir de la vida.

—La talla… —señalé—, me atrevería a decir que, aun no siendo antigua, agrada a su majestad, la reina. Y con razón, mi señor —concluí en dirección al rey—. El amigo Michelangelo tiene tanto mundo como un burro de molino y es sin duda un truhan; mas una cosa es segura: Dios gusta de usar a este bruto para modelar el barro.

Hinchó el pecho el joven capresano, muy envanecido, quedándose con los aprecios y desatendiendo los descréditos.

El rey Ferrante contempló al *Hermaphroditós* con ojos de quien ya prepara la bolsa.

—¿Y cuánto estimáis, Fernando, que pueda valer esta arcilla?

—No es fácil encontrar un acabado de tanta pericia —contesté mirando la figura; e hice al fin mi tasa—: La tercera parte de cuanto os pidieron. Menos un sexto que será para mí, por la embajada.

La reina miró a su marido; y Ferrante, tras un momento en que parecía pensárselo, accedió al fin con un leve asentimiento.

Aplaudió entusiasta la corte entera, y exhaló un suspiro el joven Torrigiano, viéndose libre de los azotes. El tal Michelangelo no parecía contento, sin embargo: estimaba que su obra valía más.

—¿Creéis, Fernando —me dijo el rey por lo bajo—, que esta obrita del tal Michelangelo llegará un día a valer algo?

—No me cabe la menor duda, *signoria*.

Los tunantes recibieron una bolsa con monedas y salieron al fin; iba el bruto muy contrariado. Supe que estos dos muchachos peregrinaban por el país a la busca de sustento tras la muerte de su protector, Lorenzo el Magnífico, pese a que eran en realidad acérrimos enemigos entre sí: el tal Torrigiano le había aplastado la nariz de una pedrada al Buonarroti.

4

Era la hora de los juegos de tarde: damas y príncipes se encaminaron hacia el jardín mayor, orgullo verdadero de Poggio Reale. El rey Ferrante se había traído de Florencia a los mejores artistas jardineros para diseñar paisajes en miniatura de aromáticos frutales y bosquecillos moriscos al modo de Valencia, con exóticas palmas, bajo cuyas ramas se calentaban al sol Apolos y Dianas en mármol.

Me fui retirando mientras todos salían y acabé por refugiarme en la penumbra del salón, donde pude dar rienda suelta a un larguísimo bostezo.

—¿Bostezáis como un hurón, Fernando?

Incliné la cabeza hacia la reina Juana, que acudía también al jardín. Ella, sonriendo, me dedicaba aquella mirada suya, penetrante.

—Nada os proporciona ya diversión —añadió—. Tened cuidado: eso es que estáis envejeciendo.

Sin aguardar mi respuesta se dirigió a las puertas, escoltada por las risas de su eterno séquito de doncellas. No estaba errada: los lujos de la corte napolitana me aburrían; los coqueteos e ingenios que en otra época me habían entretenido, hoy se me aparecían como una *liquirizia* masticada mil veces.

Quedé al fin solo en la enorme estancia.

A través de las puertas entreabiertas vislumbré el cuadro que se me pintaba en el jardín: aquí y allá sorprendían al paseante las fuentes, viajes acuáticos y demás *giochi d'acqua*; los sirvientes repartían entre los invitados dátiles valencianos, agua de limón y pequeñas figuras de animales realizadas en azúcar. El príncipe heredero observaba cómo su hijo y su hermano jugaban al *jeu de paume*, con palas de madera y pelotas de piel de oveja traídas de París. Al fondo, el infante Carlos abrió una llave, escondida entre dos cisnes de hierro, y pequeñas gotas de vapor salpicaron a un grupo de doncellitas, que chillaron estorbándose unas a otras en su huida.

—Mi familia —suspiró una voz a mi espalda.

Todavía le quedaba al rey una breva en la mano, abierta a medio morder, y la contemplaba ensimismado, como quien observa una calavera.

—He cumplido setenta, Fernando, pero tengo los cojones de un toro; todavía puedo dar placer a una esposa de treinta y nueve años. Entre estas y aquellas he reunido dieciocho hijos; y ninguno, ni uno solo, tiene el carácter necesario para sostener esto cuando yo falte. Son débiles, Fernandino.

Echó la vista hacia el exterior.

—*Ah, Napoli, vaffanculo!* —dijo, y escupió una pielecilla de breva en el suelo de mármol.

Mi experiencia en la corte de París o Aragón me había ya enseñado que si un rey despotrica lo mejor es prestar atención a un punto en la distancia y callar.

El rey Ferrante suspiró con largura.

—Sígueme —dijo enseguida—, tengo un encarguito para ti.

## DE CÓMO EL REY FERRANTE ME HACE UN ENCARGO QUE DESBARATA MI VIDA

### 1

Atravesamos varias salas rumbo al ala del oeste, que alojaba las habitaciones del rey.

No era la primera vez que Ferrante me daba paso a sus aposentos privados; siempre me inquietaba traspasar aquellas puertas, pues estaban custodiadas por guardias armados de arcabuz. Yo mismo había sido testigo de que no vacilaban ante una orden del rey: tengo grabado en mi pupila el gesto de asombro del joven conde de Carinola cuando cortaron su garganta. Su cuerpo fue desmembrado y exhibido en las afueras de la muralla. «Nunca me tembló la mano para segar los cuellos de los traidores —me decía a menudo el rey Ferrante—, aunque me suplicaron de rodillas por la vida de sus hijos. Les enseñé a esos estirados, putos todos, que *sí* llevo dentro la Casa de Trastámara. ¡Yo soy su jodido rey, ya pueden acostumbrarse!».

Al cruzar la quinta puerta, cayó sobre nosotros un cuervo: era el físico real, un madrileño llamado Leguineche. Era tenido por sabio en medicina; a mí me producía angustia su tez amarilla y las comisuras de la boca escarbadas hacia abajo, siempre tristes, como si en cada caso esperase lo peor.

—Majestad —dijo Leguineche saliendo al encuentro del rey—, lleváis más de treinta y dos horas *de retraso*. Ello no es bueno. Nada

23

bueno. ¿Habéis comido fruta? —Le tendió un frasquito de líquido ambarino que el rey agarró de mala gana.

—¡Lo que no es bueno es esta bazofia nauseabunda de ciruelas que me haces tragar a todas horas, matasanos!

Un incansable penar de los intestinos venía torturando a su majestad desde hacía meses y el cuervo vivía obcecado en estudiar los excrementos del rey. Había dispuesto allí una pulcra vitrina donde se exhibían las heces de Ferrante cuidadosamente etiquetadas en frasquitos: *Febris dysenterica. Diarrhea. Rehuma ventris. Fluxus cruentus. Flumen dysentericum. Flusso.*

Sonó algo en el real estómago, un gorgoteo.

—¡Ave de mal agüero, largo de aquí! —gritó Ferrante—. ¡Desaparece!

Y volcó de una brazada la vitrina con los frasquitos; vinieron a romperse con estrépito y derramaron su repugnancia en las baldosas. El cuervo, atónito, abrió la boca para dar salida a una protesta, pero a Ferrante le llameaban las pupilas.

—¡Que te vayas donde la furcia de tu madre! ¿Acaso no habla claro el rey?

Se retiró el doctor.

El rostro de Ferrante se tornó lívido; languidecía toda aquella real majestad. No hubo de decirme cuál era el mal que le afligía, no había más que verle: el rey Ferrante I se estaba muriendo.

Estando ya solos él y yo, pregunté:

—¿Os han dicho *cuánto tiempo*?

# 2

—No me da ni un año, este pajarraco —respondió él. Le caían goterones por el cuello—, pese a todas estas porquerías que me hace tragar. Ya es tarde, llevo meses deshaciéndome.

Un retortijón le hizo doblarse y su majestad acudió al asiento real; apenas le dio tiempo de bajarse las calzas.

—Maldita sea la sangre de san Genaro.

Se oyó un grueso ruido en los intestinos del rey y se fue de vientre entero como si descargase un cubo de ponzoña desde las entrañas.

El real asiento, regalo enviado desde Milán por su nieta Ysabel, había sido la comidilla de la corte. Se trataba de un ingenio capaz de mezclar dos partes de agua caliente y una fría, lo que aseguraba una comodidad en las deposiciones. Se le había encargado a un pintor del que yo ya había oído hablar, pues era válido en muchos campos; había venido desde la minúscula Vinci y hoy era artista e inventor muy celebrado.

Al ver que me retiraba discreto hacia la puerta, rugió su majestad:

—¡No he dado permiso para que te vayas! —Y añadió entre retortijones—: Guárdate tus pudores de doncella; quédate. Hemos de hablar —añadió—. Ya te dije que tenía que encargarte una cosa.

El hedor se extendió por la habitación y yo traté de permanecer estoico.

—¿Acaso una tasación para otro regalo que le queréis hacer a Juana?

—No, amigo mío —dijo Ferrante en un hálito—, no es del tasador de quien preciso esta vez, sino… del viejo Fernando.

No hubiera sido peor mentarme al diablo.

## 3

El rey me observó gravísimo, esperando respuesta.

—¿No dices nada?

—¿Qué puedo decir, mi señor, si vos mejor que nadie sabéis que me retiré hace mucho?

Ensombreció el semblante del rey. Hablaba como si temiera pronunciar las palabras.

—Hay un hombre. Un hombre inteligente y peligroso que nos ha traicionado. Tienes que darle caza, Fernando.

Levantó la cara sudorosa y me clavó encima aquellos ojos amarillos.

—*Porco Dio*, tienes que *volver*.

Fue como si aquellas palabras hubiesen ahogado el aceite de las lámparas: el mundo se volvía más oscuro, que me estuviera quedando ciego solo podía significar una cosa.

Balbuceé una evasiva y comencé a retirarme hacia la puerta.

—Estás muy pálido —dijo su majestad—. *Madonna* mía, no me digas… ¿Te va a dar un ataque?

Cada momento que pasaba ahora en Poggio Reale suponía para mí un grave peligro: mi vieja enfermedad iba a jugarme una mala pasada allí mismo; tenía que escapar.

El rey Ferrante gritó.

—¡Leguineche! ¡Matasanos del demonio!, ¿dónde estás?

Irrumpió el doctor y al verme señalado por su majestad se vino hacia mí con los brazos ya prestos a recogerme.

Braceé entre sus manos como si apartara las ramas de un arbusto. Dieron comienzo los primeros síntomas: la cabeza se me iba, el cuerpo dejó de obedecerme.

Mientras algo tiraba de mi espíritu como si fuera un títere y lo elevaba por encima del cielo, en el mundo terreno mi pobre cuerpo caía hasta estrellarse contra una mesita de ágata.

El Gran Mal estaba aquí.

Mis músculos entraron en guerra unos con otros. Hizo falta toda la fuerza de aquel inútil para contener las convulsiones.

—¡*Ēpilambáneim!* —murmuró el médico en griego, reconociendo los síntomas de mi enfermedad—, que san Valentín nos proteja.

—¡Rápido, que muerda algo! —rugió el rey—, ¡se va a destrozar la lengua!

—¡Cuidado, majestad, no debéis respirar el mismo aire que él!

La llegada de un ataque del Gran Mal puede recordar a la intoxicación por ciertas hierbas y raíces: mandrágora, belladona, adormidera… A mí, sin embargo, me sucede lo contrario que con los dichos fármacos; con el ataque siento una gran lucidez, mi atención se concentra en detalles particulares. Escuché el sonido de los planetas girando alrededor de la Tierra; los lentísimos graves de Saturno y los agudos de Mercurio conformaban una armonía bellísima.

Gritos inaudibles escapaban de mi boca llena de espuma. Los dedos se agarrotaron hasta hundir las uñas en mi carne; eran más fuertes las convulsiones.

Y entonces, cuando estaba a punto de unirme a Dios en las esferas celestes, aquí abajo, en el mundo, todo se volvió negro.

## DE CÓMO DESPIERTO ENTRE
## SÁBANAS DE RICA SEDA

# 1

l abrir los ojos vino a mí una sensación bien conocida por desgracia: esa que siempre sigue a uno de mis ataques. Era incapaz de recordar quién era o dónde estaba; me hallaba como recién nacido dentro de mi cuerpo.

Me descubrí acostado encima de una cama, en un cuarto muy sobrio adornado al modo aragonés: con apenas dos sillas de cadera, un brasero y un pequeño gabinete.

Enjugaba mi frente una de las damas de la reina, una aragonesa flaca y estirada.

Detrás, de pie, me observaba la reina Juana, muy atenta a mis reacciones. Al verme despierto amagó una sonrisa.

—Nos habéis dado un susto de muerte, Fernando.

Recordé de pronto quién era yo, entre el alivio y un cierto disgusto.

—Siento —dije sin poder moverme, aún— el lamentable espectáculo, mi señora.

—Callad, no digáis bobadas. Lo importante es que os restablezcáis lo antes posible. Mucho me concierne vuestra salud, me hallo resuelta a que no pueda ocurriros nada. —Bromeó—: ¿Quién sino vos podría recomendarme las obras que harán palidecer de envidia a los Medici?

28

Esbocé una sonrisa cansada.

—Siendo así procuraré no morir, majestad, y haceros buen servicio de por vida.

Doña Juana era la hermana pequeña del rey de Aragón —que en aquel entonces todavía no era el Católico—. Juana había aceptado casarse con su viejo tío, el rey Ferrante, de Nápoles, aliado formidable de Ysabel y Fernando. El carácter contenido y melancólico de Juana me agradaba, pues, siendo ella muy consciente de haber sido una mercadería política, se había adaptado con valentía a la corte napolitana, a la que había traído un gran refinamiento. El suyo era el temple de una verdadera reina.

Dio unas palmaditas sobre mi mano y se dirigió a la dama de honor.

—Dejemos al caballero que descanse. Ha sido el calor, sin duda.

—Sin duda —respondió la joven con mucha mala baba.

La reina y su dama salieron de la habitación; quedé a solas.

La de la baba, Juana de Aragón y yo sabíamos perfectamente lo que me había ocurrido: un ataque del Gran Mal. Solo la amistad que me unía desde hacía años a la Real Casa me libró ese día de ser expulsado de la corte napolitana. En cualquier otra parte se me habría considerado un apestado poseído por los demonios, o sujeto al castigo de Dios por haber cometido terribles pecados.

—Mis físicos afirman que tu enfermedad puede ser contagiosa, Fernando —dijo el rey Ferrante poniéndose en pie allá, al fondo de la alcoba.

—No os había visto, majestad.

—Ni Juana ni yo nos hemos despegado de ti en este rato que permaneciste ausente.

Agradecí el gesto con una inclinación de la cabeza.

—Los físicos que así piensan, mi señor —dije recuperando el tema—, son unos bárbaros ignorantes, pues este mal mío, como vos bien sabéis, fue la consecuencia de un golpe terrible en la cabeza, ocurrido la noche en que se decidió mi destino.

—Llamas *destino* a este retiro tuyo en el que te has instalado tan ricamente —replicó el rey, pensativo—. ¿Fue por eso, entonces, por lo que decidiste quitarte de en medio? ¿Por el Gran Mal?

Me encogí de hombros.

—Quizás me sentía viejo, también. Y no era la mía una profesión que soporte bien las debilidades que traen consigo los años.

Respondió Ferrante con un gruñido y se levantó para acudir hasta una mesa, en donde le esperaba una copa de oro. Ferrante contempló el mejunje oscuro que apestaba a ciruelas agrias y después se lo bebió con el gesto repugnado de un niño. Al acabar se limpió la boca con el antebrazo y dejó la manga manchada de negro.

—Hace años, cuando te marchaste, ocupó tu lugar otro perro. Parecía imposible sustituir a alguien como tú, Fernando, pero lo encontramos; tan primero en habilidad como tú mismo lo eras; tan descreído como tú, con la misma agua helada recorriéndole las venas.

Un espectro se abría paso a codazos desde las más oscuras profundidades: estaba yo a punto de conocer la existencia de Conrado Racú.

# 2

—Tu antiguo maestro y señor Malpartida lo hizo llegar hasta nosotros con mucha recomendación; Racú parecía perfecto.

Me senté en la cama, sabiendo que nada de lo que dijera Ferrante podría hacerme volver a mi antigua vida, y busqué los borceguíes para calzarme.

Su majestad tomó apoyo en una cómoda.

—Conrado Racú comenzó a trabajar para Fernando e Ysabel en los mismos modos que lo habías hecho tú tiempo atrás; también para mí, cumpliendo más o menos el mismo tipo de *misiones*. Tú me entiendes.

—Es porque os entiendo, majestad, que debo rechazar vuestra proposi…

¡Bom! Ferrante dio un puñetazo en la cómoda; fue como un mazazo.

—¡No es una petición, me cago en san Puccio! —bramó—, ¡es una orden!

Quedé inmóvil a los pies de la cama; no faltaba quien había perdido la nariz por menores insolencias.

El rey apretó los dientes; comenzaba a hacer efecto el mejunje. Estaba sudando.

—Hace un año encargamos a Racú que encontrara un… pergamino.

Acaso vio en mis ojos cierto interés, pues enseguida, como la serpiente que embelesa al ratón, añadió:

—Un pergamino *antigüísimo*, de los que solo hay uno. Una joya de los tiempos clásicos.

Había esto encendido mi curiosidad, por cierto. Adelanté un paso con gesto intrigado, que puso sobre aviso a Ferrante.

—No me pidas que te cuente más —dijo—, que eres tú muy curioso; por ahora te basta con saber esto.

—Bien —concedí yo—. ¿Racú encontró el pergamino?

—Iba precisamente a comenzar su búsqueda cuando ocurrió una fatalidad. Una mañana, Racú cayó al agua y desapareció al pie de la Lanterna.

—¿*Desapareció*?

—Ahogado —respondió el rey—. Vi su cadáver, Fernando, con estos ojos lo vi, en la sala de disecciones de Constanza Calenda, cuando lo recuperaron una semana después.

Una sombra le cubrió los ojos.

—Pero no era él. No era el malparido. Nos engañó a fin de hacerse pasar por muerto y tener vía libre para buscar el pergamino por su cuenta.

# DE CÓMO DE ENTRE LOS MUERTOS
## CONOZCO LA INCERTIDUMBRE

### 1

l más noble de los afanes del hombre es este —susurró la voz de Constanza Calenda—: conocerse a sí mismo. ¡Choof! El agua se extendió por las losas del suelo, arrastrando consigo sangre y despojos infectos. Mucho habrían de asombrarse los buenos ciudadanos si vieran cuántas y qué hediondas calamidades pueblan cualquier cuerpo bajo la piel.

El estudiante, un mozo que no alcanzaba diez y siete años, arrojó un segundo barreño que arrancó del enlosado inciertos pedazos de tripas, amén de otros restos más sólidos. ¡Choof! Yo conocía al muchacho Guido de haberle tasado unas valiosas *Korai* a su acaudalado padre, y no dejaba de maravillarme verlo allí de rodillas, frotando con empeño a los pies de la mesa. La sed de conocimiento es una droga poderosa.

Dijo la anciana:

—¿Qué es esto, Guido?

—Es el tabique entre los ventrículos, *signora* —respondió el alumno.

—Tómalo en tus manos. Sopésalo. Hazlo siempre así, nunca dejes que el *disector* y el *ostensor* hagan tu trabajo por ti; un verdadero sanador ve con sus propias manos.

El muchacho se echó atrás las mangas de rico brocado y hundió las manos en aquella amalgama de vísceras. Extrajo del cadáver una masa rosada.

La sala era el lóbrego refectorio de un convento abandonado. En la bóveda, las pinturas de los santos apóstoles miraban con asombro abajo, a las mesas donde yacían cadáveres con la piel cérea y las partes pudendas ocultas bajo paño, tumbados ahora donde otrora se comía y cenaba. Aguardaban turno a que Constanza Calenda hendiera las manos en ellos. Un obispo, sobrino de la vieja Constanza, le había rubricado la imprescindible autorización de la Iglesia para diseccionar cadáveres.

A sus setenta y siete años, Constanza Calenda era una institución en Nápoles. Instruida por su propio padre en la famosa Scuola Medica Salernitana, había humillado a muchos doctos, que no podían soportar semejantes merecimientos en una mujer, y ya nadie osaba discutir su sabiduría a la *signora* Constanza. Había dedicado la vida a enseñar medicina y anatomía en la universidad.

La Calenda se detuvo al reparar en mí: yo aguardaba bajo el arco de entrada al refectorio, a pocos pasos de distancia, observando callado entre las sombras.

—*Signore* —me dijo con cierta sorpresa—. Cuánto tiempo.

Y yo asentí.

—Constanza.

En cierta época de mi vida, muchos fueron los lazos que me unieron a la actividad profesional de Constanza Calenda; y fue mucho también lo que aprendí de ella. Analizar cadáveres es una excelente forma de averiguar cómo hacer pasar inadvertido un *omicidio*. No era, pues, la primera ocasión en que acudía allí.

—Confiaba en no volver a veros nunca —me dijo suspirando.

Avancé un paso, la luz de las velas iluminó al fin mis ojos; y dije:

—Vengo buscando un muerto.

Sonrió la vieja.

—Es el sitio indicado, entonces.

—Conrado Racú —añadí.

Y se le torció la sonrisa.

# 2

Sin mirar al chico, hizo un ademán en dirección a la puerta.

—La clase ha terminado, muchacho; déjanos.

El joven aprendiz, hecho a la obediencia, tomó su abrigo y pasó a mi lado sin cruzar palabra. El eco de sus pasos se perdió en el pasillo.

La vieja y yo quedamos solos.

—Conrado Racú está muerto —dijo—. Yo misma abrí su cadáver.

—Eso me han dicho. ¿Estáis segura de que era él?

—Lo vieron ahogarse.

Corregí:

—Lo vieron *desaparecer* bajo las aguas.

—Lo vieron *desaparecer* bajo las condenadas aguas y una semana después apareció un ahogado, justo en aquellas rocas del Molo, donde la Lanterna, cabalmente en el sitio donde cayó Racú, y vistiendo sus mismas ropas. Digo yo que dos más dos serán siempre cuatro.

En aquella misma mesa que yo tenía ante mí, Constanza me lo contó, se había depositado aquel cuerpo desnudo. Llevaba cuidadas las uñas de los pies, la delicada piel era tan blanca como la luna.

—Y coincidía en edad y figura con las de él —añadió la vieja.

En el rostro tumefacto del ahogado, la nariz estaba como blanda y semejaba formar un todo con los párpados; bien podía haber estado una semana entera en el agua, antes de haber sido encontrado.

—Maestra, ¿acaso no es posible que Conrado Racú hubiera matado a un infeliz, y guardado su cuerpo durante varios días en un barreño de agua para hacer irreconocible el rostro? Calenda, pensadlo bien: aquel teatro pudo falsearlo Racú para que todos creyeran que estaba muerto. Decidme: ¿pudisteis haberos equivocado aquella noche ante el cadáver?

—Tú buscas que te dé una respuesta cierta, Fernando, irrefutable.

—Así es, válgame el diablo.

# 3

Al salir del antiguo convento donde Calenda hacía sus disecciones, me aguardaba el carruaje real. Al acercarme, alguien abrió la portezuela desde el interior y asomó el rostro pálido del rey Ferrante.

—¿Te convences por fin? —dijo—. Racú se hizo pasar por muerto y nos traicionó.

Un calambre en el estómago le obligó a apartar el rostro apretando los dientes, hasta que el dolor fue poco a poco remitiendo, y por fin tomó un cartapacio que había traído consigo, repleto de papeles, gordo como un brazo, y me lo entregó.

—Aquí tienes toda la información que tenemos de él, para que lo conozcas como si fuera tu *maledetto* culo.

—Ferrante, las pruebas no son concluyentes, no tenemos más que indicios. ¿Por qué estáis tan seguro?

—¡Carajo! —replicó furioso—, ¡porque mis espías me informaron hoy de que Racú fue visto hace unos meses en el puerto de Cádiz!

Agaché la mirada, pensativo.

—¿Comprendes, Fernando? —añadió el rey—. Vieron a Conrado Racú, vivo. Sin duda se disponía a buscar por su cuenta, por su jodida cuenta, el condenado pergamino que nosotros le encargamos buscar.

Se fueron moviendo las bolitas que formaban el ábaco de mi mente; poco me importaba a mí aquel malparido, pero una cosa podía dar por cierta: muy importante debía ser aquel pergamino para que un espía de la Corona de Aragón y de Castilla y de Nápoles y de Seçilia hubiera decidido traicionar a tan peligrosos señores.

Temblaba Ferdinando I, el rey Ferrante, agarrado a la portezuela. Temblaba aquel toro, agonizante, pero en cuyos ojos latían dos brasas todavía.

—Encuéntralo, Fernando. Encuentra a Conrado Racú, quítale la vida y arrebátale de las manos muertas ese pergamino.

# DE CÓMO, A MIS AÑOS, ME REENCUENTRO CON EL AMOR Y LA MUERTE

## 1

cudí a una tasca que frecuentaba mucho y que cerraba tarde. Allí, por tratar de ordenar un poco los pensamientos, pedí para cenar unos *maccheroni alla piscatore*. Aquella incipiente barriga mía atestiguaba fielmente que los nervios siempre me despiertan el hambre.

Absorto en la bamboleante superficie del guiso, me percaté. Mi vida napolitana se había reducido a ciertos paseos muy de mañana, a visitar *studiolos* y palacetes, acudir a fiestas que poco me importaban y departir con gentes que nada me decían; de vez en cuando realizaba alguna tasación, casi siempre de obras mediocres; hacía mucho, demasiado, que ni mi corazón ni mi cuerpo encontraban refugio en ninguna mujer.

La voz tuvo que insistir dos veces, era la hija del tabernero.

—Que si queréis un vasito de nuestro *nocillo*.

—Con una pizca de cardamomo —respondí—. Agitado, no revuelto.

Qué poder tan evocador tienen los olores; al aspirar aquellos vapores del delicado licor de nuez me vinieron al espíritu ciertos recuerdos golosos, ciertos sentimientos; parecían abrirse paso desde mis entrañas, a codazos, para asomarse al mundo a través de mis ojos y preguntar: «Bueno, bueno, ¿qué nos hemos perdido todos estos años?».

Nada más sacar de mi bolsita de terciopelo el trinchante de dos puntas en plata y bronce, advertí que desde una mesa cercana, y junto a dos muchachos, me observaba Guido, el pupilo de la maestra Calenda. Lo saludé con un leve asentimiento y él levantó su jarra de vino a mi salud. Qué imagen daría yo, sentado en aquella esquina, solitario, que Guido me preguntó si tenía hijos, si estaba casado.

—No encuentro a nadie que me soporte —respondí entre bromas y veras.

Procurando evitar una cierta mirada lastimosa, me devolvió una sonrisa y un consejo sincero:

—Buscaos una esposa, *signore*.

## 2

Era ya muy entrada la noche cuando regresé a casa.

Trataba de convencerme, reacio todavía a abandonar mi retiro y mi vida discreta; se me obligaba a perseguir al espectro que me había sustituido en el puesto, y que no dejaba de ser un remedo de mí mismo, con todas mis habilidades y acaso con mis mismas faltas y pecados. Con el tiempo habría de hallarme como asomado a un río, incapaz de atrapar aquel reflejo.

Reconozco, no obstante y a mi pesar, que el asunto del pergamino estimulaba mi imaginación. Anhelaba datarlo y escrutar la calidad de la piel, analizar la tinta y los dibujos que a buen seguro poblarían aquella piel cuarteada. Acaso fuera romano, o quizás egipcio, y me permitiera encontrarme con viejos dioses con cabeza de chacal.

Encontré, pues, que mi inquietud venía también acompañada de un agradable cosquilleo. Y me pregunté si en el fondo de mi viejo corazón no ansiaba de nuevo volver a los viajes, a la vida turbulenta del crápula que fui un día. Había yo olvidado aquella vieja excitación: la misma que sentía hace años, al vislumbrar delante de mí un horizonte de aventuras. Si ahora me negaba a retomar aquello, ¿no sería por conveniencia, por pura y simple vagancia? Era la prueba mi barriga, de cuánto y cómo me había acomodado a no hacer nada.

Al llegar a la esquina de la *piazza* de Lanfieri me detuve. Desde allí pude contemplar la discreta casona en donde vivo; voto al diablo que ante mis narices brillaba una luz en mi ventana.

Pregunté a mi criado nada más abrirme la puerta y no supo de qué le hablaba.

—¿Una luz dónde, *signore*?

Lo mandé a acostar y me encaminé hacia el dormitorio. La casa estaba en silencio. Avancé por el pasillo; allá al fondo, bajo la puerta, refulgía la débil luz de una vela. Aferré mi inseparable puñal romano, decidido a enfrentar a quien quiera que estuviera esperándome.

Abrir la puerta, verla y encogérsele los borceguíes fue todo uno; de haber estado a solas no me habrían dado las manos para persignarme. Habían pasado largos años, pero reconocí a la dama que se entretenía hojeando uno de mis libros, alta y rubia, adornada en suntuosos ropajes. Recé para que, por gracia del demonio, hubiera perdonado nuestro desencuentro último.

Al descubrirme, sonrió mirando el puñal y dijo:

—Demasiado pez para tan corta caña, Fernando.

## 3

Mantuve la guardia en alto, descreído del gesto amable, y le respondí en la lengua del Veneto.

—*Federica. Una noticia de lo más feliz: vos, más hermosa que nunca, tan lejos de casa y en la mía.*

Agradeció la galantería afinando aquella sonrisa que cortaba como un papel.

Tendió su mano hacia mí, mas yo rehusé acercarme.

Yo había conocido otros venecianos, astutos como zorros; mas ninguno tan pérfido como Federica Montebianco, ni tan inmisericorde con sus enemigos, que eran muchos. Que la Montebianco era del gremio lo sabía hasta el último de los espías de Europa. Trabajaba y mucho, sí, en Venecia, en Florencia, en Génova, a cambio de precios desorbitados. Era viuda, guapa y rica: combinación esta de lo más letal, aquí y en la China. No solo era hermosa la condenada, más que una Venus, sino más lista que el diablo.

Me observó con aquellos ojos suyos, de fuego. Luego sonrió como quien le quita importancia a una travesura y dejó el libro sobre la mesita de noche.

—Estaba visitando Nápoles, comprando perfumes y paños de Milán, cuando me dije que podía aprovechar para haceros una visita.

—Y disteis conmigo.

—No fue difícil, a pesar del apellido que lleváis ahora.

—Ese es el de hoy —respondí muy divertido—; mañana, ya lo sabéis, a lo mejor escojo otro.

—Es lo vuestro; cambiáis de nombre con tanta facilidad como cambiáis de piel.

—Esa facilidad tenemos las serpientes, Federica; pero eso vos lo sabéis mejor que nadie.

Antes de que pudiera enojarse, cambié de tercio con un hábil requiebro:

—Nápoles os sienta bien, *signora*.

—Fernando, no es el clima. Tampoco un don del Cielo, os lo aseguro; dedico mucho tiempo a mi donosura. ¿Veis este trenzado? Hora y media en manos de mi doncella. En fin, qué le vamos a hacer; es mi arma de trabajo. Preferiría usar, como vos —añadió señalando mi puñal—, el romano.

—¿Vos, un cuchillo, *signora*? Cuerpo de Cristo, ¿para qué? Seguro que tenéis a todos los hidalgos de esta ciudad en vuestras garras. Moved un dedo y correrán a daros lo que deseéis.

Puso una mueca, desdeñosa, y, despacio, muy despacio, comenzó a cruzar el cuarto hacia mí. Federica tenía cuentas que arreglar conmigo, mas yo no hice nada para huir o protegerme; ella valía el riesgo, supongo.

Estaba descalza y cuando su planta se apoyaba en la madera del suelo, dejaba una huella leve, como de agua, que brillaba un instante y se esfumaba enseguida. Me pareció que se relamía una hambrienta felina, presta al salto, y vigilé su mano, atento a si escondía un cuchillo en los pliegues de la saya. Por desgracia, mi mala vista —los años no perdonan— me impidió distinguir si estaba o no armada.

—Cuánto preferiría tomar lo mío con la espada —replicó—, como un hombre. Cabalgar y blandir un arma; golpear, rajar y llevarme tripas por delante. Clavar bien hondo mi acero en los estúpidos.

Sonrió. Estaba ya muy cerca. Se inclinó entonces hacia mi oído y susurró:

—El mundo, Fernando, pertenece a los hombres. Cuántas veces he soñado con tener una verga entre las piernas.

La mía, por cierto, dudaba entre encogerse o crecerse: me retiré un paso como si se me acercara un torrente de agua helada.

Por un instante lamenté haberla dejado sola y compuesta hace años, en aquel dormitorio. Paladeé de nuevo las formas sinuosas que había entrevisto entonces y me maldije a mí mismo por haber preferido llevarme la carta.

—El mundo puede, *signora* —respondí—, pero ¿a quién sino a vos, terminan perteneciendo los hombres?

Esto la hizo sonreír.

—Siempre fuisteis un truhan. Ya lo erais hace años, de muchacho.

En mi interior, todo yo gritaba por acuchillarla presto, antes de que ella atacara primero; habría sido esto lo más prudente, mas no es esta mi condición, sino la ligereza, de la que, una vez más, hice gala acercándome a ella.

—Decidme pues —dije ladeando la sonrisa—. ¿Habéis pensado mucho en mí, todos estos años?

## 4

La última vez que la Montebianco y yo nos habíamos visto me hallaba en la delicada misión de enmendar una debilidad real.

La mismísima reina de Nápoles había escrito una carta procaz a uno de los lacayos de su corte. Solo puedo sospechar cómo fue esta carta a parar a manos de la Montebianco, mas allí estaba la cartita, en su secreter, aguardando a que Federica le sacara buen beneficio chantajeando a su serenísima majestad.

En esa ocasión, como digo, quiso el diablo que nos solazáramos. Mientras Federica Montebianco, bien convencida de tenerme seducido como a un bobo, se entretenía en quitarse todas las capas de ropa, robé de su dormitorio la carta robada.

Que un caballero la deje plantada es cosa que no debe ocurrirle con frecuencia a la Montebianco, y bien tuvo que picar su orgullo. Más de seguro no fue esto último lo que la enfureció, sino que le hubiera robado la carta.

Algunos tiempos y algunos kilos después, volvíamos a encontrarnos en las mismas. Federica se desató el tocado; cayeron los pálidos rizos sobre la frente, allí donde el pelo no estaba apretado.

—A lo largo de estos años —dijo—, jamás he pensado en vos.

Esta vez no traía, a Dios gracias, varias sayas de ropa interior. Muy pronto se quitó la que llevaba y su piel desnuda tomó el brillo plateado de un pez.

—Vuestra belleza —dije admirado— no parece de este mundo.

—¿Me suponéis un fantasma, acaso? —Rio ella, tan cómoda desnuda como si llevase chalequillo y gorguera—. Vos, Fernando, no creéis en aparecidos.

Sonreí. La tenía a un palmo; ella llevaba solo una gargantilla de cuentas rojas. Entrelazados con el deseo que me inspiraba su boca, giraban en mi mente los miedos a que me degollara allí mismo. Pensé en suplicarle. «Déjame huir, Federica. Estoy agotado».

Me mostró las manos. No había puñales.

Solo entonces, y aferrando mi cuchillo, dejé que me rodeara con sus brazos y me entregara sus labios.

## 5

A mi lado en la cama, acurrucó la cabeza en mi hombro.

Ambos sudábamos, y cuando se levantó una brisa en la ventana la apreciamos como un regalo bondadoso. Por allí entraba el olor característico de la madrugada napolitana, a pan caliente y a mar.

—Los dos nos hemos hecho viejos —dijo sin amargura.

La edad de Federica Montebianco era uno de los secretos mejor guardados de la cristiandad, pero yo calculaba que debía rondar los cuarenta, era algo más joven que yo. No había decaído su hermosura con los años, al contrario; la edad había añadido un invicto atractivo.

Sonreí por no querer abundar en el tema.

Mirábamos al techo, desnudos sobre las sábanas y entregados al silencio. Mi mente navegaba lejos, en pos de un pergamino y del hombre que me había sucedido en el cargo.

—Doy un maravedí —dijo ella— por vuestros pensamientos. Esta noche no lleváis a una mujer en la cabeza, Fernando, sino… a un hombre.

Tragué saliva y callé: cuando uno calla siempre puede aparentar inteligencia, cosa que ocurre pocas veces en cuanto se abre el hocico.

Era claro que buscaba tirarme de la lengua, y añadió:

—¿Habéis encontrado ya a Racú?

Esta mujer era fiel a su condenada costumbre de leer en mí como si yo estuviese hecho de vidrio. Aquella mención me descompuso, mucho tuve que batallar para no mostrar mudanza en mi gesto.

—¿Qué sabéis vos de ese?

—¿Yo? Nada. Murmuran en todos los mentideros que fuisteis donde la Calenda, a preguntar por él.

—Para asegurarme de que estaba muerto —respondí yo sin caer en la trampa de seguirle el hilo.

Encontré algo nuevo en sus ojos negros que no casaba con su frialdad de dama veneciana, pero la costumbre de desconfiar estaba enraizada en mí —no en vano era esa desconfianza la que me había mantenido con vida—. Imposible olvidar que ella era Federica Montebianco: quienes habían intentado conquistar su cima debieron trepar un largo camino sembrado de cadáveres. Todos compartieron el mismo destino: al llegar a lo alto, ella los había hecho rodar hacia el precipicio.

Acarició mi barba, larga y canosa, como si quisiera buscar en ella un recuerdo.

—Desconfiáis de mí. Y hacéis mal, porque ya no soy la que era. Mis intereses ahora son otros.

Se levantó del lecho para dirigirse al escritorio, donde había dejado sus ropas. Hurgó en ellas, buscando algo. Tenía dos hoyuelillos en la parte baja de la espalda, que parecían un arte del mármol.

—Azúcar, Fernando —eso dijo.

Volvió trayendo con ella algo oscuro y alargado. Se sentó de nuevo a mi lado en la frazada y me mostró aquel palo. Lo mordisqueó. Sacó graciosamente la lengua, llena de una sustancia parduzca.

—Azúcar, el negocio del porvenir. Fijaos que de tan agostado trozo puede nacer una planta. Pienso llevar algunos cultivadores a la isla de la Madera, allí hay muchos que saben plantar la caña. Para eso estoy eligiendo tierras. El azúcar de caña me va a hacer rica, amigo mío. ¿Queréis probarla?

Quiso hundir en mi boca aquella lengua llena de dulce, como una niña que busca fastidiar a otro chiquillo.

—¿Entonces es cierto? —pregunté escapando de sus labios—. ¿Vais de verdad a disponer vuestra hacienda en esa isla donde Cristo perdió los clavos?, ¿vos, que dictáis cuál es el color de la seda que toda Venecia llevará en primavera?

—Esta noche insistís en ofenderme. —Rio—. ¿Tan frívola os parezco?

—Claro que sí, pero os ruego que me perdonéis.

Su pelo rubio cayó sobre mi pecho mientras me enroscaba las piernas como gratísimas serpientes. Susurraba.

—He visto a muchas mujeres resbalar por el camino de la podredumbre, Fernando, aferrándose a la estéril búsqueda de placeres que ya no se les ofrecen.

Los dientes y labios de Federica Montebianco perseguían mis viejas cicatrices.

—No, no será ese mi destino —añadió—. Una joven puede ser pobre si es hermosa, pero una vieja… Una vieja debe ser rica.

—Ya sois rica, *signora*.

—Nunca es suficiente —replicó—. Quiero más.

Aquí apretó los dientes.

—Y estoy a punto de conseguir los dineros que me faltan para la inversión.

Antes de que pudiera moverse me moví yo. Fue un gesto, apenas, limpio y certero. Los ojos de Federica Montebianco se abrieron como dos ventanas asombradas. La hoja de mi cuchillo había atravesado su vientre.

## 6

Se deslizó de sus manos el puñal que había traído junto con la caña de azúcar, para acabar perdiéndose entre las sábanas; brilló un instante la hoja.

Federica estaba pálida y asombrada. Con la brisa entró de nuevo aquel olor a pan recién hecho y se mezcló con el hedor a sangre.

Al pretender retirarse de mí tuvo la mala fortuna de ocasionar una pequeña desgracia: se rompió el collar. Las cuentas escarlata de la gargantilla rodaron por el suelo.

Tomé a la Montebianco entre mis brazos antes de que ella cayera y la aferré contra mí. Sentí el calor de su sangre empapando mi mano, su respiración entrecortada sobre mis labios. Una tristeza se había apoderado de sus pupilas.

Sosteniendo los restos de la gargantilla, cuyas cuentas le resbalaban entre los dedos, como si hablara para sí misma, dijo en un murmullo:

—Demasiado vieja.

—Vos no, Federica —repliqué—. Yo, quizás, ¿pero vos? Vos sois eterna, *signora*.

Sonrió.

—Truhan y adulador. —Aquí agachó la mirada; se le escapaba la vida con cada respiración.

—Dime quién fue, Federica, no me dejes en la oscuridad.

Apuntó una sonrisa y acarició mi rostro con su mano ensangrentada.

—Un hombre me pagó, sí, para que te quitara la vida.

—Qué hombre.

—No sé quién es. Vino a mí y me ofreció el encargo. Hablaba con un acento curioso y le faltaba media oreja.

—¿Media oreja?

No le restaba mucho tiempo. Languidecía ante mí, marchitándose.

—Ojala lo fuera —murmuró—. Eterna, digo; pero me temo que mi carne es tan mortal como la de aquellos a los que vos, o yo, segamos la vida.

Sonrió, más bella que nunca, y, en un suspiro final, añadió:

—*Addio,* Fernando.

Y lo extraño es que bajo aquella luz mortecina vi que el rostro de una anciana asomaba ya en el suyo: en apenas unos años lo habría tomado entero.

## 7

Al salir me golpeó el frescor de la madrugada. Atravesé las calles de Nápoles, sin rumbo y manchado todavía de aquella sangre veneciana. Mis piernas iban solas.

Rompió a llover a la altura de Santa María la Nova. El agua empapó mi cuerpo y mi rostro, mis pasos chapoteaban sobre el empedrado.

Aparecí en la colina que llaman el Posillipo. La conocía bien: a menudo acudía hasta allí a perderme, pensando casi siempre en el pasado. Allá se mostraba la bahía. No por haberla visto tantas veces dejaba de sorprenderme la magnificencia de aquella costa a la que los griegos habían dado el nombre de Pausílypon; esto es, «que hace cesar el dolor», a causa de la calma que transmitía su mera contemplación.

Hedía a algas en el puerto, orgullo de la ciudad y también su sustento. Con la mirada perdida observé las velas, blancas a la luna, de los barcos que habían entrado en Nápoles, cargados de vino y de trigo, de partidas de sal, de paños. Se erguían las naves como leviatanes, en completa oscuridad salvo por algún farol que colgaba en el castillo de popa. El gran monte Vesubio, que un día devorara Pompeya, dormía más allá, hermoso y calmo; pero en Nápoles todos sabíamos que volvería a echar lumbre. Su mole negra acechaba a los napolitanos para recordarles la futilidad de la vida.

Tras un ensimismado descenso, me aventuré hasta el fondo de este muelle napolitano, brazo largo que se adentra en la mar. Qué lejanos me parecieron los días en que yo viajaba mes sí, mes también. Pasaba más tiempo surcando el Mediterráneo que en mi casa.

No me detuve hasta llegar al final del espolón.

Ante mí, colosal y negra, se levantaba la inmensidad del mar. La luz del sol estaba pronta a romper en el horizonte, iba a nacer un nuevo día.

A pesar del aguacero, la cubierta de un barco cercano se hallaba ya invadida de un ejército de calafates, cordoneros y herreros poniendo a punto la nave —ni los afeites de una novia requieren tales cuidados—. Bajo el castillo de popa, un niño que no llegaría a los cinco años restregaba unos fogones ennegrecidos. Dos patibularios jugaban al Nard, el juego de infieles similar a nuestras Tablas Reales.

Pensé en Cádiz y maldije a Racú. Mala suerte la mía, Conrado Racú estaba vivo y había sido visto en Cádiz, esta era la información que me había dado el rey. Si había un lugar en el mundo del que yo no quisiera tener noticia, era ese; qué malos recuerdos me traía. Poco me apetecía abandonar mi vida y viajar hasta semejante pudridero, por más que ello comportara encontrar el goloso pergamino. Por lo demás, solo plantearme que pudiera darme otro ataque en medio de la travesía me provocaba arcadas.

«Y, sin embargo…», me decía. «Sin embargo…».

Mi respiración era calmosa ahora. La sangre de Federica Montebianco se había diluido ya sobre mi camisola empapada, apenas quedaba su recuerdo. Alguien le había pagado para que me quitara la vida, un hombre al que le faltaba media oreja. ¿Era esto la consecuencia directa de haberme puesto a indagar sobre Racú? ¿Acaso fuera posible que aquel espectro pudiera decidir sobre mi vida o mi muerte?

Arreció la lluvia.

Me giré para levantar la vista y contemplar la ciudad a mis espaldas.

Neapolis había sido su nombre en tiempos, *ciudad nuova*; como nueva había sido para mí el día que la escogí como refugio para esconderme de aquel que fui una vez.

Mas yo había regresado, sin darme cuenta. Era yo de nuevo, *el viejo Fernando* del que había hablado el rey.

Era yo antes incluso de acabar con mi vieja enemiga, la veneciana. Era yo antes de aceptar la encomienda del rey Ferrante.

Y me disponía a seguir el rastro de mi presa.

Aprovechando el viaje, me puse a examinar los documentos que se me entregaron en relación al asunto Racú. Eran una variada y caótica recopilación de cartas enviadas por unos y por otros, notas manuscritas, recibos, declaraciones juradas, informes judiciales.

Lo primero que encontré fue un intercambio de cartas entre los reyes y mi antiguo maestro, Vinicio Malpartida; me llamó la atención que se me mencionara a mí en varias de ellas. Sin yo saberlo y para mi desgracia, este asunto había comenzado con mi marcha, por haberse ellos quedado huérfanos de un hombre de confianza.

*Don Fernando y Doña Ysabel, por la gracia de Dios, Rey y Reina de Castilla, de Leon, de Toledo, de Seçilia, de Galizia, de Sevilla, de Cordova, de Murcia, de Jahen, de los Algatves, de Algeziras, de Gibraltar, príncipes de Aragón y señores de Vizcaya y de Molina.*

*A vos, nuestro estimado amigo Vinicio Malpartida, contino de la Real Casa, jurado y fiel ejecutor; salud y gracia.*

*Sabed que, para cosa que mucho cumple al servicio de Dios y nuestro, hemos acordado llamar a un servidor nuevo que haga las fatigas que hasta ahora venía cumpliendo el llamado Fernando, nuestro caballero y vasallo y criado de vuestra casa.*

*Y acatando los leales y señalados servicios que nos hacéis cada día, señor Malpartida, os mandamos que traigáis a vuestro pupilaje a otro caballero.*

*Dada en la muy noble ciudad de Cordova a trece días del mes de noviembre, año del nacimiento del Nuestro Señor Jesucristo de mil y cuatrocientos y setenta y ocho años.*

*Yo el Rey. Yo la Reina.*

*Yo Juan de Coloma, Secretario del Rey y de la Reina Nuestros Señores, la hice escribir por su mandado*

*Don Vinicio Malpartida.*

*A vos, Don Fernando y Doña Ysabel, por la gracia de Dios, Rey y Reina de Castilla, de León… Serenísimos y muy altos y poderosos Príncipes Rey y Reina, Nuestros Señores.*

*Muy honrado acepto la encomienda, bajo la responsabilidad que supone mi servicio para con Vuestras Altezas.*

*Dispongo por cierto de un muchacho, pupilo mío que tomé a mi cargo tras la partida de mi querido Fernando. Su nombre es Conrado Racú. El dicho joven es serio, aguerrido y tenaz. Ha sido versado en las escrituras de secreto de al-Qalqashandi y Alberti. Es diestro en el agarre, la daga, las armas de asta, y fue entrenado en la esgrima por Braumann, el mismo maestro que mi anterior pupilo, Fernando, y que Vos recordaréis, pues Braumann fue querido armero Vuestro.*

*Recomiendo, pues, humildemente, que, para sustituir el servicio que antes os hacía Fernando, toméis a Conrado Racú y recibáis bajo vuestra guarda, amparo y defendimiento real, y sobre ello le proveáis como sea vuestra merced.*

*Hecha en Cádiz a diez días de diciembre de mil y cuatrocientos y setenta y ocho años.*
*Vinicio Malpartida*

*Don Fernando y Doña Ysabel, por la gracia de Dios, Rey y Reina de Castilla. (...)*

*A vos, nuestro estimado amigo Vinicio Malpartida; salud y gracia.*

*Recibimos por bien vuestra proposición de la persona de Conrado Racú.*

*Es nuestra merced y mandamos que el caballero que desempeñe los oficios al modo que venía cumpliendo su antecesor Fernando sea el dicho señor Racú, acatando su idoneidad y suficiencia para cumplir estos servicios de aquí en adelante, y que reciba y aprenda con vos el oficio.*

*Dada en la muy noble ciudad de Cordova a nueve días del mes de enero, año del nacimiento del Nuestro Señor Jesucristo de mil y cuatrocientos y setenta y nueve años.*

*Yo el Rey. Yo la Reina.*

*Yo Juan de Coloma, Secretario del Rey y de la Reina Nuestros Señores, la hice escribir por su mandado*

*A día 15 de enero de 1479 Conrado Racú declara por ante mí, Juan Horduño, escribano público de esta villa y aprobado por Sus Majestades, haber cobrado de la Corona la suma de cuatro mil maravedíes.*

*Nota de Juan de Coloma, Secretario del Rey y de la Reina, al Excelentísimo señor Vinicio Malpartida.*

*Tras la marcha precipitada de Fernando, vuestro pupilo y agente mío, debo decir que ha resultado de gran aprovechamiento el joven Racú, que recomendasteis para servicio de Sus Majestades. Es de ver que obedece sin cuestionar jamás las órdenes y las cumple a rajatabla y con mucho celo.*

*Por ir probándole se le han ido encargando recados discretos, que Racú ha cumplido siempre con la eficaz frialdad de un físico.*

*Quedaos, pues, tranquilo, señor, que a Nos parece que el muchacho promete.*

*Hecha a veinte y dos días de marzo.*
*Yo Juan de Coloma, Secretario del Rey y de la Reina*

# DE LA MAÑANA EN QUE ARRIBO A CÁDIZ Y ME REENCUENTRO CON MI ANTIGUO MAESTRO

## 1

 e me había olvidado cómo se juntan la mar y el cielo allí, en una línea de luz. No hay amanecer como el de Cádiz. Estaba nervioso porque se aproximaba la hora de mi cita; había yo llegado esa misma mañana, desde Nápoles. Hacía años que me había desacostumbrado a las travesías, tenía muy olvidado el regusto de la sal en la boca, la humedad entre los dedos, el hedor insoportable a hombre y a mierda de rata. Estaba yo, pues, mal rehecho aún a la cotidianidad de un navío y, a pesar de no ser largo, el viaje se me hizo pesado.

El tómbolo en donde se asienta Cádiz es, fuera de los muros de la villa, un territorio desierto salpicado de molinos, salinas, viñas y huertos. Hay un considerable número de casucas de pescadores, pero ese día aparecían como muertas, terminado ya el tiempo de la *almaḍrába,* la pesca del atún.

Siendo yo un muchacho eran aquel par de meses de la *almaḍrába* mis tiempos de gloria, cuando me escapaba del dominio de mi maestro y me juntaba con los pillastres mil leches venidos de toda Andaluzía, atraídos por la llamada de la abundancia y la juerga. Hoy languidecía, ya sin techo, aquella vieja mancebía, la escuela donde caté por vez primera todos los vicios; apenas quedaban unas piedras de ella. Nada quedaba tampoco del muchacho que fui.

Si fuera de Cádiz estaban desiertas las marismas, dentro se habían juntado las almas como desesperadas. La ciudad había crecido; debía rondar los tres mil habitantes, sin contar pilotos y mercaderes de paso que cada año traían carracas y naos. Costaba avanzar a través de las callejuelas, estorbaban los tendidos de comida, las caballerías y los cerdos que deambulaban sueltos —sin ofender—. Los comerciantes vendían las mercaderías descargadas de los barcos: las propias de la Berbería, como cera blanca, cordobanes y tafiletes, cueros, finas riendas para los caballos, dátiles y ámbar; y también otras venidas de Nantes, Londres y Amberes.

En un despacho de sal, para desayunarme compré un buen trozo de atún seco y un salazón de tripa.

Se iba azuleando la luz sobre las casitas cuando acabé sentado junto a un pozo sin otro ánimo que comer tranquilo, aspirando el olor del viento, el perfume de África. En alguna parte, donde no alcanzaba mi vista, se escondía la costa de la Berbería; allí las caravanas arrastraban las mercancías que después harían ricos a los comerciantes gaditanos. Gadir —el nombre antiguo de la ciudad— era la puerta hacia otro mundo.

La leyenda dice que Hércules había levantado dos columnas, una a este lado, en Cádiz, y otra al sur, en la Berbería. Ambas formaban la última frontera del Mediterráneo, una puerta que ningún barco debía traspasar: *Non Terrae Plus Ultra*. «No existe tierra más allá». Hace unos meses, había llegado desde Bayona la noticia de que esa puerta sagrada se había roto: un tal Colombo o Colom, un aventurero, había ido hasta el confín de la Tierra y había vuelto sano y salvo; eso decían. Nuestro mundo iba a cambiar.

Se alzó el sol, al fin. Era llegado el momento de hacer esa visita que llevaba días robándome el sueño. Me levanté del escalón con un crujido de rodillas, mi cuerpo aún protestaba por el viaje.

Emprendí camino hacia el palacio de mi maestro, como tantas veces hiciera de crío; un camino de retorno que lo era también hacia mi privilegio, el barrio de Santiago, la zona de la villa que acomodaba a hidalgos, altos cargos y comerciantes.

## 2

Había crecido mucho aquella barriada de mi infancia. Antes todo esto era campo, suele decirse, y donde yo recordaba huertos y viñas se habían construido ahora hermosas casas de mampostería que anunciaban la prosperidad de sus inquilinos. Aquí las calles de Cádiz se volvían anchas y empedradas, con fuentes de agua buena.

Me puse rígido ante la puerta del palacio de Malpartida. Entrando yo, salieron primero dos guardias y luego *el fraile*.

Conocía yo aquel perfil más que el de cualquier moneda —estaba grabado a fuego en mi mente y en la de tantos desgraciados. La nariz curvada hacia abajo con forma de verga, achatada en extremo; aquella boca apretada, sin labios; la cabeza calva, tonsurada—. El gran inquisidor Tomás de Torquemada tenía entonces setenta y dos años mal llevados, era feo como un diablo, penaba de salud mala y al caminar pareciera que la carga de su mala baba le pesara en demasía.

Cualquier otro se hubiera preguntado qué hacía el gran inquisidor en un retirado palacete de Cádiz; mas siendo aquella la casa de Vinicio Malpartida no era de extrañar. Quién sabe qué vilezas estarían pergeñando aquellos dos.

Arqueó las cejas al encontrarse conmigo y ordenó de inmediato que sus guardias me dejaran vía libre. Incliné la cabeza y él extendió su mano hacia mí, vuelta hacia el Infierno. Besé su anillo.

—Reverendísimo monseñor, no hacía a vuesa merced en Cádiz.

—Tampoco yo a vos, Fernando —contestó, con la misma mirada vacía que puede encontrarse en un calamar.

## 3

Allá cuando hace años yo abandonara el servicio de sus majestades todavía no había sido él investido gran inquisidor, pero ya resultaba un intrigante entonces; Torquemada era confesor personal de los reyes y no había tejemaneje en donde no estuviera implicado.

Llegamos a conocernos bien, en su momento, pese a que nunca tuvimos amistad, y sabíamos a la perfección de qué pie cojeaba cada uno —nuestros respectivos servicios de espionaje se cuidaban de mantenernos informados acerca de las miserias del otro—. Estoy convencido de que si no acabé quemado en la hoguera por aquel entonces fue porque terminé retirándome y me perdió de vista.

—Aprovecho, monseñor, para celebrar vuestros éxitos —mentí.

El gran inquisidor desbordaba de satisfacción. Acababa de culminar el trabajo de su vida: había conseguido de los reyes un decreto que expulsaba de la península a los judíos.

Fueron dos largos años de trabajo en que Malpartida y Torquemada habían tendido juntos sus redes con el objetivo de crear un clima de odio contra los judíos para que los reyes pudieran proclamar un edicto contra ellos. El hecho determinante ocurrió cuando cinco judíos confesaron que habían crucificado a un crío en La Guardia, a fin de mezclar su sangre con hostias consagradas. No hubo, por cierto, ningún niño crucificado ni hostias en vinagre. Mucho habían obrado mi antiguo señor Malpartida y el viejo Torquemada para extender el rumor primero y lograr esta confesión después; no quisiera yo imaginar qué tormentos infligieron sobre aquellos pobres infelices hasta obtenerla. El país entero estalló en un grito de odio. Los cinco supuestos *omicidas* fueron quemados vivos en Ávila, pero esto fue solo el principio.

En pocos meses, los judíos hubieron de vender sus casas y abandonar el reino, no pudiendo llevarse ni oro ni plata ni caballos, solo letras de cambio —así se facilitaba que sus graciosas majestades hicieran su agosto—.

Felicitar a un hombre por haber maltratado la vida de tantos otros era uno de los esfuerzos cortesanos en que me había adiestrado mi maestro, práctica tan hedionda que su costumbre permanecía aún en mi boca, aun después de quince años.

Torquemada me clavó la mirada como acostumbraba a hacer en sus interrogatorios; emanaba, en pareja cantidad, aire beatífico y veneno.

—No sabía que trabajarais aún para el maestro, Fernando.

—Hace años que Malpartida y yo no colaboramos, monseñor. Estaba yo de paso en Cádiz, visitando a una prima mía, cuando aproveché la oportunidad para venir a saludar.

—Una prima —repitió con sorna, sabedor sin duda de que mentía. Y luego añadió:

—Os veo cansado. Cuidad de no viajar tanto, Nápoles está muy lejos y vos habéis de resguardaros. Vuestro mal…

Al condenado cabrón no le faltaban espías para conocerlo todo de todos.

Si Tomás de Torquemada sabía de mi vida en Nápoles, sabría que me hallaba en Cádiz para ver a Malpartida, y quizás supiera también por qué.

Respondí que me cuidaría bien, le deseé larga vida; y él, tras un gesto displicente a sus guardias, reemprendió camino.

—Hasta pronto, Fernando —dijo ya de espaldas—. Dadle recuerdos *a vuestra prima*.

También yo estaba al corriente de sus pasos. El llamado «martillo de herejes» desconfiaba hasta de sus más íntimos, se creía amenazado por todos. Corría por la piel de toro un libelo en donde se exhibían las vergüenzas de la santa y apostólica Iglesia católica, personalizadas las dichas vergüenzas en la figura del fraile Torquemada, a quien se ridiculizaba como un hombre pequeño y miserable. El panfleto, igual que tantos otros desde hacía meses, venía firmado por un escritor clandestino que se había llamado a sí mismo maese Cerradura. A lo largo de mis muchos viajes y misiones hube de tropezar con este nombre en más de una ocasión, y siempre había supuesto para mí motivo de curiosidad. Nada se sabía de él, pero, de tan odiado, el tal Cerradura era el ser más perseguido a lo largo y ancho de la península.

## 4

—Haced el favor de esperar aquí.

Se retiró el criado, dejándome solo en la estancia. Perdoné la altivez del tono achacándolo a su tierna edad; en ninguna manera podía el muchacho saber quién era yo, no llegaba a los catorce años. Ni siquiera había catado este mundo en los tiempos en que yo ejercía para Malpartida, con idéntica altanería, los servicios que él realizaba ahora.

Observé en derredor.

Le iba bien, al viejo. Nunca dudé que tal sería, pues Vinicio Malpartida era capaz de encontrar no ya el agua de un charco en el desierto, sino el té suntuoso de un jefe berberisco.

Invadido por aquella vieja sensación de peligro, me pregunté si en algo habría cambiado el viejo. Cuánto me había costado librarme de sus redes. Ahora, quince años después de abandonarle, me veía obligado a venir a su casa humillando la testuz, a suplicar su ayuda.

Por hacer algo crucé la estancia y entorné una cortina bordada. Asomé las narices hacia la calle.

Fuera, brillaban los reflejos del sol sobre una mar de tejados que parecían hechos de plata, y se adivinaban más allá los juncales, dunas y salinas; y aún más allá, fuera de donde alcanzaba la vista, el mar y las tierras de infieles.

No es raro que la bonanza de los hombres se edifique sobre la sangre de otros. Yo sabía que de vez en cuando algunos gentileshombres sin renta y mercenarios de Cádiz y del ducado de Medina Çidonia se juntaban en lo que llamaban «cabalgadas». Los caballeros cruzaban a la vecina Berbería y allí tomaban y quemaban las casas de la costa, como rapaces piratas, y cazaban hombres y mujeres tal que ganado, para traerlos de esclavos. De ciento y cincuenta almas a cuatro cientos, podía ser el botín. Malpartida arreglaba los papeles de los cautivos para darles curso legal, y era aquella mercancía la que pagaba el lujoso cortinaje que yo entornaba con mi mano.

El palacio de Vinicio Malpartida latía al unísono de cada maldad que afloraba en la ciudad, utilizándola a su favor.

Escuché cómo, fuera, en el pasillo, se abría una puerta. Entró de nuevo el joven criado, y dijo:

—El amo os recibirá ahora; seguidme.

Fui guiado por aquellos pasillos cuyas paredes yo había conocido vacías. Pude imaginar cuánto disfrutaba Malpartida desvelando ante mis ojos la suntuosidad que había cobrado el palacete: no había rincón que no contuviera pesados tapetes de paño, mosaicos con figuras de la antigüedad. Cada una de aquellas piezas podría cautivar mi vista durante horas. Había sido él, Vinicio Malpartida, quien me enseñó a *mirar* los bellos objetos. Puso semillas negras en mi alma, pero también blancas y luminosas, sabiendo que ambas florecerían.

El joven criado me dejó a solas en una antesala donde me esperaba un galano banco de mármol. Sobre él encontré una toalla.

—Haced el favor de desnudaros —dijo.

## 5

El horno llevaba ya un rato encendido y el vapor, en volutas, se elevaba hacia el techo de la *al-bayt al saiun*, la sala caliente. Malpartida había construido el palacete junto a aquellos antiguos baños almohades, de cuando la ciudad se llamaba Qādis. Pese a que habían transcurrido más de trescientos años, estaban en perfecto uso.

Otro criado, igual de joven que el anterior, y árabe a ojos vista, depositaba sobre la mesa una jarrita. Me hizo señal para que me sentara y anunció que su amo vendría enseguida. Luego se situó detrás de mí.

Desnudo y cubiertas mis pudicias con la toalla, tomé asiento en el banquito situado en el centro de la sala, resuelto a armarme de paciencia hasta que mi viejo maestro decidiera presentarse.

Mis pies descalzos disfrutaron la textura roma del empedrado. Todo allí halagaba a los sentidos; en esto, los antiguos infieles habían sido cien veces más sabios que nosotros. Mientras nuestros antepasados vivían como brutos en la árida Castilla, estos almohades alcanzaban un prodigio de perfección técnica y arquitectónica.

Yo sudaba, a pesar de que solo llevaba encima la toalla a la cintura, era muy intenso el calor. Arriba, en la bóveda, pequeños agujeros en forma de estrella dejaban pasar tajos de luz solar. El resto era penumbra.

No fue hasta que me di la vuelta para observar al criado que descubrí que le habían cortado las orejas, a fin de hacer de él un testigo sordo.

De los riñones sacó una daga turca y la puso sobre sus rodillas, atento al más mínimo de mis movimientos que pudiera poner en peligro a su amo. Sonreí. Pudieran haber pasado años, pero Malpartida seguía siendo el mismo rufián desconfiado.

—Por favor, no te levantes —dijo una voz.

Allí estaba, se dibujaba su silueta en la puerta.

En nuestro reencuentro me hallé así desnudo y él vestido, yo sentado y él de pie. Ello le dio el placer de poder contemplarme desde arriba; cosa nada fácil, pues Vinicio Malpartida era hombre en extremo corto de estatura. Sus pies y sus manos llamaban la atención de tan pequeños. A pesar de la frente muy despejada, llevaba largo el cabello, tal que yo lo recordaba, suelto y hasta la altura de media espalda.

—¿Te apetece un agua de limón?

No esperó respuesta. Ante la atenta mirada del esclavo sordo, Malpartida se dirigió hacia la jarra y sirvió para ambos.

Me preguntó por mi vida en Nápoles y charlamos con aire distendido de nuevas y chismes de la corte de Ferrante. Ya no es que mi maestro supiese que el rey estaba enfermo, es que tenía puntual noticia del contenido de cada frasquito que almacenaba el cuervo que le atendía.

Mi antiguo maestro me ofreció el agua con limón, que yo agradecí con una sonrisa, dispuesto a no beber ni gota.

Mientras charlábamos, nos estudiamos ambas figuras de niebla, apreciando cómo los años habían tratado al otro y rehaciendo el retrato nuevo sobre el recuerdo: una arruga aquí, unas canas allá. Me sorprendió el hecho de que apenas hubiera cambiado, le imaginé firmando un pacto con el diablo a fin de ser joven para siempre y no me pareció descabellado que, en el trato, él hubiera embaucado a Lucifer.

Discutimos rumores sobre el nuevo papa, Rodrigo Borja. Nadie hubiera esperado que un valenciano ganase el pontificado frente a tres candidatos italianos.

—Dicen que *alguien* untó de oro en su favor a muchos cardenales —comentó Malpartida como quien no quiere la cosa.

—¿Vuestras ramas llegan ahora al Vaticano, maestro? —Sonreí.

Él apuró el agua limonada y sonrió también, sin afirmar ni negar. Quizás aquello explicaba la visita del gran inquisidor.

Años atrás, Vinicio Malpartida había sido el brazo de Torquemada en las sombras; recuerdo que en ese entonces yo me encargaba de disponer pruebas falsas allí donde la Iglesia no quería complicarse en largos juicios. Y asuntos todavía más oscuros, me encomendaron también; asuntos cuyas claves yo había oído susurrar al viento, pero por los que jamás me atreví a preguntar.

Creía yo que no habrían de acabar nunca estos preámbulos. Si me había mantenido en silencio fue porque sabía que Malpartida no daba *putada* sin hilo.

En un momento dado, como si fuera la cosa más banal del mundo, comentó:

—He oído que estás persiguiendo fantasmas.

# 6

Se hacía al fin la luz; salió el doble seis, en buena hora.

—Maestro —dije yo—, Conrado Racú estuvo aquí hace unos meses.

Malpartida se acarició una guedeja de la melena; yo proseguía:

—Racú anda detrás de *algo* —añadí en referencia al pergamino—. Algo que le importa lo bastante como para estropear su mentirosa muerte y hacerse visible de nuevo.

»Maestro, no se mueve una brizna en el mundo sin que vos sepáis por qué. Cierto es que vos y yo no acabamos amigos en el pasado. Aquí me tenéis, sin embargo, de vuelta en vuestra casa y con la mano tendida. Si es vuestro gusto habré de humillarme; pero a cambio, os lo ruego, dadme luz.

Tras estas palabras, que no le hicieron mover una ceja, enseñó la sonrisa y dijo con inmensa paz:

—Ten sosiego. Sé lo que busca Conrado Racú.

Respiré, mas, igual que él, no dejé que ningún brillo asomase a mi mirada. Encontraba al fin un hilo del que tirar.

—Querido Fernando —añadió—, no deseo ninguna humillación tuya. Soy un hombre sin descendencia. Te marchaste, sí, pero es lo natural, pues así sucede siempre con los hijos, que es lo que yo te consideraba y aún te considero. ¿Me darías algo de dulce? Ahí, sobre la mesa.

En la mesita había una bandeja con uvas y unas tortas de miel que les dicen *alajú*. Nada más refugiarme en la toalla, le acerqué el plato.

—En verdad sé lo que busca Racú —dijo masticando con media boca—. Pero también sé que no debieras seguir su camino. Te va detrás *una sombra*, Fernando.

Las gotitas de agua se deslizaban por el vello de mi torso. *Una sombra*; así le decíamos en el gremio a los mercenarios que se contratan por un periodo largo, de años, y que nunca se despegan de tu lado, manteniendo vigilancia día y noche.

—Sufrí un mal encuentro en Nápoles, en verdad —reconocí.

—Esta *sombra* fue contratada hace un año y pagada por Racú para acabar con cualquiera que le fuera detrás. Tú, en fin, has sido el agraciado: tus preguntas sobre ese cadáver ahogado obligaron a la *sombra* a salir de la oscuridad; y según creo contrató a *cierta sicaria* para que te mandara de cabeza al Infierno.

Me descubrí exhausto, hube de sentarme en el banquito.

La *sombra* que había enviado a la Montebianco hasta mi casa en Nápoles me habría seguido hasta Cádiz, sin duda; y aún la tendría pegada a mis pies hasta el fin del mundo, pues esa era la calidad de las «sombras».

En mi interior no pude evitar cierta admiración hacia el hombre que había orquestado aquello. Quizás fuera Racú un pájaro más extraordinario de lo que yo había supuesto.

Viéndome así, Malpartida se acercó hasta mí y puso su mano sobre mi hombro. Encontré nuestro reflejo en la alberca; la figura de dos hombres que habían vivido mucho y mal. También él se vio reflejado, y dijo mirando al vacío:

—Llega uno al final de su vida, mira atrás, ¿y qué se encuentra?

Calló un instante; quizás reflexionaba sobre la respuesta.

—Me equivoqué con Racú —dijo sonriendo—. Nosotros, Fernando, ni tú ni yo, tenemos un demonio dentro. Es posible que nuestras manos estén manchadas de sangre, pero lo que hicimos fue siempre por conseguir unos objetivos. Nunca disfruté ordenando arrebatar la vida de nadie; y también sé que tú no disfrutaste cumpliendo mis órdenes. ¿Verdad? Lo hicimos con la mano fría y calculada del barbero que extirpa un quiste.

No quise responder, mas él continuó; debía haber pensado mucho sobre Conrado Racú, interrogándose sobre el punto en el que perdió su ascendencia sobre él y se le volvió ingobernable.

—No tiene la necesaria frialdad —dijo.

Mi viejo maestro Vinicio Malpartida suspiró, cansado a ojos vista, y, como si estar junto a mí le contagiara la vejez, se retiró.

—Conrado Racú va tras un tesoro. Un tesoro que no se parece a ningún otro; y, como los demás tesoros, es deseado por muchos pretendientes.

## 7

Un rato más tarde, antes de despedirnos, me enseñó Malpartida algunas piezas muy hermosas de su colección, romanas y fenicias. Fue un rato amable para ambos. Recordamos así que habíamos vivido buenos momentos, y llegado a tenernos afecto.

—Mira —dijo—; tallado en una sola pieza. Los ducados que entregué por este Hércules todavía me avergüenzan, con esos dineros podría comer medio año una familia de campesinos. Se lo compré a un judío; a Dios gracias no ha abandonado la península porque se ha convertido. Siempre me trae maravillas, no sé de dónde demonio las saca.

Cruzó su mirada con la mía, que hallé llena de intención. Pareciera querer decirme algo y obligarse a callar, como si hubiera espías detrás de las paredes.

—Este mercader judío vende también libros y *pergaminos*, Fernando —dijo mientras acudía hasta un escritorio—. Pregúntale por Posidonio de Apamea.

Era poco lo que yo sabía de Posidonio, pero quise entender que el muy buscado pergamino pudiera ser obra suya. Creí sentir más cerca la pieza codiciada, y por un momento me pareció que ya podía deleitarme en su tacto, en su olor.

En una nota, Malpartida me escribió las señas del judío que vendía antigüedades:

*Samuel Ibn Daud*

—Pergaminos, Fernando —insistió mi antiguo maestro—. Pregúntale, pero tengo que advertirte; pueden salirte caros.

Tras mostrarme la nota la acercó a la llamita de una vela y dejó que esta la devorara poco a poco hasta que hubo desaparecido.

Intenté leer en su rostro aquel cinismo de antaño, fraguado en el gesto. Mas por primera vez me miraba como un hombre que busca entregar algo limpio. Acaso había un eco en sus ojos, algo parecido a la ternura, que en él resultaba insólita.

—Oh, sí —dijo con aire ausente—. Así sucede siempre con los hijos.

## DE CÓMO EL CONVERSO IBN DAUD
## ME PONE EN LA PISTA DEL
## PERGAMINO MISTERIOSO

## 1

Levantó las manos como si contuviese el aire, alarmado de mis palabras.

—Samuel Ibn Daud ya no existe, señor —dijo—, ya no uso mi antiguo nombre. Habéis de llamarme por el nuevo: León Laguna.

Tras proclamar los reyes el edicto de expulsión, los judíos habían tenido que decidir si abandonar sus casas rumbo a lo desconocido, o quedarse, convertidos en cristianos. Los que decidieron marchar hubieron de malvender sus haciendas —pues era muy sabida su necesidad, y hasta hubo quien cambió una casa por un asno—. A los que decidieron quedarse se les puso condiciones. Gente como Samuel Ibn Daud había perdido a su Dios y había perdido su nombre.

—Todo ese desorden pasó, señor Fernando —contestó el converso agachando la cara—. Agradezcamos vivir bajo el católico y buen gobierno de sus reales majestades, que el Señor los bendiga.

Hasta aquella vieja librería gaditana me había conducido la pista que me diera mi antiguo maestro, Vinicio Malpartida.

—Decidme, ¿disponéis de libros impresos?

—¿*Impresiones*? —respondió el judío en un ademán teatral—. No me ofendáis, caballero. Soy un librero serio.

Me acercó un ejemplar de Hesíodo, copiado a mano.

—La imprenta —dijo torciendo el gesto—, grande cosa. ¿Quién podría comparar, decidme, esta maravilla, con un vulgar ejemplar de molde? Los monjes que lo hicieron son artistas: mirad las capitulares, tan finas, en cuatro colores.

—Muy finas, por cierto. —Sonreí—. Pero para ilustrar cada una de ellas hace falta una jornada entera. En el tiempo que uno de esos monjes hace una letra la máquina puede sacar un libro.

—La imprenta hundirá los precios, señor. —Se puso rojo el converso mientras buscaba en un mueble castellano para sacar una botella de jerez, que sirvió en dos vasitos—. ¿Y qué me decís de los escritores? Con tantas y tan prontas copias, ¿cuántos no se aprovecharán del trabajo de los escritores? Señor, ¡la imprenta terminará con la literatura!

En nada se parecía Samuel Ibn Daud al tipo de judío que las predicaciones del Santo Oficio nos dibujan como un viejo retorcido y ansioso de oro. Rebasaba con mucho los cincuenta. Lucía el cabello corto, rubio oscuro. Los ojos los tenía claros e inquisitivos y la piel algo pálida se tornaba rubicunda en las mejillas, como les ocurre a esas doncellas que se ruborizan con facilidad. El conjunto resultaba simpático y sin duda gustaba a las mujeres, pues más tarde me contó que había enviudado dos veces y le sumaba veinte años a su tercera esposa, una cristiana.

Se había puesto ya el sol cuando, sin dejar de sonreír, dejé caer el nombre que me había referido mi antiguo maestro, Malpartida:

—¿Qué me decís, señor librero, de Posidonio de Apamea? Según tengo entendido, hay cierto… pergamino.

## 2

Me pareció que la grasa de la vela chisporroteaba, como si yo hubiese convocado a un fantasma. El judío converso había quedado conmovido ante la mención de Posidonio; igual que si despertara en él una secreta admiración.

Se acercó a la puerta. Cerró y dio dos vueltas a la llave.

—De existir, que no digo yo que exista, caballero…, pero de

existir, digo, el tal pergamino de Posidonio es un artículo prohibido: ha llevado a muchos hombres hasta la muerte.

Se encendió algo dentro de mí y sin darme cuenta me puse en pie.

—Así, pues, ¿existe el pergamino de Posidonio?

Fue a una esquina y se puso a registrar un baúl.

—El sabio Posidonio fue un gran viajero. Estuvo viviendo aquí en Cádiz, cuando todavía se llamaba Gades. Vino a estudiar las mareas, pero también escribió sobre otros *asuntos*. Ya no obra en mi poder el artículo por el que preguntáis: una hoja de pergamino. Solo una, sí, pero, ah, tan valiosa. El *Herbarium* ilustrado por Posidonio.

—¿Un *Herbarium*?

Según contó el librero, en aquel pergamino dibujado por Posidonio de Apamea aparecía un gran árbol, alto como una casa, rodeado de flores de nardo, lentisco, cardamomo y pimienta. Medio lado de aquel árbol aparecía henchido de verdor; el otro medio estaba muerto, agostado. Tenía raíces sangrantes, y de estas raíces manaba una fuente de agua clara; mientras sus frutos, arriba, eran semejantes a racimos.

Aquello despertó en mí un viejo eco, reconocí la dicha imagen.

—Pero yo siempre había imaginado que sus frutos eran manzanas.

Sonrió el librero judío, mesándose la barba, y afirmó:

—Hay quien dice manzanas, racimos… Qué importa. El árbol aparece en vuestra cristiana Biblia, y también en nuestro Tanaj y en el Corán. Son muchos los pueblos y muchas las lenguas que recuerdan un árbol sagrado en los comienzos del hombre; cristianos, judíos, árabes… Un árbol cuyo fruto da el Conocimiento; el Árbol perdido del Paraíso.

Ya me deleitaba imaginando cómo acariciaban mis dedos aquella piel de pergamino, aquellas líneas y letras. Se trataba de un objeto extraordinario y tenía que ser mío.

Me serví otra copa.

—Este dibujo… Dijisteis que llegó a estar en vuestro poder, en cierto momento, Ibn Daud. Pero ¿dónde está ahora?, ¿a quién se lo vendisteis?

—¿Venderlo, señor? —replicó el judío, indignado—. El pergamino de Posidonio era la posesión más querida de mi librería: no estaba a la venta. Pero aquel *caballero*... En cuanto lo vi aparecer tuve por cierto esto: era de esos que siempre consiguen lo que desean.

Enseguida imaginé de quién estaba hablando.

El rostro del judío se torció.

—Me lo robó, señor. Un hombre oscuro y malvado llamado Conrado Racú se presentó una noche en la librería, que Dios lo confunda. Iba acompañado de una mujer misteriosa a la que no pude ver el rostro, pues venía embozada tras una capa. Ella no soltó palabra, me dio la impresión de que era él quien manejaba los hilos.

Estaba yo preguntándome quién sería esta mujer de la capa, pero el librero proseguía:

—Me obligó, señor; Conrado Racú me obligó a entregarle el pergamino con el *Herbarium* de Posidonio.

Se encogió de hombros, tomó un sorbo de jerez y, contemplando el vaso, dijo:

—Le enseñó mi pergamino a la mujer y ella lo estudió durante unos minutos, muy embebida; y cada poco asentía, admirada. Al cabo lo fue recorriendo con el dedo como si fuera un mapa, cambiaron entre ellos unas palabras que no pude escuchar y parecieron quedar muy contrariados.

—¿Encontraron algo en el pergamino que no les gustaba?

—No sé deciros. Cuchichearon otro rato y al final parecieron dar con la solución a su problema, pero de esta solución yo solo pude escuchar *ciertas* palabras.

Me adelanté hasta él.

—¿Ciertas palabras?

—«Isla de la Gran Canaria», «Christoval» y «Colón».

*De Juan de Coloma, Secretario del Rey y de la Reina.*

*Al Excelentísimo señor Vinicio Malpartida.*
*He recibido vuestra carta, señor, y me place deciros que se la he hecho llegar a Nuestros Señores el Rey y la Reina con mi informe favorable para que, después de tantos años de fiel servicio, se incremente en dos mil maravedíes la asignación a vuestro pupilo Conrado Racú.*

*Soy de la opinión de que al vasallo vale más tenerlo contento y agradecido, aunque sea por seguir disfrutando de su aprovechamiento. Confío en que Nuestros Señores el Rey y la Reina accedan a la petición de Conrado.*

*Os envío una canastilla de empiñonados. Confío en que os satisfagan.*

*Hecha a cuatro de septiembre de Nuestro Señor Jesucristo de mil y cuatrocientos y ochenta y nueve años.*
*Yo Juan de Coloma, Secretario del Rey y de la Reina*

*A día doce de septiembre de 1489 Conrado Racú declara por ante mí, Juan Horduño, escribano público de esta villa y aprobado por Sus Majestades, haber cobrado de la Corona la suma de seis mil maravedíes, que será la paga acostumbrada a partir de ahora.*

*A día 2 de abril de 1491 Conrado Racú declara por ante mí, Juan Horduño, escribano público de esta villa y aprobado por Sus Majestades, haber cobrado de la Corona la suma de siete mil maravedíes, que será la paga acostumbrada a partir de ahora.*

En la parte posterior de este recibo se encontró una nota manuscrita de Racú, olvidada entre sus pertenencias. Indica a las claras que la cabeza del ejecutor comenzaba a no estar buena.

*Ayer, ¿fue ayer?, Dios dejó de mirar por un momento a las demás criaturas. Me estaba contemplando solo a mí.*

*Me miró a mí, que soy el mayor pecador de todos, el más bajo y ruin y miserable, indigno de toda piedad. Me miró; estaba yo en medio de un mundo vacío; no había nada, ni árboles sobre mi cabeza, ni tierra bajo mis pies. Estaba solo y Dios me miraba. Pero, ah, no fue la mirada de Dios lo que sobrecogió mi espíritu, sino aquella soledad atroz.*

*De Juan de Coloma, Secretario del Rey y de la Reina.*

*Al Excelentísimo señor Vinicio Malpartida.*

*He dudado en escribiros esta nota, pues lo que voy a comunicaros no reviste en verdad importancia. Sin embargo, en este cargo que ejerzo a mayor gloria de Sus Altezas he tenido trato con muchas clases de hombres. Tengo para mí que ello me ha dado cierta capacidad de juicio y grande instinto.*

*Nos hacía dudar el exceso de celo con que el señor Conrado Racú acomete sus misiones, pero cierto es que desde que está a nuestro servicio pareciera que nos resulta más sencillo torcer voluntades en favor de los intereses de la Corona.*

*Sin embargo, en reciente encuentro con vuestro pupilo me han confundido algunos términos de la conversación que mantuvimos. Observo que alimenta ideas muy particulares acerca de Dios. No carecen de refinamiento, pero me atrevería a calificarlas de peligrosas.*

*Y todavía me preocupan más ciertos argumentos suyos en contra de la Autoritas. El otro día, unos palafreneros de palacio le escucharon hablando con su caballo y, entre quejas y maldiciones, ponía en duda la legitimidad misma de la Corona. Temo que estas ideas puedan mermar su amor a Nos.*

*Vos y yo hemos discutido muchas veces la importancia de mantener el dicho amor en los hombres que ejercen este cargo, pues, sin él, dados los comprometidos actos que han de realizar, quedan abandonados a la desesperación del cínico. Perdido este amor, su servicio termina siempre por sernos inútil.*

*Estos son mis temores, que serán seguramente aprensiones de viejo chocho. Sin embargo, no está de más informaros.*

*Salud y gracia*

He aquí una nota que un sirviente rescató de entre los rescoldos de una chimenea en los aposentos de Racú, por lo que hallé muy posible que la intención de Conrado Racú hubiera sido hacerla desaparecer, acaso arrepentido de haberla escrito; faltaban la parte superior e inferior.

Es evidente que en estas reflexiones hablaba de Dios, pero no solo de Él. Hice en ella mi propia anotación: «*¿De quién habla?*», incapaz de descubrir a quién más se refería en esta nota misteriosa:

*Oigo el pestañeo de esos ojos y sigo su silencioso rastro. No es fácil. Es un rastro hecho de vacío, de una soledad como solo ocurre en la muerte.*

*«El pecado —me dijeron de niño— te alejará de Dios». Y desde entonces he buscado toda mi vida ese resquicio libre de Él. Ah, ese espacio de verdadera libertad donde no hay sitio para ese repugnante Padre avasallador. Libertad, qué grande y hermosa palabra. Hace ya que he comprendido que solo Ella puede dármela, y no Él.*

*Cuánto he deseado acercarme a Ella. Quise, pues yo también tengo ese gusto torcido del esclavo, rendirle culto. Pero Ella no es como Él, ese ladino mercader de baja estofa: Ella no concede favores a cambio de rezos ni sacerdotes.*

*Nunca acudió a mis oraciones, todo sea dicho. La respeto por eso.*

*De Juan de Coloma, Secretario del Rey y de la Reina.*

*Al señor Vinicio Malpartida.*
*Os escribo unas líneas apresuradas, pues debo partir enseguida hacia Toledo, mas no quería dejar pasar cierto asunto que me tiene preocupado.*

*Amigo Malpartida, ha llegado a mis oídos la noticia de un incidente ocurrido en la Berbería.*

*Al parecer, un caballero se topó en el zoco con una litera cubierta, llevada por varios porteadores. Sin mediar palabra, el caballero agarró por el cuello a la ocupante, que resultó ser la joven hija de un wattasí, y allí mismo la estranguló a la vista de todos. A los esclavos porteadores, bendito sea Dios, los dejó huir de allí con vida.*

*Os cuento esto porque el señor Conrado Racú se hallaba en la Berbería en ese mismo momento, empleado en cierta misión secreta. A mí se me hace imposible pensar que él pudiera estar implicado en semejante desatino, pero por desgracia la descripción de los testigos coincide con la de vuestro pupilo.*

*¿Querríais investigar este feo asunto?*
*Salud y gracia para vos*

# DE CÓMO ARRIBO A LA SALVAJE Y PELIGROSA ISLA DE LA GRAN CANARIA

## 1

espués de unas horas que se me hicieron larguísimas, el amanecer me encontró acodado en la popa del barco. El grumete le dio la vuelta al reloj de arena, cantó la hora e hizo en alto el saludo acostumbrado:

—¡Dios nos dé los buenos días! ¡Buen viaje, buen pasaje! ¡Muy buenos días os dé Dios, señores de popa y proa!

Luego, padrenuestro y avemaría; cada día la misma cantinela.

El viaje desde Cádiz se me había hecho pesado; y no es lo mismo el calmoso Mediterráneo que este mar de las tinieblas, por cierto, fuera del mundo conocido, más allá de la frontera con el Mare Tenebrarum. «¿Os parece incómodo esto, don Fernando? —me había dicho una noche el capitán—. Esperaos a ver un barco invadido por *peste de naos*». Pero, a Dios gracias, no hubo enfermedades en el viaje, más allá de las consabidas disenterías.

Recién salido el sol, avisaron tierra desde lo alto del palo mayor. Alcancé la proa y me asomé por la borda. El pasaje entero acudió tras de mí, se hacían sitio a codazos. Reían, suspiraban de alivio; rezaban, muchos de ellos.

La noche anterior me había advertido un marinero: «Mañana llegaremos a la condenada isla, ¿no sentís el olor?». Y por el diablo que no le falló el olfato: tras casi una semana de viaje, en octubre del año de nuestro Señor de mil y cuatrocientos y noventa y tres, mi caza me había conducido a las que Plutarco llamara Bienaventuradas, las salvajes e ignotas islas de Canaria de sus altezas Fernando e Ysabel.

Saliendo de la bruma, se advertía ante la nave una enorme extensión de tierra firme. Allí estaba al fin, poderosa, tan llena de promesas. De amenazas, también. La isla llamada la Gran Canaria era una de las consideradas mayores de entre las que forman el archipiélago; el dibujo de sus costas era agreste, abundaban los acantilados, las playas y ensenadas, las vastas extensiones de palmeras.

A bordo se cantó la salve, como es costumbre, para celebrar el avistamiento y darle gracias al Cielo. A mí, sin embargo, me inquietaba la proximidad de mi presa, tan cerca al fin. Recé al diablo para que el pergamino obrara todavía en poder de Racú.

Desde mi posición, enseguida divisé en la isla el pequeño asentamiento castellano, de nombre Real de las Tres Palmas. Allí, quince años antes, había dado comienzo la conquista de la Gran Canaria. El que otrora había sido campamento militar soñaba hoy con ser villa, y se venía edificando con mucho esfuerzo; atiné a ver casitas bajas, algunas calles, iglesias y conventos.

Me pregunté si los salvajes nativos de la isla complicarían mi penosa búsqueda. Mucho me habían hablado de los canarios; fieros peleadores —no en vano llamaron así a la Gran Canaria por su enorme valentía—. Yo había imaginado negros de más de dos varas de alto, devoradores de cristianos y con los dientes aserrados. «No son más negros que vos y que yo», había dicho el capitán, riendo, mientras se tocaba el pelo rubio.

Encontré picada la mar; nos sacudían arriba y abajo unas olas pendencieras. Accedíamos a la isla por el norte, llevados de la mano de los alisios.

## 2

Se encontraba la Gran Canaria a diez y siete leguas de África por el cabo de Bojador, y a unas doscientas de la península ibérica, pasado el límite del Occidente. La dicha isla tenía forma de moneda coronada a la derecha por un cuerno, un istmo cuyo ancho es de dos tiros de arcabuz, que termina en una península redondeada. Puerto de La Luz llaman a esa bahía protegida de los vientos. Allí fondean casi todos los barcos.

Por cierto que no encuentro palabras para calificar el espectáculo que se abrió ante mis ojos: ocupaban la mayor parte de la ensenada una buena cantidad de naves atracadas. Eran más de diez, sin duda: naos y carabelas se mecían al compás de las olas. Advertí mucho trajín en las cubiertas; los marineros se afanaban en acomodar los cargamentos que, desde la playa, venía trayendo un número ingente de barcas.

Aquellas naves debían ser la ambiciosa expedición comandada por el tal Christoforo Colombo, al que también se lo conocía como Christoval Colom o Colón. Estaba de paso en las islas de Canaria para viajar hasta las Indias por segunda vez. En esta ocasión, a diferencia de su primera travesía, ampliamente respaldado por sus majestades con barcos, pertrechos y hombres.

Yo estaba decidido a abordar al señor Colón y preguntarle por la mujer misteriosa y por Racú. Acaso él tuviera noticia de lo que estos dos habían hecho del pergamino. ¿Quizás se lo habían vendido a él?

Nuestra nave contaba con viento favorable y no fueron necesarias mayores esperas. Se hicieron desde el barco las oportunas salvas al fuerte que custodiaba la isla desde la llamada Atalaya Vieja, y fuimos acercándonos a fin de atracar en la ensenada. El experto piloto habría de cuidarse en sortear, una a una, las muchas embarcaciones de la expedición de Colón. Aún tardaríamos un rato en tomar tierra.

Tras beber la ración de agua que fue distribuyendo el señor alcalde, desayuné un par de ajos, una galleta y el pedazo de queso emborrado que había guardado de la cena. Qué no hubiera dado yo por los postres, los postres solamente, de aquellos magníficos festines que había disfrutado no hacía mucho en el palacio de Il Pontano.

Bajé luego al sollado, la zona infecta que, bajo cubierta, sirve de almacén. Allí se hacinaban algunos animales, y cargamentos destinados a la isla. Apenas un tajo de luz entraba por un ventanuco. Agaché la cabeza y, procurando no resbalar en aquel suelo encharcado de aguas salobres, caminé hasta la esquina que me había servido de aposento.

El pasaje estaba arriba en cubierta, asistiendo a la misa seca, sin vino, que oficiaba el capellán; mas al vagamundos lo encontré durmiendo la mona sentado bajo el tablón que nos servía de cama; en sus manos sujetaba todavía la botella de la que acababa de dar buena cuenta. A lo largo del viaje había dormido codo con codo durante seis interminables noches con aquel desgraciado buscavidas; también él viajaba a la Gran Canaria, como tantos otros, a la búsqueda de unas oportunidades que, no había más que verlo, jamás le llegarían.

Lo que descubrí a su alrededor me puso en alerta: el contenido de mi equipaje se hallaba desperdigado por el suelo: había estado registrando mis cosas.

—Manosuelta —le espeté—, cómo te atreves, ¡ladrón! Si te vuelvo a agarrar revolviendo mis cosas…

Bastó aquel capirotazo en el cogote para que el infeliz se venciera hacia adelante y fuera a doblarse todo él contra el suelo.

No había que ser docto en ciencias para comprender: al vagamundo lo delataba la babilla espesa que colgaba de su boca.

—Rabo del diablo —murmuré entre dientes mientras daba un paso atrás.

No se movía, no respiraba. En el espacio del sollado solo se escuchaba mi respiración entrecortada. Yo luchaba por calmarme, pues todo sobresalto hace mucho mal a mi viejo padecimiento.

«Unas fiebres, quizás», fue lo que pensé; una borrachera profunda en demasía. Pero aquella ropa desperdigada por el camarote, los documentos revisados… «¿Andaba registrando mis cosas y le dio por morirse?».

## 3

Convenía empaquetar todo y subir a cubierta antes de que nos encontraran y a alguien le diera por endosarme el muerto.

Recogí mis calzas sucias; las había ido acomodando bajo el tablón y ahora retozaba sobre ellas una rata negra, tan enorme que pareciera gato. De un puntapié la arrojé hacia la pared, en donde acabó liada entre unos cabos.

Todas mis cosas cabían en aquel petate de cuero, compañía fiel durante cierta etapa de mi vida. Apreté la ropa dentro del petate para hacer sitio y metí los mapas, libros y pergaminos que había traído conmigo, comprados todos al buen librero judío a fin de instruirme sobre la isla.

«¿Y mi *puggio* romano?», pensé palpándome. Era un arma de último recurso, que bien podía pasar por un adorno, y esa precisamente era la razón por la que llevaba siempre conmigo este puñal. Al encontrarlo suspiré aliviado. Lo llevaba encima, desde luego; no me había separado de él en todo el viaje.

Cerré el petate y me lo cargué al hombro. Ya me iba.

A pesar, sin embargo, de que la mía no es un alma fervorosa, me hice la señal de la cruz y dediqué un pensamiento fugaz a mi compañero de barco, muerto sin haber podido pisar la isla. «*Requiescat in pace*, el infeliz», dije para mis adentros. Arriba, nadie se había apercibido de nada: seguía sonando el murmullo en latín de la misa, bien le haría de responso.

Al pasar junto a la fiera, de otro puntapié la liberé de aquellas maromas y aprovechó para salir corriendo. Sin mirar atrás, escapamos del agujero asqueroso las dos ratas.

Subí la escalera hacia la cubierta. Allí recuperé mi porte de hidalgo distraído. Mi mente iba con prisa, sin embargo; organizaba ya mis movimientos para hablar con Colón y encontrar a Racú; hacía planes para hacerme con el pergamino. Cosa principal era ser discreto. Mi objetivo primero era hospedarme en la capital, la pequeña villa del Real de las Tres Palmas.

## DE MI DESEMBARCO EN EL PUERTO DE LA LUZ Y DE EL CAMINO HASTA LA VILLA DE EL REAL

1

El desembarco a la isla de la Gran Canaria se hacía a través de barcas, puerto no existía como tal. Los marineros de nuestra nave iban descargando cajas a golpe de grito.

Tomé asiento en una barcaza y emprendimos rumbo hacia la orilla. Aquella cáscara de nuez se bamboleaba de un lado para otro, arriba, abajo, aquí, allá. Una señora vomitó junto a mis pies.

—Señora.

Cuando mi embarcación estaba ya cercana a la playa, me ayudó a bajar al agua uno de los marineros, de melena tan larga como grasienta.

—Gracias y buena fortuna —le dije, y él asintió sin decir palabra. Por un instante tuve la impresión de que evitaba mi mirada.

Avancé en el agua hacia tierra, luchando contra las olas que volvían de la orilla y junto a otros pasajeros, comerciantes y también colonos —buscavidas, fugados de la justicia y mercenarios; la bazofia del mundo recalaba en aquella salvaje Babel, desaguadero de la península—. Con mucho esfuerzo cargaba mi petate sobre la cabeza, a fin de que no se mojaran mis legajos. Pesaba como un condenado a la horca, a causa de un par de armas que me había traído de Nápoles. Entre que ya no estoy joven y que dediqué buena parte de mi vida a malograr mi lozanía, acabé llegando a la playa entre rebufos, toses y aspavientos.

No hice sino pisar tierra con las rodillas y cayó sobre mí una nube de moscardones. Aquellos niños, vestidos todos con harapos, se peleaban por cargar mi petate, por servirme de guía; no pedían limosna, buscaban amo al que servir.

Rechacé sus servicios y en cuanto vieron que llegaba otro colono con la lengua fuera volaron a posarse sobre él, entre mucho griterío.

Levanté una rodilla, luego otra; crujieron todos mis huesos. Me hallaba al fin en tierra firme.

Una brisa mecía los arbustos, que eran secos y achaparrados; al fondo divisé algunas palmeras. Aquella era una bahía natural, una playa de buen tamaño recogida de los vientos. No menos de doscientos hombres cargaban provisiones en barcas hacia las naves de la expedición Colón. A lo largo de la playa iban y venían los clásicos avispados locales ofertando carros destartalados que por astronómico precio te conducían hasta la ciudad; algunos pescadores trataban de endosarnos el mustio género que no habían podido vender tierra adentro.

A primera vista no supe distinguir extranjeros de nativos, si es que allí los hubiera.

Me resultó llamativa la mucha presencia de soldados. Paseaban repartidos en patrullas; e incluso vigilaban la playa desde un alto, como prestos a enfrentarse con todos; y cualquier movimiento inesperado les daba sobresalto. A un hombre negro que vestía con andrajos le hicieron detenerse, y revisaron sus ropas por si escondiera algún arma.

Me acerqué hasta uno de los soldados y, señalando los barcos de la expedición de Colón, pregunté si cabría la posibilidad de acercarme hasta la nave capitana para hablar con el señor almirante.

—¿También vos queréis embarcaros hacia las Indias? Los pasajes están llenos, señor, no admiten a nadie y Colón tampoco recibe, se halla muy ocupado preparando la partida.

Sobre la playa misma se había edificado una hornacina comida por el salitre, que albergaba a una virgen. Lo primero que hacían los que desembarcaban era darle gracias, ufanos de llegar vivos.

Rechacé una sardina de color verduzco que me ofrecía un pescador, y encaminé mis pasos hacia el camino que salía de la playa. Allá se dirigían otros viajeros y algunos carros. No era difícil adivinar que aquel sendero conducía hacia el llamado Real de Las Tres Palmas.

## 2

Ya lejos de la playa, fueron apagándose los ecos de los gritos y de las olas rompiendo.

Se me fue acercando por detrás un carro que terminó rebasándome; viajaban en él algunos de los pasajeros de mi nave, aquellos que podían permitírselo. En mi caso accedería a pie hasta la capital a fin de evitar preguntas indiscretas. Y suponía un buen paseo, a fe mía, la vasta extensión de arenales y con el petate al hombro.

Iba entretenido en la observación de cuanto me rodeaba, fascinado por aquella vegetación tan parecida a la del norte de África, cuando divisé a un grupo de niños jugando cerca de una ermita dedicada a santa Catalina. Más allá de que carecían de ropa, me sorprendieron aquellos cabellos surcados por mechones rubios —debido sin duda al sol intenso al que estarían siempre expuestos— y la complexión atlética de sus pequeños cuerpos. Uno de ellos blandía una espada de madera más grande que su brazo.

Junto a estos chiquillos se detuvo un jinete de cierta edad a lomos de un caballo tordo.

Llevaba el pelo peinado hacia detrás; exhibía unas entradas lustrosas y un mostacho tan blanco como su pelo. Delataba instrucción militar la forma de montar y de apoyarse en el sable que llevaba al cinto. Vestía de sobria manera, sin casco ni sombrero —obligaba el calor—; medias oscuras, calzas acuchilladas y jubón gris, sobre el que se había amarrado un peto de cuero.

El hombre reprendió a los chiquillos.

—¿No deberíais estar haciendo algo de provecho, señores? —escuché que les preguntaba, muy serio. Y luego les señaló de arriba abajo—. ¡Salvajes!, ¿y las ropas? Un buen cristiano no anda por ahí en cueros como los perros, carajo.

Algo silbó en el aire, cortándolo a su paso, y, después, ¡crac!, sonó un crujido y el jinete cayó del caballo, a plomo sobre la tierra. El golpe fue morrocotudo, salió escopetado el caballo, relinchando de miedo. Los niños se abalanzaron sobre el hombre derribado, y a fe que con intenciones de rematarlo.

—¡Qué pasa ahí! —grité.

Los chiquillos se detuvieron al descubrir la presencia de un testigo y escaparon campo a través, cruzando aquel suelo ardiente con sus solos pies descalzos. A pesar de que no comprendí el idioma, entre el galimatías acerté a distinguir algunas palabras sueltas que sí disparaban en castellano:

—¡Godo de mierda!—gritaron—. ¡*Hihoputa*!

Me arrodillé a socorrer al jinete derribado. Sangraba en su frente una herida ruidosa pero sin importancia. Le habían pegado una pedrada.

# 3

—Estoy bien —dijo el viejo, confuso; calculo que pasaría de los cincuenta. Se había tocado la herida y ahora contemplaba su mano ensangrentada.

—Dejad que os eche un vistazo.

Me rasgué la manga de la camisa y con ella le limpié la tierra que había dejado la pedrada.

—Gracias —me dijo. Escudriñaba por encima de mi hombro, temiendo que los agresores volvieran sobre sus pasos—. Salvajes *del coño su madre*. Estos aborígenes se niegan a que los civilicemos —lamentó—. Ponen buen empeño en continuar siendo unos bárbaros.

—Curioso eso de los bárbaros —repliqué—, porque ellos os llamaron «godo». Para ellos, el bárbaro sois vos.

Le até el pedazo de tela alrededor de la cabeza para tapar la herida.

—Quizás son más felices así —dije yo por quitarle hierro—. Tened calma, no os conviene un berrinche ahora. Son cosas de críos.

Señaló la espada de madera, que yacía sobre la arena.

—¿De críos? Jugaban a Doramas cuando los encontré, maldita la hora que me trajo hasta aquí.

—¿«Doramas»?

—Es el nombre de uno de sus guerreros más famosos. Y de los más valientes, ya lo creo, que solo de verlo daba miedo.

Terminé la operación. Le había quedado la manga alrededor de la cabeza, tapándole la frente. No quedaba primoroso, pero estaba apañado hasta llegar a la villa, donde pudieran hacerle mejor servicio.

—Os va a quedar un recuerdito, pero no ha sido grande cosa.

Ofrecí mi mano y tiré hasta ponerlo en pie. Ya a mi altura pude ver que era más bien bajo —lo que no resulta raro, pues suelo ser más alto que la mayoría de los hombres—.

—Siento lo de vuestra camisa —dijo—. Que Dios os guarde, quedo muy agradecido. —Y añadió presentándose—: Juan Mayorga el Viejo, primer alguacil de la guarnición del Real de Las Palmas.

A la vista del representante de la ley procuré no alterar el gesto y tragué saliva.

—Fernando Corregidor y Valiente —contesté, agachando un punto la barbilla.

El apellido falso que yo había elegido se correspondía al de un alférez, de quien fui muy amigo antes de que lo mataran unos cobardes. La elección de «Valiente» me había hecho gracia, pues jamás diría de mí que tal me describiera. Y respecto al «Fernando», a lo largo de aquellas misiones mías de antaño intenté siempre usar este nombre, pues siendo el mío propio me era fácil identificarme con él.

—¿Recién llegado de Palos? —preguntó.

—Ni media hora hace que pisé la arena. —Me encogí de hombros en una sonrisa, evitando contar las verdaderas razones que me habían llevado hasta tierras tan remotas.

El Viejo observó el horizonte del camino. A pesar de que parecía duro como bala de cañón había en su gesto un poso, ese cierto aire de fragilidad del hombre cansado.

—Se me marchó el cabrón del caballo —dijo—. Si no os importuna podemos caminar juntos hasta la villa. Además, así yo mismo os habré de escoltar y podré devolveros el favor si es que nos atacan.

—Prefiero que continuéis debiéndomelo; dejaos, dejaos de ataques.

—Hay un trecho hasta el Real, permitidme ayudaros con el equipaje.

Se agachó a fin de recoger mi petate y, por evitar que descubriera su contenido, me lo cargué yo a la espalda.

—Puedo yo. Hace una mañana bonita y no tenemos prisa.

Un amable gesto de «como vos queráis» y anduvimos juntos el estrecho camino de tierra, hacia el noreste de la isla; él todavía confuso por el golpe, y yo cargando a duras penas mi condenado petate, pesado como un cebón.

## 4

Llevábamos un trecho caminando en silencio cuando preguntó:

—¿Habíais estado antes en la Gran Canaria?

—Jamás. —Y después mentí—: Ando buscando tierras para invertir. Ganadería. Cabras y cerdos mayormente.

—Ah, un comerciante. Os va a gustar la isla entonces, esta es una tierra de oportunidades para el hombre que sepa aprovecharlas.

—Sí, ya lo creo; oportunidades de que le rompan a uno la cara.

Rio con ganas, pese al dolor.

A través de aquellos arenales interminables encontré la vegetación más bien escasa, seca y baja, para protegerse de los vientos marinos; descubrí cardones con flores rojizas, y una variedad curiosa de la borraja, que daba flores blancas; plantas carnosas, rellenas de agua para subsistir en aquel entorno hostil.

—La costa es más bien fea —intervino el alguacil Mayorga, al advertir mi curiosidad—, todo está seco y resulta monótono a la vista.

El sur de la isla es peor, aquello es un desierto. Pero en el interior, amigo, allí el Creador quiso darse gusto. Veréis qué hermosura de bosques y qué paisajes tan diferentes a esto.

—¿Bosques? —dije yo a la vista de aquel secarral.

—Ya lo creo. Bosques de pinos altos; bosques cerrados, árboles frutales y ríos, y montañas altas, extraordinariamente verdes. Estas islas imposibles, con sus desiertos aquí y sus bosques allá, fueron creadas por la imaginación de un dios loco.

Apuntó entonces una sombra en la mirada, algo cambió en él, y dijo agachando la voz:

—Ideal para que se escondan los insurrectos.

Clavó en mí aquellos dos ojos, que descubrí azules. Tenían dentro una mar bravía, con olas rompientes y poderosas.

—Emboscadas, señor Corregidor. Muchas emboscadas.

No quise yo abundar en el tema, llevaba bastantes guerras a la espalda como para comprender aquel silencio apesadumbrado: ataques sorpresa, yo lo sabía; hombres surgiendo de la nada rebanando cuellos, aplastando cabezas; caos y confusión, gritos, sangre en la tierra; amigos y compañeros cayendo muertos a tu lado y los atacantes escapando entre las sombras como fantasmas. Estaba claro que aquella pedrada no había sido la primera.

Hacía poco más de quince años que la Corona había adquirido los derechos de conquista sobre La Palma, Gran Canaria y Tenerife. A fin de impedir que los portugueses se establecieran en el archipiélago y entorpecieran el camino hacia la floreciente Guinea —tan rica en esclavos—, sus majestades habían ordenado la conquista de la Gran Canaria.

—Igual que si fuera ayer me acuerdo —dijo el Viejo—: a veinte días de mayo del año venido de Nuestro Señor del setenta y ocho, en Cádiz. Se pregonó a voz en grito un bando ofreciendo tierras a los aventureros que aquí se avecindasen.

En mi travesía había yo leído que a la Gran Canaria arribaron ocho navíos de guerra. Seiscientos hombres; treinta lanzas de a caballo, aventureros pagados, lenderos, un deán más varios religiosos de

San Francisco, y otros clérigos. Venían dispuestos a tomar la isla a sangre y fuego.

—¿Estuvisteis vos allí, Mayorga, el día del primer desembarco?

—Desde el primer día, sí, señor. Acompañado por mi hijo, que ingresaba como cabo de columna siendo muy niño.

Tras desembarcar, buscaron un lugar adecuado para levantar un campamento.

Mayorga señaló hacia la villa que ya asomaba al fondo.

—El Real de las Tres Palmas, le pusieron por nombre.

La resistencia de los aborígenes había sido feroz: al menos dos mil salvajes atacaron el campamento que los conquistadores estaban levantando.

—Os digo que no he visto guerreros como esos, señor, con semejante bravura; admiraba ver el empeño que ponían. Y a punto estuvieron de mandarnos de culo al mar, de vuelta, de no haber sido por la intercesión de santa Ana, de la que nuestro capitán era muy devoto. Nos mataron a siete hombres y nosotros a ellos trescientos; vencimos esa primera batalla y acabaron replegándose hacia el interior; se llevaron con ellos a la población y a todo su jodido ganado, para que no pudiéramos aprovecharlo.

Aquella batalla sería solo el principio, larga sería la guerra en la isla. De los treinta mil aborígenes que albergaba la Gran Canaria, al menos dos tercios acabarían muertos en batalla o vendidos como esclavos en la península.

—Ahora la isla es nuestra y están muertos casi todos aquellos que podían ofrecer resistencia. Pero en aquella primera batalla, entre aquellos siete de los nuestros que cayeron —dijo el alguacil con amargura—…, estaba mi hijo.

Parecía de pronto encorvado, resentido por el peso que cargaba su espíritu.

Vino a sonreírme.

—Por eso me llaman el Viejo. Por diferenciarme de mi hijo, que también se llamaba Juan Mayorga.

Al poco se le fue apagando la sonrisa.

—Lo abatió un arcabuzazo, fijaos qué muerte más asquerosa. Muerto por uno de los nuestros. No se pudo hacer nada por él. Maldita la hora, ojalá no hubiera venido nunca.

# 5

Nos costó una horita larga culminar la legua y media de camino hasta el Real. Comenzamos a advertir movimiento; había casuchas aquí y allá, levantadas sin aparente orden ni concierto, fruto de la improvisación; palmeras a centenares, honrando el nombre de la villa, y establos; también algunos terrenos de cultivo —muchos de ellos abandonados—. Aquellos que los trabajaban interrumpieron sus quehaceres para intercambiar con el alguacil un gesto seco con la barbilla. A mí me observaban con más mala baba que buena.

—Por aquí —comenté— no son muy hospitalarios.

—Desconfían, don Fernando, ya os lo podéis imaginar. La guerra contra los aborígenes fue devastadora, la gente tiene todavía el miedo en el cuerpo. Y últimamente la isla se halla muy atemorizada por la presencia de esclavistas, que andan por todas partes cazando hombres, mujeres y niños, para venderlos en la península.

Uno de los labriegos llamó a un chiquillo que se sorbía los mocos en lo alto de un carro.

—¡Niñou!

El pequeño, que no llegaba a los cuatro años, le llevó un botijo descascarillado: tal parecía ser su oficio. Tras beber con ganas, el hombre me contempló de arriba abajo. Otras veces había yo visto esa expresión escéptica: la llegada de un extraño solo puede traer problemas.

—Estos no son aborígenes —dije yo.

—No. Castellanos y andaluces en su mayoría. Aunque también hay portugueses y flamencos; genoveses menos. Los hay perseguidos por la justicia y hasta judeoconversos, pero todos vinieron en busca de fortuna, huyendo de una vida miserable en el continente.

Aquellos campesinos descalzos vestían ropas humildes, no eran diferentes de los que hubiera yo visto en Cádiz, en Segovia o en la misma Nápoles. Andrajos largos a modo de camisa, pantalones mil veces remendados.

—No veo fortuna por aquí, señor alguacil.

—Pero el clima, amigo mío… —dijo él con una sonrisa amarga—. El clima es estupendo.

Advertí que los niños de la pedrada nos seguían a larga distancia; el alguacil también los había visto.

—Sí; nos han venido siguiendo todo el camino. No os paréis; aquí nadie nos ayudaría si deciden atacarnos.

A nuestro paso bajaban las caras los campesinos, en efecto, y volvían al trabajo, con poca gana de inmiscuirse en líos. Reconocí en ellos a gentes de paz, temerosas de Dios, pero, sobre todo, temerosas del Hombre. Reacios a combatir, puede ser, pero, ah, curiosa bravura la suya, sin embargo, que los movía a embarcarse y dejarlo todo atrás, por el solo sueño de trabajar la tierra seca de una isla de la que nada sabían.

El alguacil Mayorga se giró hacia mí.

—En la Gran Canaria, amigo Fernando, dormid con el cuchillo bajo la almohada.

# DE EL REAL DE LAS (TRES) PALMAS

## 1

o encontré murallas de piedra en los arrabales del Real de Las Palmas —así se lo conocía ahora, decapitado el tres, pues de aquellas tres palmas primeras no quedaban ni las raíces—, sino algunas empalizadas de madera, caídas en su mayor parte y cubiertas de malas hierbas. Todo allí parecía desolado, como si, a cada momento en que la ciudad hubiera querido crecer, algún suceso lo hubiese impedido.

Pasamos junto a una patrulla de soldados.

—¿Todo bien, mi señor alguacil? —preguntó uno de ellos al descubrir la cabeza vendada de Mayorga.

—Muy bien —sonrió el viejo—; percances del oficio, qué le vamos a hacer.

Nos franquearon el paso y continuamos camino.

Según me dijo, la población del Real venía a ser de seiscientas almas sin contar los esclavos que zapateros, herreros o sastres adquirían de común como aprendices.

Las casas de los pescadores recorrían la línea de la costa. En mantas depositadas sobre el suelo se vendían pescados recién traídos de las playas próximas. Aquel barrio llamado de Triana me recordó a cualquier suburbio andaluz de marineros.

—¿Triana? —pregunté al alguacil.

—No os extrañe. De los primeros soldados que el capitán Rejón trajo a luchar a la isla, la mayoría provenía del barrio de Triana, en Sevilla.

Desde su nacimiento, todo en el Real quiso imitar a Sevilla, en efecto. La administración, la organización, los impuestos... Hasta el acento que distinguía a los canarios que hablaban nuestra lengua era sevillano en un cierto deje. Esta calle de los menestrales me recordó a los zocos africanos que yo había conocido tiempo atrás, solo que la mitad de los puestos estaban cerrados, por miedo seguramente a los tiempos inciertos que estaban viviendo.

—En pocos años, ya lo veréis, esta calle acabará tomada por comercios de todo género; se venderán vacas, caballos y mulas; en muchas tiendas veréis exhibidas pieles de cabra y de cordero, pero también telas de lino, traídas de Aragón y hasta de Holanda.

En aquel momento, por desgracia, la villa estaba a medio hacer, carecía de casi todo. De la fachada de uno de los comercios me llamó la atención un ostentoso cartel amarillo que rezaba: *Almacenes y Tejidos Romero*; tras un mostrador, vi atendiendo a una pequeña, pelirroja y de apenas doce años.

Iglesias encontré muchas, tantas como en el resto del territorio castellano. Y tabernas. A sus puertas acudían mujeres en busca de hombre, y hombres en busca de vino; llegaban pendencieros de toda ralea, buscavidas, aventureros; piratas sin barco devenidos en mercenarios de secano, antiguos soldados con oro para gastar, y pobres de solemnidad a la caza de una triste moneda de cobre. Dentro de estos tugurios se cantaba y nombraba sin tino a Dios y a Satanás. Unos juraban a favor de la reina castellana, otros del rey aragonés; y nunca faltaban quienes terminaban a puñetazos.

El suelo de la ciudad era de mera tierra apisonada, y, acabada esta vía llamada Triana, se fue todo enfangando.

2

Llegamos al barranquito que había formado el río llamado Guiniguada, justo en el centro de la villa y que la dividía en dos. No resultaba amplio —le calculé un ancho de dos, tres tiros de piedra—, ni caudaloso, aunque Juan Mayorga me dijo que en primavera a veces bajaba crecido y que había llegado a zaherir la estructura de aquel puente hecho de palo que unía las dos mitades de la ciudad.

—Mi señor alguacil, me sería de gran interés cruzar unas palabras con el almirante Colón. ¿Sabríais vos si se hospeda en la villa?

—Anda muy ajetreado con los preparativos; tengo por cierto que rara vez abandona su nave, aunque quizás esta noche acuda a una velada que organiza el gobernador.

—Bien —respondí muy agradecido, cavilando ya cómo haría para presentarme en la dicha velada—. Aquí nos separamos, amigo, he de encontrar alojamiento y organizar mis intereses.

—Haced el favor de acompañarme, Fernando —contestó Mayorga sonriendo—. En agradecimiento a lo que habéis hecho por mí os quiero llevar ante el gobernador de las islas. Veréis que, si él puede, bien os socorre en esos negocios vuestros de cerdos y cabras.

—No, por Dios, no es necesario —dije yo, disimulando el alegrón.

—Insisto. Estoy más que obligado.

A mitad de puente resonaron unas detonaciones en la distancia. Levanté la vista hacia el oeste, allá de donde venía el río, cuyo origen se perdía en las montañas cercanas.

—Están disparándole a alguien —dijo Mayorga muy sombrío—. Quiera Dios que a los esclavistas no se les haya escapado un preso.

Me sorprendió la edificación colosal que habían levantado cerca del río: un ingenio para extraer azúcar de la caña, cultivo que habían traído desde la isla de la Madera para ser replantado aquí y que me recordó a las industrias de Federica Montebianco, a quien el diablo guarde.

Alrededor de esta zona dedicada a labores administrativas, se extendían viviendas y vegas fértiles; es por eso que la llamaban la Vegueta.

—El señor gobernador, amigo Corregidor —comentó el alguacil—, es el tercero en su cargo; veréis que es hombre afable. Cosa rara después de los personajes con los que hemos tenido que lidiar por estas tierras.

—¿Cómo así, Mayorga?

—Al primer gobernador le cortó la cabeza el entonces capitán de la villa, y el segundo resultó ser sanguinario mentiroso, acabó saliendo del cargo con una patada en el culo que le dieron los reyes mismos. Ved que por aquí no nos aburrimos.

En lo alto de esta cuesta nos recibió una placita; allí nos aguardaba la vivienda más ostentosa que hasta entonces yo viera en la villa.

—La casa del señor gobernador civil del Real de Las Palmas —anunció el alguacil con aire teatral—; que fue regidor de Salamanca; corregidor de Cáceres, de Badajoz y de Palencia; diputado general de la Santa Hermandad: don Francisco Álvarez de Maldonado.

# DE FRANCISCO ÁLVAREZ DE MALDONADO
## Y EL AGUA LIMPIA

## 1

llevaba yo un ratito esperando a solas en la antesala cuando Juan Mayorga el Viejo me hizo pasar al despacho.

—El comerciante del que os acabo de hablar, vuestra señoría —dijo el alguacil señalándome con la palma de la mano—: don Fernando Corregidor y Valiente.

Desde el otro lado de la mesa el gobernador se puso en pie, agarrándose la formidable barriga.

—¡Caramba! —tronó la voz grave con acento salmantino—, ¡me es muy grato saludaros, señor!

Gastaba bigotito párvulo, todo él parecía una enorme pera; y eran tan prominentes sus narices como pequeña su cabeza y pequeños los ojos, vivos y muy negros. Temblando aquel tonel que tenía por barriga se vino hacia mí a zancadas y extendió la mano.

—¡A fe mía que ya no abundan almas caritativas como vos, Corregidor!

Vestía ropas exquisitas: gorguera pese al calor, una túnica verde, corta, y zapatos de terciopelo. Adornaban sus dedos tres anillos grandes como uvas. Según me enteré después, el tal Maldonado era hombre de posibles: tenía posesiones en Salamanca, y en las villas gallegas de Santiago, Noya y Muros.

—Señor gobernador... —dije yo; e inicié una leve reverencia.

—No, no, sin formalismos, os lo suplico, nada de gobernador, llamadme Francisco, a secas. ¡Qué hazaña la vuestra! Gracias que estabais ahí para intervenir en el lamentable *incidente* que sufrió el amigo Mayorga —dijo señalándole, por la pedrada—. Ah, qué bárbaros, qué bárbaros. No todos, a Dios gracias, solo algunos; la mayoría de los isleños son gentes tranquilas. Convivimos en paz desde hace años, como ya os habrá contado aquí el alguacil, a excepción de algunas escaramuzas que nos montan de cuando en cuando. ¡Bien! Son los flecos de la vida, qué vamos a hacerle. Acabáis de llegar, según me informan.

—Todavía tengo agua salada en las botas, vuestra señoría —asentí.

—Ah, pues eso hay que arreglarlo; voy a disponer para que os acomodéis. Ordenaré que os preparen una habitación aquí mismo, en la casa.

—No quisiera molestar —repuse yo cuando él estaba a punto de palmearme la espalda; no veía la hora de adentrarme en la búsqueda del pergamino, pero para eso antes tenía que resolver ciertas dudas con Colón y con Racú.

—Al contrario, ardo en deseos de que hablemos, tenéis mucho que contarme sobre lo que pasa por el mundo. Creedme que si se hundieran las bóvedas del Infierno, aquí seríamos los últimos en enterarnos.

Tocaron a la puerta y asomó un escribano.

—El jefe de los esclavistas desea veros, señor gobernador. Se les ha escapado un esclavo; dice que quiere solicitaros venia para buscarlo en la villa y hacer uso de armas si es menester.

—Carajo —musitó el gobernador compartiendo con Mayorga una mirada de preocupación—. Verás tú la que nos van a montar estos, nos lo pondrán todo patas arriba.

Asintió muy grave el alguacil.

Francisco Álvarez volvió a mí.

—No se hable más —dijo—, esta es vuestra casa. Ahora os doy permiso para que os retiréis a vuestros aposentos —y aquí llegó por fin el palmeo—, que estaréis deseando sacaros las botas. Esta noche cenaremos con rico vino y comeremos carne de cabrón. No habréis probado cosa más rica, os lo garantizo.

## 2

Despertó mi curiosidad la sirviente que me condujo a los aposentos que el gobernador Maldonado había dispuesto para mí. Una breve reverencia para saludarme fue la única cosa que ella se dignó compartir conmigo, no hubo una palabra. Seguí a la muchacha a través de patio, escalera y pasillo, dibujando sus caderas con mi mirada. Ella no se volvió hacia mí en ningún momento.

No me parecía portuguesa ni castellana, acaso pudiera ser andaluza. Encontré en ella rasgos interesantes, muy marcados y algo bastos, pero hermosos. El pelo lo llevaba recogido, con una toca, y la piel era tan morena como la de pescadores o labriegos.

Al fondo de un pasillo, accedió a una gruesa puerta de madera que abrió para indicarme que pasara primero. Cuando hube entrado en la habitación, cerró tras de mí sin despedirse.

En algún sitio cercano tañó una campana llamando a misa de doce.

La sobria habitación era un palacio a mis ojos cansados. Altos los techos, afianzados sobre vigas robustas. Muebles había pocos, una jofaina en un extremo, y en el otro una cama con dosel y una mesa de noche sobre la que habían depositado un crucifijo. Al pie de la cama, sobre un arcón, encontré mi pesado petate —algún sirviente habría sudado lo suyo para llevarlo hasta allí, cosa que agradeció mi malograda espalda—. Bajo el ventanuco, cuya contra hallé entrecerrada, había una silla de tijera, con asiento de piel de cabra. En la esquina, un escritorio flamenco, de molduras labradas, mostraba cuartillas en blanco, cabos de vela, pluma y tinta.

Me hallaba solo al fin, y en silencio, después de tanta travesía y hastiado de compartir mis momentos con indeseables de todo pelaje.

Suspiré.

Debo decir que no echaba de menos Nápoles, ni ningún otro lugar al que pudiera llamar hogar, la cueva a la que vuelve el oso para lamerse las heridas. Eran tantos los sitios donde yo había vivido y que había terminado abandonando, que ya no sabía cuál de ellos era el mío.

Y fue tal que si estos recuerdos hubieran atraído a otros más antiguos: llegaron hasta mí las sombras de mis viajes e intrigas, desde veinte y cuatro años atrás. «Señor Malpartida, ¿a qué criado discreto y poco escrupuloso podríamos encomendarle una misión tan delicada?». «Dejadlo en mis manos —respondía él—, tengo a la persona indicada; un muchacho al que he enseñado bien, por ventura». Luego vinieron otros encargos: hacer desaparecer una inapropiada descendencia de Rodrigo Borja; torcer ciertas negociaciones matrimoniales. ¿No es verdad que lo dije antes? Asomarse al abismo tiene un precio, y yo había pagado el mío con creces. Vendría el hartazgo y después mi retiro en Nápoles, el olvido. No dejó de parecerme sorprendente que mi gusto y saber por los objetos de arte se convirtiera de pronto en útil: una vida nueva en un lugar lejano. La paz.

Lo pasado, pasado; en fin, nunca he sido hombre que guste de remover las telarañas. Recordar me provocó acidez de estómago.

Abrí la contraventana, la habitación se inundó de luz; estaba en un segundo piso. Dejé que me impregnara aquel olor a flores que brisaba toda la villa.

No veía la hora de refrescarme.

Derramé la jarra en la jofaina, salió un agua límpida como hacía semanas que no veía. Me arremangué e introduje las manos en la palangana; remojarme la cara pareció devolverme años de vida, sentí la piel surcada de cicatrices. Ah, qué fresca la sensación del líquido precioso mojando mi rostro, del agua dulce en la piel.

Vacié la palangana por el ventanuco.

—¡Agua! —grité.

## 3

Llamó mi atención el sonido de un papel que se arrastra por el suelo. Al observar la puerta cerrada descubrí que alguien había deslizado una hoja por debajo.

Se trataba de una cuartilla doblada en dos, sin lacrar.

En ella leí unas pocas palabras:

*Si queréis encontrar a Conrado Racú,*
*acudid a medianoche a la ermita de Santa Ana.*
*Venid solo y venid armado.*

Me dio un brinco el alma; di en pensar que fuera Racú quien había metido la nota bajo la puerta.

Me asomé al pasillo y no hallé a nadie.

Volví al cuarto, cerré con llave.

Releí la nota.

Un pensamiento negro cruzó mi cabeza. Aquel mensaje probaba que alguien conocía mi verdadera misión en la isla.

Quizás se tratara de una trampa, pero valía la pena arriesgarse a acudir por la noche a la dicha ermita si es que tal pudiera conducirme hasta el canalla de Racú.

Fue esta la primera vez en que vino a mi mente qué habría de hacer con él una vez lo encontrara.

Era muy posible que no quisiera darme el pergamino por las buenas y que me viera obligado a recaer en prácticas que mis manos tenían más que olvidadas.

Debo decir que al reflexionar sobre estos temas se me revolvía por dentro un cierto gusto. Acabar con él me sería difícil, esto era claro: no es lo mismo despachar a un rico terrateniente portugués que a un sicario entrenado. El reto que suponía Racú, sin embargo, hacía volver la color a mis mejillas; me hallé tan exultante como el sabueso que huele la sangre del león. Y aquel león podía matarme, desde luego, pero, ah, qué cabeza la mía, la sola idea de enfrentarle acrecentaba mis ansias.

Encendí una de las velas del escritorio y quemé la cartita.

Recosté mis doloridos huesos en la cama y con mucho esfuerzo conseguí sacarme las botas altas; en un santiamén inundó la habitación el hedor a agua salada, a cuero mojado y sudor.

102

Decidido a seguir estudiando a mi presa, retomé los documentos que recopilaba el informe Racú.

Bajo el epígrafe *Escritas por Conrado Racú*, se me habían entregado unas cartas de pago fechadas en Valladolid, Valencia y Ruyssellon. En la cara posterior encontré anotaciones diversas.

*Hoy he vuelto a tener fiebre, llevo en cama varios días. He soñado con Dios.*

*(…)*

*En este mundo nuestro hay algo que me provoca espanto. He visto plantas que se asemejan a insectos e insectos que recuerdan a peces. He visto collares arbóreos que se parecían a la cola de cierto animal; he visto un hongo semejante en todo a una lengua, incluidas las papilas. Estas similitudes me obsesionan. ¿No cabe pensar que estas soluciones parecidas entre sí son, digamos, la firma de Dios? El estilo del artista.*

*(…)*

*Remite la fiebre, pero me encuentro débil todavía. Por las mañanas me pierdo entre hayas y robles, camino sin rumbo.*

*Concluí hace unos días que la única huella de Dios está en la Naturaleza. Allí, criaturas y plantas se devoran sin rastro de misericordia. Esto me lleva a la siguiente conclusión: si nada hay más falto de piedad que la Naturaleza, ¿no resulta lícito pensar que Dios es también cruel y retorcido?*

*Al principio pensaba que su firma es repugnante, pero, pasados los días, he cambiado de parecer; eso me ha dado cierta paz. En los bosques he llegado a aceptar lo cruel de Su obra.*

*(…)*

*Contemplo mi ojo izquierdo y observo maravillado su grande equivalencia respecto de mi ojo derecho; observo mis dos brazos y* mis dos pies. Todo en este mundo se dobla en dos mitades iguales. Hay un clarísimo mensaje de Dios ahí, ¿acaso nadie se ha dado cuenta? Ese mensaje, la simetría, significa que la Ley, Su Ley, lo gobierna todo.

Todas las criaturas tienen la simetría del dos, pero observo que se reproducen en tan grande número que de cuando en cuando dan lugar a variaciones abyectas. Algunos seres, pocos en todo el orbe, tienen una simetría diferente: la del cinco. Los erizos o las estrellas de mar pueden segarse en cinco partes que equivalen unas a otras como reflejadas en cinco espejos. Eso, no me cabe duda, es la risa de Dios, que rompe Su Ley cuando le da la real gana.

*De Juan de Coloma, Secretario del Rey y de la Reina.*

*Al señor Vinicio Malpartida. Salud y gracia.*

*Es mucha la preocupación que me ha despertado cierta información, que ahora paso a relataros.*

*Anteayer despertó a la villa de Sigüenza el rumor de un grave suceso, que muchos han dado por diabólico. Cierto mercader, cuyo nombre vos conocéis bien, fue hallado muerto en su alcoba. Es aquí donde se vio la mano del diablo: se hallaba mutilado en todos sus miembros en un intento macabro de componer una simetría en cinco partes.*

*Si bien nos hemos apresurado a expandir la especie de que fue obra de judíos, lo cierto es que nosotros habíamos encargado a vuestro pupilo Racú tener conversaciones con este mercader; se trataba solamente de que encaminara su voluntad acorde a nuestros intereses.*

*Como quiera que el mercader ha resultado descuartizado y que Conrado Racú no se ha presentado a rendirnos cuentas, os ruego que concertéis cita con él a la mayor brevedad para que explique si tuviera que ver con este suceso.*

*Yo Juan de Coloma, Secretario del Rey y de la Reina*

*A día 13 de abril de 1491 Fulgencio Mendoza, tabernero, declara por ante mí, Juan Horduño, escribano público de esta villa, y aprobado por Sus Majestades, haber cobrado de la Corona la suma de sesenta y cinco maravedíes en concepto de pago por los destrozos que el caballero Conrado Racú hizo en su establecimiento y que quedan recogidos en la presente lista: dos hachones grandes de hierro. Un tonel de cincuenta galones de cerveza y su correspondiente contenido. Un tonel de treinta y dos galones de vino y su correspondiente contenido. Tres sillas. Dos mesas. Un taburete. Un atizador para el fuego. Veinte y ocho jarras de barro. Un cochinillo recién asado de no menos de cuatro arrobas. Un mastín de catorce años, medio ciego y medio sordo, llamado Chicho, de apenas valor material pero de valor sentimental inestimable.*

*De Juan de Coloma, Secretario del Rey y de la Reina.*

*A vos, Vinicio Malpartida.*

*Ha llegado a mi poder cierta carta de declaración que ha cursado el escribano mayor de Sevilla, señor Beltrán Pérez.*
*Acompaño mi carta con esta dicha declaración jurada.*

*En presencia de Don Leónidas de Luzón y Quebrado, alguacil. De Don Fernando Alfonso del Mármol y Don Álvaro Ioanes, dotor.*

*El escribano mayor de Sevilla señor Pérez refiere que el señor Conrado Racú se personó en su despacho empuñando una espada al grito de «Bellaco», «Fementido» e «Hipocritón».*
*A continuación y ante otros caballeros presentes, el señor Racú acusó al escribano señor Pérez de recibir ciertos dineros, así como refirió asuntos de grave talante que calumnian la honra de Sus Majestades el Rey Don Fernando y la Reina Doña Ysabel.*
*Luego de esto, el dicho señor Racú abrió un trapo y dejó caer su contenido, que resultó ser la cabeza de un hombre, la cual rodó por el suelo causando grande sobrecogimiento entre los presentes.*
*Antes de abandonar el lugar, el señor Racú se dirigió al señor Pérez y dijo: «Ni vos ni Fernando ni Ysabel habéis tenido el valor de cortarle la garganta con vuestras propias putas y corruptas manos, pero este muerto es vuestro».*

*Señor Malpartida, me hallo muy apenado. Racú realizó todos nuestros encargos, eso es cierto, pero sospecho que les iba dando un significado torcido. Un mal ha entrado en el espíritu de ese hombre como una ponzoña y ha afectado a sus mientes. Nos juzga, amigo mío; juzga incluso a nuestros señores los reyes. Y en nuestra profesión no puede haber peligro mayor que ese.*

*Mucho he dudado qué hacer, señor Malpartida. Pero el destino ha decidido por mí, pues el martes me llegó una petición del serenísimo Don Ferrante, rey de Nápoles y caro de Nuestros Reyes, y en respuesta a ella he decidido asignar a Conrado Racú a su vasallaje.*

*No se trata de un destierro, sino de lo que viene a llamarse «patada hacia arriba»: las bruscas maneras de Racú serán mano de santo con el levantisco señor napolitano. Inter Nos, Malpartida: Ferrante, que no tiene la nobleza de sangre de Nuestro Rey y de Nuestra Reina, apreciará de mejor grado las maneras del lobo. Lo que aquí sobra será, pues, bienvenido allí.*

*Confío, por añadidura, en que este cambio de aires reconstituya el espíritu de vuestro criado Racú.*

*Salud y gracia*

# DE MOSTRENCOS EN REMOJO
# Y NIÑOS QUE COSEN HERIDAS

1

 media tarde, el hambre interrumpió una pesadilla y desperté entre sudores. Por un instante me pareció hallarme rodeado de árboles, en plena selva, y que la sombra de un hombre me observaba.

Estaba solo, sin embargo. Una luz cálida entraba a través de la ventana de mi habitación en la casa del gobernador Maldonado. Era evidente que la lectura de aquellos documentos había emponzoñado mi espíritu; no dejaba de percibir la presencia del condenado Racú, conmigo, en la habitación.

No había más que leer aquellos documentos para comprender que, con el curso de los años y en el oscuro servicio a sus majestades, Conrado Racú había ido perdiendo la cabeza, si es que alguna vez la tuvo en su sitio, que también esto lo dudo. ¿Acaso puede alguien asomarse al abismo y salir indemne de esta vista? Lo sé yo mejor que nadie, que también hube de contemplar la oscuridad en tantos momentos: la sangre puede lavarse de una ropa, pero es mucho más difícil eliminar su mancha de nuestro espíritu. Por lazos del demonio se conoce que a mí vino a afectarme menos; quizás era yo más cínico que Racú, más descreído; o quizás, no lo sé, supe apartarme antes del filo de este alfanje, cuando todavía no había ocasionado en mí daños irreparables.

Restaban todavía varias horas para la velada de esa noche, donde aspiraba a encontrarme con el señor Colón y sonsacarle tanta información como pudiera.

Acomodé sobre el escritorio los libros y documentos que me había traído de la librería del judío gaditano.

Pese al maravillamiento inicial, la información que allí había encontrado sobre las Canarias me había parecido en exceso fantasiosa. Plinio describía los bosques de Canaria llenos de elefantes salvajes, pero alguno de los historiadores situaba en ellas a las gorgonas, furiosas mujeres de piel de serpiente que compartían un solo diente y un solo ojo; otro librejo hacía habitar las islas por colosales lagartos alados que parecían dragones. No faltaba el que ubicaba entre ellas a la isla perdida de San Brandán, que aparece y desaparece sobre el lomo de un pez gigante.

—No creo, señor librero —le había dicho yo a Ibn Daud—, que ninguno de estos fementidos viajara nunca hasta la dicha Canaria.

—Natural. Son pocos los cronistas que en verdad viajan —respondió encogiéndose de hombros—. Viajar es peligroso, por lo que es mejor costumbre repetir lo que han narrado otros. Tal es mi creencia: antes que en vivir algo de primera mano, el mérito está en pintarlo vivo, conseguir que los lectores lo respiren como que están allí mismo.

A medida que iba entregándome a esta industria, me imaginaba una y otra vez acudiendo a la ermita en donde se me había citado a medianoche. Ansiaba —y temía— encontrar en ella al condenado Racú.

Me calcé, cuidando de ocultar en la bota mi puñal romano, y salí a llenar el estómago y a recorrer los alrededores, para entretener el miedo y, sobre todo, para ver a algún *canarii* —tal era el título que se daban los primeros aborígenes. Según mis lecturas, Plinio atribuía el nombre de las islas al de estos indígenas—. El alguacil me había informado de que, acabada la guerra, había muchos isleños que, huyendo de la escabechina, se habían presentado voluntarios para cristianizarse, y ahora vivían más o menos integrados en la sociedad castellana.

# 2

Como todas las casas de la isla, la del gobernador estaba construida en torno a un patio desde el que se accedía al exterior. Salí sin ser visto y enseguida me vi caminando por los callejones del Real de Las Palmas.

Este barrio de la Vegueta olía a fragancias que yo nunca había paladeado. Allí las casas eran bajas, encaladas al estilo andaluz, y exhibían abiertas sus puertas. En los patios interiores crecían árboles frutales, regados por acequias que provenían del río cercano. Muchas de las casas estaban cubiertas aquí y allá de largas piedras que llamaban «lajas», oscuras y muy planas.

Resurgieron en mí los rescoldos de una vieja costumbre: al llegar a la localidad en que hubiera de desempeñar misión, trataba de memorizar las callejuelas, no tuviera que verme obligado a recorrerlas a la carrera, perseguido y sin armas.

Hablando de esas, por cierto, enseguida llegué a la llamada plaza de Armas, una vasta explanada rodeada de palmeras, y bastante animada.

Encontré algunos puestos callejeros en donde se vendían frutas y miel, quesos y carne salada bañada en moscas. Los voceadores anunciaban sus mercancías, y frente a ellos, encima de unos estrados, franciscanos y dominicos predicaban a voz en grito.

—¡No mercadeéis! —gritaba un fraile—. ¡La santa madre Iglesia reniega de la búsqueda del beneficio, pues el bien común debe siempre prevalecer sobre los privados intereses!

Acudí a uno de los vendedores, un vigués rubio y de ojos claros. Tenía una parte del tendido dedicado a útiles para recién paridas: mamaderas hechas en cuerno de vaca, con su pezoncillo de cuero, así como ingenios diversos para cargar al bebé a las espaldas, y también sonajeros, tripas para hinchar, tabas de hueso para los críos mayorcitos...

A fin de reparar mi desnutrido estómago, le compré algo de queso y pan duro, que por mi mucha necesidad hallé muy ricos; encontré en el queso un regusto de cueva, que me recordó a las pastas

111

cántabras, pero con hierbas que desconocía, y hablamos de los quesos nuevos que los colonos estaban haciendo en las islas. El comerciante me convidó a un trago de vino del odre que le colgaba del hombro, un tinto tan joven que estaba sin hacer, pero cuya dulzura caía bien al cuerpo.

—A un lado —señaló—, tenéis la casa consistorial. Al otro, la iglesia de Santa Ana. Ya veis que nos rodean los poderes de Dios y del Hombre. Dicen que piensan derribar la iglesia para levantar una catedral, fijaos.

Advertí en las escalinatas de la iglesia a un variopinto grupo de desechos humanos: tuertos; tullidos sin una pierna o sin un brazo…, antiguos combatientes de la guerra contra los indígenas, sin posibles para regresar al continente y que se veían obligados a mendigar.

Aboné lo que se debía y encaminé mis pasos hacia el este, a través de las callejuelas.

Fue corto el trayecto —la villa era pequeña—, y lo pasé todo él acabándome el queso y el pan duro. A lo lejos y detrás de una gran extensión de campos de cultivo, siguiendo yo la costa de la Gran Canaria divisé una calita de arena gris —luego me contaría alguien que habían levantado allí mismo una ermita a san Cristóbal—.

Iba atento a cada paso, con cuidado de no romperme la crisma entre aquellas piedras enormes y picudas que conformaban el litoral, cuando llamaron mi atención tres figuras.

Había un mozalbete que no pasaba de los once años. La única ropa que llevaba encima era un cinturón del que colgaban los mejillones que acababa de despegar de las rocas; dos hombres le increpaban.

—Reza el padrenuestro te digo, piojo malparido.

## 3

Quien así le hablaba al niño era un hombre negro, el más colosal que yo haya visto; a mí, que como dije soy bastante alto, me sacaba con holgura un palmo, quizás alcanzara las dos varas y media. Daba miedo solo de verlo; llevaba la cabeza afeitada, brillaba la piel morena al sol; los brazos descubiertos, anchos como un muslo; y al costado exhibía dos machetes enormes. A su lado observaba, divertido, un berberisco de barba afilada; mantenía la mano sobre el alfanje que portaba al cinto.

—Dilo, carademono —amenazaba el negro al chico—. *Pater noster, qui es in Caelis.* Reza, la puta que te trajo, o esta noche duermes con el hierro marcado en el culo. Prueba que eres cristiano o date preso en nombre de sus majestades.

«Acabáramos —me dije—. Esclavistas». Tras la conquista castellana, cada aborigen era susceptible de ser esclavizado, en estas Canarias donde nunca se había conocido la esclavitud. Los *canarii* solo podían escapar de este destino aciago si probaban su adhesión a la fe católica, pues, según la Ley Real, los cristianos no podían ser cautivos.

Cosa curiosa: en lugar de rezar a voz en grito para salvarse, el niño aquel les clavaba encima sus ojos negros, impasible. Llevaba el pelo largo, por partes dorado, y estaba muy moreno. Me hizo gracia que, como yo mismo, luciera por todo el cuerpo pequeñas cicatrices y moratones.

—Reza el jodido padrenuestro, piojo —insistió el negro. Pertenecía este infame al escalafón más abyecto: antiguo esclavo y hoy liberto, colaboraba en la captura de aquellos que eran hoy lo que él había sido un día—; encomiéndate a Dios para que te guarde.

—¿Cuál dios me tiene que guardar? —respondió el niño, y con tanto aplomo, por cierto, que dejó despalabrados al negro y al berberisco—. Yo no creo que tu dios quiera guardarme —añadió—. Y ya tengo yo el mío, que me protege.

«Ah —pensé—, he aquí sin duda a un niño aborigen». Sorprendía el descaro con que daba a conocer que no era cristiano; esto le iba a costar la libertad.

Como quiera que el esclavista negro fuera más hombre de mamporros que de letras, dio un paso hacia él, decidido a agarrarlo por el cuello. Y fueron precisamente letras las que lo detuvieron: aquellas que salían de una voz.

—Deja quieto al canario.

El negro y el berberisco se volvieron hacia mí; nos separaban unas varas de distancia. Me observaron arriba y abajo, como si no hubieran escuchado bien las palabras que, ni más ni menos, habían salido de mi bocaza.

—A la paz de Dios —dije—. ¿Se puede ayudar en algo? El muchacho no está haciendo nada malo; solo recogía mejillones.

El berberisco se llevó la mano al cinto y de allí sacó unos papeles enrollados que me mostró como si fueran venias.

—No lo capturamos por recoger mejillones, majadero, sino por ser canario infiel. Tenemos permisos reales para atrapar cautivos.

—Me importa un santo rábano —repliqué—; no voy a permitir que os llevéis al muchacho. ¿Por qué no os marcháis tranquilitos a la paz de Dios, que es adonde os acabo de mandar?

Pareció más grave que nunca el vozarrón del negro:

—A la paz de Dios te mando a ti, y al coño de tu madre, de donde nunca debiste de haber salido. ¿A qué te metes, tú? Date la vuelta y sigue camino, carajo.

—Menuda lengüita, amigo. Y no es esto lo peor, que me cuelguen, sino que tienes la fea costumbre de mentar a las madres; las madres no se tocan entre caballeros.

Apoyé la mano en el puñal aún enfundado y añadí:

—Los padres, por cierto, son otra cosa; y en tu caso, además, ningún daño puede hacerte que miente al tuyo, ¿me equivoco?, ya que nunca llegaste a conocerlo.

Dicho esto se encendió como una antorcha.

—Bujarrón, te voy a enviar al Infierno a que te encuentres con tus muertos.

4

Se me echaba encima como un huracán aquella mole negra y sudorosa; y a medida que caminaba iba sacándose de los riñones una porra; con ella habría abollado muchas cabezas.

Hay cosas que nunca se olvidan; no se detiene uno a pensar cómo camina o cómo corre; y fue así que mi cuerpo solo se apartó. Nada más fácil que meter la pierna y valerse de la propia embestida del bruto para hacerlo trastabillar y que volara aquel tonelaje. Cayó la bestia entre las olas, a punto de romperse la crisma contra las rocas; mas con tanta suerte, feliz san Judas Tadeo, que no dio sino en la espuma.

En otro tiempo habría estado ya pendiente de la segunda vela de aquel candelabro, mas los años no pasan en balde. Antes de que pudiera darme cuenta se me echaba encima el berberisco; con tan poco acierto, sin embargo, que fuimos los dos a dar en el agua.

Allí el negro trataba de echarme la zarpa encima, mientras que el berberisco pataleaba dando gritos: no sabía nadar, y tampoco es que fuera yo muy ducho, pero la mano negra de aquel demonio me agarraba por el brazo, intentando agachar mi cabeza bajo el agua y mandarme al otro mundo sin un triste responso.

Entre olas y espuma le propiné un puñetazo al negro. El muy bellaco recibió el golpe con la boca abierta y me rasgaron el puño aquellos condenados dientes suyos; mas él se llevó la peor parte: por haberle golpeado con la mano en donde tenía mi anillo, colmillos y paletas le saltaron de las encías y fueron a parar al fondo marino. Se tapó el negro la boca, aullando de dolor, mientras su amigo trataba de aferrarse a él para no hundirse. Quedó teñida la mar: sangre de blanco y sangre de negro, las dos rojas; sangraba él como un cerdo y yo también.

En dos rápidas brazadas vine a dar a la orilla; me agarré a una piedra para auparme a tierra —sin que esto signifique mucho, pues me costó lo que no estaba escrito—. Terminó encaramado en la roca este torpe cangrejo y a los pies del chaval, que me observaba sin mover un músculo para ayudarme. Y las tablas de esta partida, en la que él no me ayudaba a salir del agua y yo no era capaz de salir de ella, habrían durado hasta Navidades de no ser porque acerté a tomar impulso y me hallé por fin fuera.

Mientras yo ahuecaba el ala, los esclavistas pataleaban a pocas varas de la orilla, uno sobre otro, esforzándose mucho por no acabar ahogados.

Me pareció atisbar allá, tras la esquina de una casa, a otro canta-mañanas que espiaba mis movimientos. Nada más verse descubierto dio un paso atrás y se ocultó de mis ojos, pero la mucha prisa me impidió investigar más.

—No te quedes ahí —le dije al chico jadeando como un fue-lle—, cuando esos dos salgan del agua, hazme caso, querrás estar muy lejos.

Seguía contemplándome impávido, lleno de dignidad. Recuerdo que pensé entonces que la suya era la mirada de un rey.

—No tengo miedo de nadie —contestó sin pestañear.

## 5

Por escapar de los cazadores de esclavos atravesé un callejón entre dos chamizos y me interné de nuevo en Las Palmas; olía a tripas de pescado. Iba mareado por el esfuerzo y con grande miedo de que me asaltara uno de mis desvanecimientos, que me habría dejado a merced de los esclavistas.

Se abrió una ventana y escuché que gritaban:

—¡Agüita! —A un pelo estuve de ser enchumbado por un cubo de orines.

Me retiré a fin de ponerme a resguardo, no fueran a tirar ahora desechos de mayor calado.

Lo vi entonces, unas varas más allá, observándome por segunda vez con aquel gesto, tan severo pese a su corta edad.

El niño dio un paso hacia mí, y, echando mano a una bolsita que llevaba al cinturón, dijo:

—Dejas un rastro fácil de seguir: estás sangrando.

Sangraba, en efecto, allí donde el negro había paseado los dientes. Tenía una buena rasgadura en el puño.

El niño sacó hilo y aguja hecha de hueso. Enhebró la aguja, agarró el bajo de mi jubón y limpió la sangre de mi mano con un par de pasadas rápidas. El pilluelo apenas me llegaba al ombligo.

Antes de que yo pudiera decir nada se puso a coser el desgarrón.

Me mordí el labio para no aullar de dolor y aguanté el tipo de la mejor manera que pude; sentía la herida ardiendo. El niño entraba y sacaba la aguja con el hilo, empeño este en que demostró una habilidad llamativa.

Pregunté:

—¿Dónde has aprendido a hacer eso?

—De mi padre —dijo sin alzar la mirada.

Hablaba con un acento entre el castellano y el andaluz sin ser una cosa ni otra.

Apreté los dientes, pues el cabrón de él tiraba tal que si mi mano estuviera hecha de esparto y no de carne de cristiano.

—Me llamo Airam —dijo.

Terminada la operación, mordió el cabo del hilo, hizo un nudo y se deshizo de mi mano con indolencia.

Examiné el costurón que me había hecho. En batalla yo los había visto peores, y de médicos con probada experiencia. Ya no sangraba.

Extendí hacia él la otra mano, en gesto de amistad, pero él rehusó estrecharla y yo repliqué:

—La mano de un amigo nunca pesa.

—No le doy la mano a extranjeros —respondió él muy serio; mas no había insolencia en el niño, solo una gallardía natural.

Nada más que añadir; ya estaba él desapareciendo entre los callejones.

Me encaminé hacia la casa del gobernador, en donde no veía la hora de descansar mis doloridos huesos, maldita la hora en que saliera de ella.

Pese a mis esfuerzos por aprender el trazado de la villa, me perdí. Regresé varias veces sobre mis pasos a fin de encontrar un detalle que me fuera familiar. Hallé un burro muerto en mitad de un callejón, y preferí dar un rodeo, lo bañaba entero una nube de moscas verdes. Creí estar febril. Durante el camino, cada poco me giraba para asegurarme de que los esclavistas no venían tras de mí.

## DE UN CABRÓN Y OTROS
## VARIOS CABRONES

## 1

ugían mis tripas, pero, tras descansar un rato en mi habitación de la casa del gobernador, al menos pareció remitir aquella fiebre repentina, causada sin duda por el cansancio. La mano seguía doliéndome.

Recién cobijado el sol, estaba yo preparado para bajar a la cena que me había anticipado el gobernador Maldonado, cuando llamaron al otro lado de la puerta.

Al abrir encontré a la sirvienta morena que me había conducido hasta allí; traía en la mano un candelabro y sus correspondientes velas encendidas. Descubrió mi mano vendada y esto pareció extrañarle, pero enseguida supo disimular. Era la primera vez que me miraba a los ojos.

—La cena —dijo muy seria—. Ya llegaron los invitados.

Su acento me recordó al del niño que yo había ayudado en las piedras y cuyo nombre ya había olvidado. Era posible que también ella fuera *canarii*.

Encaminó sus pasos corredor adelante.

—Tened la bondad de seguirme, os voy a conducir hasta el salón.

Empecé a sospechar que era cosa de canarios aquella gracia natural en el caminar, llena de dignidad.

118

A lo largo de toda la casa estaban ya encendidas las lámparas de aceite; las llamitas de las velas apenas iluminaban aquellas sombras y agradecí el candelabro que llevaba ella y que yo perseguía como un barco persigue a un faro.

A medida que caminábamos iba acercándose hasta nosotros el sonido de una donosa música que alguien tocaba en algún sitio de la casa.

—¿Puedo preguntar tu nombre?

—Me llamo Daida —respondió dándome la espalda.

—¿De dónde eres?

—De Arehucas.

—¿Arucas?

—Nací aquí en la isla.

Pronto se me haría familiar esta forma de hablar. Como ocurre con el decir sevillano, los *canarii* alargaban los finales de algunas palabras, deformándolas; y decían *mujée* en lugar de «mujer», *naturá, Ysabé*. Los canarios también habían cambiado las eses sonoras por haches aspiradas —*loh dihguhtoh*—. Encontraría, además, que entre los aborígenes que aprendieron castellano dio en extenderse un particular seseo que dulcificaba el primigenio andaluz —*serrado, susio*—. Omito extenderme en su forma de cerrar las oes finales, *cochinu* por «cochino»; o su gracia al transformar eles por erres: *corchón* en vez de «colchón». Si en una sola frase se juntaban varias particularidades, entenderlos resultaba toda una prueba —*me jagobia er bichohno der viranu*—. Pero me suponía una delicia escuchar esta música canaria, tan igual mas muy diferente, tan rica.

No había canarios negroides, en contra de la que fuera mi imaginación en un principio. Descubrí rasgos, eso sí, que me parecieron puros *canarii*; caras amplias, pómulos salientes y angulosas barbillas; narices pequeñas, más anchas que altas; muy diferentes de las castellanas narices, afiladas como la mía. Bocas grandes en hombres y mujeres, llamativas, de labios gruesos. Eran todos tan bellos que era de ver.

Cruzamos un patio y Daida la canaria me condujo hasta una gran puerta abierta de hoja doble. De allí procedía la música.

# 2

Alrededor de aquel salón amplio, con ventanas, había dispuestas no menos de doce sillas contra la pared, y por todas partes colgaban aparatosos retratos perpetrados con un arte más que discreto.

Encontré arremolinados a una serie de caballeros que asistían al conciertito de clave. La pieza lánguida que sonaba me pareció el acompañamiento perfecto para una noche calurosa en una isla perdida.

Acabada la interpretación hubo elogiosos aplausos. El intérprete de aquella melodía resultó ser un hombre negro que vestía humildísimas ropas de sirviente. Se había puesto en pie y agradecía los aplausos con una sutil reverencia. Era africano, este hombre negro como alma del diablo, cuya imagen se correspondía más con la que yo había imaginado en los aborígenes *canarii* —la isla estaba poblada de esclavos moriscos de Berbería, también de negros de la Guinea y de una isla nueva en el mapa, llamada Caboverde—.

—Aprendió a tocar ese instrumento en dos semanas, el esclavo del gobernador.

Encontré junto a mí al alguacil Juan Mayorga el Viejo.

—Toca de oído —añadió—. No sabe una palabra de música, pero le basta escuchar cualquier pieza para reproducirla al momento, nota por nota.

Mayorga se había cambiado la venda, le rodeaba la cabeza un vendaje de lino mucho más adecuado. A las claras se comprendía que había acudido a la cena obligado por su cargo, era el único que no se había vestido para la ocasión; venía con ropa de diario, bajo un peto de metal que le obligaba a estar muy estirado.

Dedicó una mirada a mi mano, ahora también vendada, y dije yo a modo de excusa:

—Me dijisteis que durmiera con el cuchillo cerca, y mirad.

Se tomó la broma con bastante guasa y, acostumbrado a exhibir la impavidez de un tragavirotes, se llevó la mano al mostacho blanco para ocultar la risa.

Advertí que, mientras iba sirviendo bebidas a los presentes, la sierva canaria que me había traído hasta allí reparaba en mi diálogo con el alguacil Mayorga; la tal Daida no nos quitaba ojo de encima.

No había mujeres en la sala, por cierto. Mientras las esposas canarias aguardaban en casa, sin nada que hacer ahora que se había ido la luz del sol, sus maridos habían acudido a hacer negocios.

La mayor parte de aquellos caballeros, flor y nata de la nueva nobleza de la isla, no sabía cómo llevar encima una túnica de seda. Militares, me dije; estos no han calzado en su vida zapatos como esos, de suave terciopelo. Eran gente de batalla y de saqueo, participantes todos ellos en la conquista; apellidos engrandecidos a fuego y espada: García de Soto, Surita, Escalante, Sotomayor…, se habían repartido el pastel, una vez pacificada la isla. Caballeros de familias de poca pelambre; infanzones arruinados, que medraban a la sombra de los reyes a costa de ofrecer sus espadas. También los hijos menores de grandes familias, a los que no le quedaba otro remedio que la carrera militar o la eclesial. Tierras, montes, arroyos…, todos se llevaron su buena compensación tras largos años de sangre. A ninguno le perturbaba el sueño haberle quitado las tierras a otros hombres; y hasta convertirlos en esclavos, junto con sus mujeres e hijos. A uno de ellos, un tal Jaume Mas Palomar, le adjudicaron las desérticas tierras del sur de la Gran Canaria. El insensato decía vislumbrar oportunidades de negocio en aquellas playas interminables que no eran sino dunas y más dunas. Todos le tomaban por loco, «¡Mas Palomar!, ¿qué harás con tanta duna? ¿Qué beneficio vas a sacarle a una playa?».

—¿Cuál de todos ellos es Christoval Colón? —pregunté al alguacil.

—No ha llegado todavía; ya os lo indicaré yo si aparece. ¿Por qué tenéis tanto interés en conocerle?

—Me llama la curiosidad.

Otro grupito se resistía a mezclarse con los que habían guerreado. Más cómodos en sus ropajes, se manejaban con discreta desenvoltura: bachilleres, también menestrales de cierta altura como orfebres o maestros de obra. No podían faltar los funcionarios, por supuesto;

estaba el escribano público y del crimen, Casio Díaz de Valderas; el ejecutor de la villa, Juan de Peñalosa; Juan Francés, que ahora era el pregonero. Ninguno de estos civiles había levantado una espada, pero acabada la guerra se abalanzaban como moscas sobre el pastel canario.

Advertí de reojo que se aproximaba una mole.

—¡Ese cabrón! —dijo riendo el gobernador Maldonado—. Ya lo veréis. Inigualable —insistió entre risotadas—. Están dándole la última leña. Mi cocinero usa ramas de laurel; le da un acabado crujiente. Os habrá valido la pena venir al fin del mundo solo para catarlo.

## 3

Aquella noche y para mi desconsuelo, no acudió a la velada Christoval Colón. Habría de buscarlo al día siguiente, ya me las compondría entonces.

El cabrón que sirvieron para cenar estaba tierno en verdad, y suculento. El adobo llevaba laurel, pero un buen observador podía cazar un regusto venido del Al-Ándalus, a comino y piel de naranja. Me contrarió que el vino no estuviese a la altura.

Delante de mí se forjaban ya las alianzas. A la guerra en las islas de Canaria le quedaba poco, Alonso de Lugo había pactado ya con sus majestades un precio por conquistarles La Palma y estaba reuniendo dinero y hombres en Sevilla. Siete cientos de mil maravedíes le habían prometido Ysabel y Fernando si terminaba la empresa en un año, y que dispondría además de un quinto de los cautivos, para su beneficio; de ahí que fueran esclavistas de Sevilla los que le pagasen la guerra. Todos brindaban su buena fortuna con vino, seguros de estar en el bando que apoyaba Dios. Ninguna de sus esposas se preguntó nunca qué hacían sus maridos a las mujeres canarias cuando entraban a sangre y fuego en los poblados.

Por mala envidia del diablo irrumpió en la sala un soldado jovencito. El instinto me avisó de que algo no iba bien. El muchacho acudió hasta el otro lado de la mesa, donde el alguacil, y se agachó para susurrarle algo al oído.

Nadie osó decir ni una palabra, observábamos todos en silencio, muy expectantes. Advertí que, en la puerta de la sala, asomaba la cara del capitán de la nave que me había traído hasta las islas. La cosa me pilló mientras masticaba unos de los pedazos del cabrón, y vive el Cielo que para poder tragarlo me costó Dios y ayuda.

Al escuchar las noticias, a Juan Mayorga le cambió la cara, apareció en sus ojos un brillo animal, como el de los perros cuando avistan una pieza.

—¿En el barco? —preguntó, y el soldado dijo que sí con la cabeza—. ¿Cómo es que no lo habían descubierto hasta ahora?

—Estaba al fondo del sollado, mi señor alguacil. Viajaba solo y nadie lo echó de menos.

«Han encontrado el cadáver en el barco», me dije, y quedé quieto como un condenado.

El alguacil se puso en pie, estiró el cuello para acomodarse el peto de metal y, desde el otro lado de la mesa, me clavó encima aquellos ojos de hielo.

—¿Podemos hablar, señor?

# DE CÓMO SOY INVITADO A UNA CITA
# QUE NO PUEDO REHUSAR Y DE
# VENENOS INSÍPIDOS Y SÁPIDOS

## 1

omo quiera que era menester un sitio discreto en donde interrogarme y que, además, deseaban examinar mis pertenencias, se decidió que hablaríamos en mi habitación. Abrí y les dejé pasar primero.

—Por favor —dije haciéndome a un lado.

Entraron el gobernador don Francisco Álvarez de Maldonado, acompañando al alguacil Juan Mayorga, el Viejo. También el capitán del barco que me había traído a la isla.

Mostraban los tres, como caretas, tres caras circunspectas, mientras observaban en derredor, analizando cómo había organizado yo mis pertenencias. Ropa ahí, libros allá…

—Caballeros, ¿en qué puedo servir a vuesas mercedes?

El primer alguacil se adelantó hasta el escritorio y examinó con interés los muchos tratados y documentos. Mientras, hablaba el gobernador:

—Esta noche, amigo Corregidor, ha sido hallado el cadáver de un hombre bajo la cubierta del barco en que llegasteis a la isla.

Traté de poner cara de circunstancia: por experiencia sé que en estos casos cuanto menos diga uno menos se delata. Intervino el capitán con cierto tonito acusatorio que me sentó a cuerno quemado:

—El *finado en cuestión* es el hombre con quien os tocó compartir espacio en el sollado, durante el viaje.

—Si es que a aquel agujero oscuro y maloliente puede llamársele espacio —señalé yo en tono parecido.

En su defensa y levantando la barbilla, el capitán objetó una gracieta:

—Las ratas nunca se quejaron.

—Las ratas no pagan por el viaje.

Observé que allá, al pie de la cama, el alguacil sonreía mi salida. Se cuidó de intervenir, no obstante, muy interesado en las dos armas que guardaba en mi petate.

—Os veo bien provisto —dijo—, ¿pretendéis empezar una guerra vos solo?

—Soy comerciante y, precisamente por esto, hombre juicioso —repliqué—. Pretendo guardarme las espaldas mientras busco terrenos en la isla.

Una era mi fiel espada. Las estoqueadoras me gustaban de siempre: resultan manejables, ideales para colarse en los resquicios de una armadura.

La otra era mi antiguo pero fiable trueno de mano. El armero que lo había fabricado lo cobró como si fuese hecho en plata; valía cada ducado, no obstante, semejante ingeniería. Disparaba proyectiles que llaman «pelotas»: una sola era capaz de abrir un boquete en las tripas del más pintado. Yo mismo había fabricado la pólvora. ¿Quién sino mi maestro, Vinicio Malpartida, me había enseñado a fabricar la mezcla perfecta? «¡Menos azufre!», decía, y me azotaba con la vara en los dedos. «Pon cuidado, zoquete, o acabarás volando por la ventana».

Carraspeó el gobernador.

2

—El cadáver ha sido hallado muerto junto a vuestra tabla, señor. Y habiendo vos compartido viaje con él durante tantos días, pensamos que quizás pudierais decirnos algo sobre el asunto en cuestión.

—No tengo ni tuve relación con el pobre desgraciado, más allá de haber padecido su olor durante demasiados días.

—¿Bebía? —preguntó el gobernador sentándose en la cama.

—A todas horas.

—¿Le visteis discutir con alguien durante la travesía?

—No le vi relacionarse mucho con nadie; aunque, la verdad, si he de ser sincero, tampoco es que le prestara demasiada atención. ¿Entiendo por vuestras preguntas, caballeros, que sospecháis que ese hombre no murió de causas naturales?

—Envenenado —señaló el alguacil disparando la palabra.

Se llevó las manos a la espalda y dio un paso hacia mí.

—Señor Corregidor, ¿os importaría acompañarme a ver el susodicho cadáver?

Semejante plan me apetecía tanto como que me rompieran las rodillas.

—Cómo no —contesté.

Unos minutos antes me había encomendado a todos los santos del Cielo para no llegar tarde a la cita en la ermita de Santa Ana. Ahora, sin embargo, y viendo cómo se desarrollaban las cosas, me contentaba con no amanecer colgado en el patíbulo.

### 3

Nadie en su sano juicio saldría de noche a las calles; era ya la hora de los demonios y todo buen cristiano se hallaba a resguardo bajo techo. Iba el alguacil Mayorga el Viejo, pues, armado con una lumbre y espada al cinto, atento a cada sombra, y yo atento a él, a mi vez. Acudíamos a pie hasta la Casa Consistorial, que se alzaba allá en la plaza donde yo comiera pan duro y queso con el comerciante gallego. No vinieron con nosotros el capitán ni el gobernador, que se quedaron a resguardo.

—Un espectáculo impresionante, las carabelas de Colón —dije por ver si al menos le sacaba algo que condujese al elusivo almirante.

—Mil y quinientos hombres nada menos, todo un ejército. Nada que ver con las dos pobres carabelas y una nao que llevó en su primer viaje, amén de aquellas escasas noventa almas.

¿Quién habría podido imaginarlo? Le había salido bien la jugada, al aventurero Colón: no hacía mucho que había vuelto de aquel loco viaje, y cargado del justo oro con que espolear el interés a sus majestades y animarlos a que, esta vez sí, costeasen el viaje.

—¿Pues no financiaron el primero?

—No toda la finanza, no —rio el Viejo—. Aquella primera travesía se la pagaron entre varios, amén de unos armadores gaditanos, dos hermanos apellidados Pinzón.

En Cádiz me habían contado que uno de aquellos Pinzones, qué mala leche tiene la vida, había muerto de unas fiebres misteriosas nada más regresar de las Indias.

Prosiguió el alguacil:

—A quien Dios se la dé, san Pedro se la bendiga y santa Rita se la mee; sea como fuere, ahí lo tenéis, al suertudo: Colón está aquí otra vez, de paso hacia las Indias dichosas.

Me produjo una flojera instantánea perder al señor almirante, mi único vínculo con Racú.

—¿Sabéis con exactitud cuándo zarpará?

—Pronto. ¿Por?

—No, curiosidad.

Mucho tuve que esforzarme por disimular mi premura: al reloj de arena que marcaba mi camino se le estaba echando encima la hora.

Hubimos de sortear un enorme montón de estiércol que adornaba la callejuela.

—Si preguntáis mi opinión —me dijo el alguacil como si compartiera un secreto—, no sé a qué tanto atajo para llegar a las condenadas Indias, en verdad. Un viaje dura lo que dura.

Llegados a la plaza me condujo hasta el portón de un establo en el lateral de la Casa Consistorial.

—A este ritmo, con tanta prisa llegará un momento en que tengamos respuesta a una carta en treinta días. O menos, fijaos lo que os digo. Ya me diréis qué sentido tiene eso.

Mayorga sacó una llave grande, de hierro oxidado, y entramos al establo.

## 4

Dentro del establo encontré bastante maridados tres olores, a caballo, a mierda y a muerto. Al fondo, sobre una mesa, habían depositado el cuerpo de un hombre con rostro tumefacto.

—Es mi compañero en el sollado del barco —dije—, reconocería ese olor en cualquier parte.

Desoyendo mi gracia, respondió el alguacil:

—Bien. Una vez reconocido el *omicidiado,* por vida de Dios que voy a dar con el *omicida.* Nadie mata a un hombre en mi isla puta que no sea a mis órdenes o a las órdenes del gobernador, que Dios lo guarde por muchos años amén. Orden, señor —añadió—. Orden. Eso es lo que nos diferencia de las bestias. Civilización. Leyes.

Carraspeé.

—Dais por cierto que fue un *omicidio.*

Se aproximó al cadáver y le abrió la boca, apartándose un tanto para que pudiera yo advertir la lengua amoratada.

—En-ve-ne-na-do —silabeó Juan Mayorga.

Señaló el alguacil una botella sobre la mesa, a los pies del muerto.

—Encontramos esta botella en el suelo del sollado, junto al cadáver. Vacía. Se la había bebido entera el pobre diablo. No me cabe la menor duda de que ahí estaba el veneno.

Recordaba yo haber visto la botella la mañana del desembarco, en efecto.

El hombre que fui una vez sabía bien que los venenos se dividen en lentos y rápidos, en insípidos o sápidos, en mortales o meramente graves. Estos saberes alquímicos en que mi maestro Malpartida era muy experto habían sido parte de mi primera educación, siendo todavía un muchacho, pero siempre hubo un reducto en mí que se resistió a utilizar aquel arma tan vil.

Al cabo, me decidí a hacer la gran pregunta:

—Señor primer alguacil, ¿cree por cierto vuesa merced que habría perdido yo un solo segundo de mi tiempo en envenenar a este pobre muerto de hambre, al que nunca antes había visto en mi vida? ¿*Yo*, que sé lo mismo de venenos que de flautas?

—¿Qué? —dijo él con mucha sorpresa—. Por supuesto que no creo eso, señor Corregidor, desde luego que no.

Traté de disimular el alivio que me produjeron sus palabras.

—¿Entonces, mi presencia aquí...?

—Pues porque también encontramos *esto* en el suelo del sollado, allá donde vos dormíais —dijo sacando una nota de debajo de la botella.

Me la entregó. Luego acercó la antorcha para alumbrar, y en ella leí:

*Señor Corregidor:*
*Espero que en esta botella encontréis alivio para tantos y tan incómodos días en alta mar.*
*Con mis mejores deseos.*

A mi expresión desconcertada, el alguacil, muy serio, respondió:

—Sí, Corregidor —dijo—. Era *para vos* el vino con veneno que se bebió este idiota.

# DE CÓMO, AL FIN, ACUDO A LA ERMITA DE SANTA ANA, SOLO Y MUY ARMADO

## 1

e regreso, me habían acompañado la antorcha y la espada del alguacil Juan Mayorga el Viejo.

Únicamente a solas por fin en mi habitación, pude recobrar el resuello.

Bajo el silencio de la noche cayó sobre mí el peso de la nueva información: la *sombra* que Racú había dejado atrás me había seguido hasta la Gran Canaria y había tratado de envenenarme en el barco. Si bien llegaba esto a producirme la mayor de las inquietudes, no era lo peor: ¿pudiera ser aquel matarife la misma persona que me había citado en la ermita dichosa?

Blandí el aire con la estoqueadora, sorprendido ante la facilidad con la que uno recuerda ciertos movimientos.

Salí de mi habitación armado con una vela, y la espada al cinto.

A duras penas me fui alumbrando los pasos hasta que di con la condenada salida del patio. Como es natural hallé este cerrado. Maldecía mi suerte preguntándome cómo haría para abandonar la casa del gobernador cuando una sombra me salió al paso desde una escalera. Pegué un respingo, resuelto a sacar la espada.

Se trataba del esclavo negro que yo había visto tocar el clave, el del oído maravilloso. Había en el fondo de sus ojos un poso fiero, un atisbo de violencia aplacada a golpe de látigo, pero que seguía allí como el rescoldo de una hoguera.

—Las puertas no se abren de noche, señor —dijo con un fuerte acento—. Órdenes del amo Francisco.

—Me temo, amigo mío, que me aguardan ciertos *asuntos* fuera de la casa. Asuntos que debo manejar con discreción —dije guiñándole un ojo—. ¿Tú me entiendes?

Era evidente que habría prostitutas en el Real de Las Palmas —aunque todavía no supiera yo dónde—, y que él había comprendido mis insinuaciones.

Saqué una moneda de la bolsa que llevaba al cinto y se la enseñé.

—Si fueras tan amable de abrir el portón —dije—, y olvidar que me has visto aquí, yo te estaría muy agradecido.

Mano de santo. Pocos instantes después resonaban mis pasos en el silencio de la noche, caminaba a zancadas por el Real de Las Palmas, con una moneda menos en la bolsa.

## 2

Ni un alma se cruzó en mi camino hacia la ermita de Santa Ana, que avisté al fondo de la callejuela.

El edificio, una ermita pequeña en la confluencia de varios callejones, había sido la primera cosa que los conquistadores levantaran en lo que entonces no pasaba de campamento, junto a las tres consabidas palmas. Allí dieron gracias a Dios y a su benefactora santa Ana por haberles permitido quebrar las cabezas a los insurgentes canarios. «Los caminos del Señor son inescrutables —me dije—. Sabrá Dios por qué hubo de elegir, de entre los dos bandos, al más sanguinario y al que menos caridad cristiana demostraría con sus enemigos».

En la fachada se había pintado con letras de molde:

*EN ESTE SANTO LUGAR ORÓ COLÓN*

Escuché pasos.

Se acercaba una figura más bien alta; ocultaba su cabeza con una capucha, bajo una capa de color negro. Observó en derredor, mas no pudo verme: estaba yo a pocas varas, pero muy agazapado dentro de una sombra. ¿Acaso se trataba de Conrado Racú, al fin?

Se detuvo en el lateral de la iglesia, ante una puerta cerrada que juzgué de la sacristía. Sacó una llave, abrió y entró. Dejó abierto. A los pocos instantes brilló en el interior una luz tenue.

Eché mano a la espada que llevaba al cinto, sin desenvainarla, y, procurando silenciar las pisadas, me fui acercando hasta la puerta entreabierta.

Asomé el hocico al interior, receloso.

Encontré a una dama junto a la mesa de la sacristía manipulando unas hostias, a la tímida luz de una vela. Se trataba a las claras de una andalusí, oculto el pelo y parte del rostro por una capucha y las manos protegidas por unos guantes de color rojizo.

Sin manifestar sorpresa al descubrir en la puerta a aquel barbudo, susurró:

—¿Os han seguido?

—Espero que no —contesté—. ¿Nos conocemos?

—Pasad y cerrad la puerta, nadie debe vernos juntos.

## 3

Aquel acento árabe recordaba al de Andaluzía, mas resonaban sus eses con lisura, las jotas parecían nacerle en el fondo de la garganta. Había elegancia en sus modales, en su forma de referir las palabras. A causa de la capucha no podía verle el rostro, pero observé que ricas piezas de oro adornaban sus tobillos. En una de las pulseras colgaba una diminuta poma aromática.

Pasé al interior salvando un escaloncito y cerré tras de mí la puerta de la sacristía. La mujer árabe sostenía una hostia con dos dedos; pensé que iba a cometer algún sacrilegio con la sagrada forma.

—¿Me vais a dar la comunión?

Sonrió:

—Antes os tendríais que confesar y no disponemos de tanto tiempo.

No me hizo maldita la gracia y ella añadió enseguida:

—Disculpad, no pretendía ofenderos, señor *Corregidor*. —Me pareció que remarcaba con sorna mi falso apellido, mas enseguida cambió a un tono sombrío—: Me llama la atención que en este trozo de pan prensado, los cristianos creáis transustanciado a Dios mismo.

Devolvió la hostia consagrada a una bandeja de oro que había en la mesa y, con suma delicadeza, la cubrió con un mantelito y dijo:

—Conrado Racú se puso en contacto conmigo hace un cierto tiempo. Quería que yo le enseñara.

Barruntaba yo, entre la alegría y la turbación, que acaso pudiera ser esta la mujer embozada que acompañaba a Racú a la librería del judío.

—¿Y qué podíais enseñarle vos? —pregunté.

—A *leer* —respondió ella disfrutando el misterio.

Fue entonces a llevarse la mano a la capucha, mas aferré yo la espada. Algo muy resuelto debió ver en mí porque detuvo su empeño y se quedó con la mano en alto, para hacer ver que no había nada en ella.

—Eso —dijo en tono sereno— no es necesario.

—Vos dijisteis que viniera armado.

—No contra mí.

—Todavía no sé quién diablo sois —repliqué, más que harto—. Si vais a sacar una *jambiya* de ahí, os aconsejo que la tengáis quieta o corréis peligro de perder la condenada cabeza.

Se rio.

—En verdad no era exagerada, la fama que os precede.

Se retiró hacia atrás la capucha, muy despacio, hasta que por fin pude verle el rostro, iluminado desde abajo por la llama naranja de la vela.

—Soy la *sayyida* Hessa Buneder, hija del filósofo Ahmed Buneder y nieta del astrónomo Hasan Buneder.

Contemplé al fin con amplitud sus ojos del color de la miel, unos labios finos; rondaría los cuarenta, algo entrada en carnes. Ella parecía conocerme, pero yo no la conocía a ella, desde luego.

Señaló la hostia en la bandejita, le brillaban los ojos.

—No es la hostia lo que debemos aprender a ver, sino a Dios, allí consagrado. Aprender a *ver*, señor.

A cada dos frases me entraban ganas de mandarla donde a la madre que la parió; todo en ella eran misterios y sinsentidos. Algo vio en mi silencio, acaso una cierta determinación, que acabó por sonreír y dijo:

—Os he hecho venir esta noche, señor Fernando Corregidor y Valiente, pues sé lo que buscáis.

Tembló mi mano armada y no pude contestar, maldito sea el Infierno. Nos sorprendieron unos pasos en la calle, que se aproximaban a la carrera.

La puerta se abrió, alcé mi espada y en el dintel se dibujó una figura de mujer.

—¡El Santo Oficio! —dijo en un susurro espantado Daida, la sierva canaria del gobernador.

## 4

Solo mencionar este cuerpo de la Santa Iglesia Católica bastaría para congelarle a cualquiera la sangre: todavía no había salido yo de la sorpresa cuando la berberisca huyó por una puerta a su espalda. La canaria y yo compartimos una mirada, luego me empujó sin miramientos a través de esa misma puerta.

—Ve con ella —fue todo lo que dijo.

Vine a dar de bruces al interior de la capilla.

—¡Aprisa!—me susurró la *sayyida* Buneder desde alguna parte.

Me adentré sin pensármelo, pues escuché golpes atrás, en la puerta de la sacristía que daba a la calle —la había atrancado la canaria impidiéndoles el paso—, y también sentí grandes voces.

—¡Abrid! —gritaban—. ¡Abrid ahora mismo!

Si el Oficio andaba tras nosotros, era menester salir corriendo como alma que lleva el diablo.

Desde la oscuridad del fondo de la ermita, la *sayyida* Buneder me hizo una seña con el dedo para que guardara silencio. Luego señaló algo: mis ojos tardaron en descubrir una escalerilla que subía pegada a la pared, entre las sombras.

—¡Abrid, carajo! —gritaron fuera—. ¡Abrid la puta puerta!

Y luego comenzaron los golpes: trataban de echarla abajo.

—Están a punto de entrar —susurró entre dientes la berberisca—. *Ascende* —me dijo después, en latín.

Se recogió las faldas y a pesar de sus muchas telas comenzó a subir como un gato. Y yo seguí a la morisca, vive Dios: los golpes eran cada vez más fuertes.

Detrás, Daida se lanzó hacia la puerta que nos separaba de la sacristía, con intención firme de entretenerlos. Me detuve a mitad de escalerilla, conmovido: la canaria arriesgaba su vida para que pudiéramos escapar.

Algo en mí se rebeló. O quizás debiera escribirlo con uve, pues actué como el héroe que nunca he sido: bajé los peldaños que ya había subido, corrí entre los bancos y agarré a Daida de la mano para traérmela hasta la escalerilla. En el exterior estaban a punto de echar la puerta abajo.

—¡Déjame! —murmuró—, vas a conseguir que nos atrapen a los tres.

—Sube, condenada —contesté yo—, no me hagas empujarte por el culo.

Y subimos, claro; iba yo el último, la berberisca nos llevaba cierta ventaja.

Al llegar al techo de la ermita, Hessa Buneder abrió una trampilla y a través de ella salió al exterior, a la noche abierta. Desde arriba me llegó el olor pegajoso del otoño canario, a mar cercano.

Espoleé a la chica para que continuara y, cuando escuchábamos que echaban abajo la puerta de la sacristía, salimos *sayyida*, canaria y rufián al techo a dos aguas de la ermita.

Cerré la trampilla. Abajo en la ermita entraban los soldados arramblando con todo, buscándonos.

Me asomé desde lo alto para otear la calle; allí aguardaban otros, era fácil reconocer las alabardas con crespones rojos del Santo Oficio, las mangas de sus uniformes, rojas también, como la sangre que estaban acostumbrados a verter a su paso. Soldados de la Santa Inquisición.

Desde las alturas, entre el grupo de hombres que asaltaban la ermita, distinguí a un fraile.

Actuaban todos bajo sus órdenes. Al señor inquisidor Tomás de Torquemada le bastó señalar hacia la puerta, indolente, para que aquellos soldados se abalanzaran hacia la ermita, en pos de nuestros pellejos.

## DE CÓMO LA MORISCA Y YO
## NOS ENFRENTAMOS A LOS
## PERROS CANARIOS

### 1

La canaria agarró mi mano por segunda vez aquella noche y tiró de mí para susurrarme al oído:

—Corre. Corre, por tu vida, y protege la suya —dijo señalando a la *sayyida* Buneder.

Dicho esto enfiló hacia una casa cercana y saltó de tejado a tejado.

Al descubrirla, gritaron abajo quienes habían quedado guardando la callejuela: «¡Oye, tú!, ¡quieto ahí!». «¡Está aquí! —gritó otro—, ¡escapa por los tejados!».

Y comenzaron a salir los que antes habían entrado; luchaban por encaramarse paredes arriba para emprender su persecución.

—Intenta cubrirnos para que escapemos por otro lado —murmuró la berberisca.

Estaba yo admirándome de la valentía de la canaria, cuando llamó mi atención la *sayyida* para que volviera de Babia.

—Señor Corregidor, debemos huir.

No había pasado un segundo y ya andábamos escapando por los tejados del Real de Las Palmas, a saltos y haciendo equilibrios. Procurábamos no caer en cada paso, la *sayyida* Buneder recogiéndose las faldas con ambas manos y yo resoplando como un caballo viejo.

Cuando dejamos atrás los gritos de los soldados, nos detuvimos. Abajo en un patio nos ladraron unos perros, y me susurró la *sayyida*:

—Estos malditos van a despertar a todo el vecindario.

Nos descolgamos hasta la calle; ella con bastante gracejo y yo más bien dejándome caer.

A aquellas alturas de la noche no había ya un solo hueso que no me doliera. Fue la *sayyida* quien me ayudó a levantar tirando de mi cuerpo maltrecho, estaba yo todavía jadeando.

—¿Por qué os busca el Santo Oficio? —pregunté.

—Para silenciarme.

Ladraron más perros malditos al otro lado de un muro. Allá en una casa se encendió una luz, asomó un hombre por la ventana, adormilado.

—¡No son horas! —gritó.

La *sayyida* Buneder encaminó los pasos calle abajo.

—*Sequere me* —dijo en latín para que le siguiera.

Y avanzamos codo con codo, procurando no hacer ruido con las pisadas y atentos a cada esquina.

—¿Es por probarme que me habláis en latín?

Ni se había dado cuenta. Sonrió, y dijo a modo de disculpa:

—Lo hablo de ordinario, en mi día a día, y me sale solo, perdonadme. Es un idioma que venero. Árabes y latinos, Fernando, ellos han llevado las riendas del progreso a lo largo de la Historia.

Todavía estaba yo preguntándome qué clase de persona hablaba latín de ordinario cuando ella se alejaba ya por la callejuela.

Y así la seguí, con mil ojos, pues todas las sombras me parecían encubrir un peligro.

2

Terminamos dando al puente de madera; allí abajo caminaba el río Guiniguada en su desagüe hasta la mar. Hachones encendidos en cada extremo daban un punto de luz a la noche.

Miré hacia un lado, luego al otro. Nadie a la vista; lejos continuaban los ladridos incansables —en algún sitio había leído que a la isla de Canaria la nombraron así los romanos, pues abundaban los canes, y a fe que allí seguían los perros malditos—.

Me siguió la berberisca en mi camino hacia el puente, las botas se me llenaron de fango; bajamos hasta la corriente. Por fortuna no estaba crecido el río, pero con el barro di en caer al suelo y perdí la espada, que resbaló pendiente abajo hasta ahogarse en las aguas del río.

—Maldito sea el diablo. Coño.

Sentados de cuclillas bajo la oscuridad del puente, nos escondimos los dos, a escasos palmos del agua. Tiritábamos.

Entonces ella preguntó:

—¿Os dice algo el nombre *maese Cerradura*?

Sorprendente sin duda, que aquel nombre acabara encauzado allí, a tantas leguas del mundo.

—A maese Cerradura —respondí— lo persigue la Iglesia desde hace años por herejía.

Y por cierto que esta cacería era crudísima: Torquemada estaba obsesionado con enviar al Infierno al tal Cerradura, ya no solo por haberle ridiculizado, sino porque, gracias al calado intelectual de sus escritos, con el tiempo había adquirido muchos seguidores que lo leían a escondidas.

—Mirad bien, señor Corregidor, el secreto que voy a contaros —dijo ella poniendo su mano sobre la mía—. Yo soy maese Cerradura.

Quise decir algo, pero me detuvo aquella sonrisa calmada. La paz parecía emanarle a través de los poros.

—Lo soy yo ahora —añadió—, pero otras lo han sido antes y otras lo serán después. ¿Entendéis por qué? Podrán matarnos a nosotras, pero no acabar con una idea.

»Sin saberlo, al perseguir a la Cerradura, Torquemada lleva años persiguiéndome. Pero tenéis que entender, Fernando, que esta persecución es una obra mil veces representada. Torquemada y yo pertenecemos a facciones que llevan buscándose y enfrentándose durante milenios.

Mudó la expresión, preocupada.

—Fernando, la oscuridad se cierne sobre nosotros. La península, que no hace tanto arropó en armonía a los sabios de las tres culturas, ha expulsado a judíos y árabes. Y ahora la Verdad Única, parapetada tras el horror de las hogueras de la Inquisición, ahoga cualquier disidencia. Comienza una guerra que durará mucho; mucho, más que una sola vida. El imperio de la ignorancia tiene todas las de ganar, pues se vale de la espada y del miedo. Necesitaremos las luces, *amici mei*, cualquier pequeña luz.

Sonaba preciosa aquella canción, pero mis intereses ahora eran otros y apremié por reconducirla:

—Conrado Racú —dije.

Sorprendió a mis labios que hubiera preguntado por el criminal, y no por el pergamino.

Ella asintió.

—Racú anda involucrado en una búsqueda fantástica. Lo sé porque yo misma lo ayudé a llevarla a cabo.

# 3

—Racú y yo nos encontramos en la isla de la Madera —añadió la berberisca—, hace cosa de un año. Andaba él buscando un pergamino, diferente a todos cuantos hayan pasado por las manos del hombre.

A mi mente vino el *Herbarium* de Posidonio.

—Racú y vos —dije a la *sayyida*— le robasteis ese pergamino a un librero en Cádiz.

—No fue robar *stricto sensu*, amigo Fernando, pero es igual: sabéis entonces de qué se trata.

—Por encima. El judío me contó que el pergamino era de Posidonio y que hablaba del Árbol prohibido del Edén.

La *sayyida* levantó un dedo y sonrió para matizar mis palabras:

—No exactamente.

—No exactamente por qué.

—Porque aquel dibujo del *Árbol perdido* no era solo un… dibujo.

Escruté sus ojos; al hablar del pergamino parecían asomarse a un universo oscuro.

—Las ilustraciones —añadió—, y aun los textos, que aparecían en aquel pedazo de piel reseca que Racú y yo obtuvimos en Cádiz eran una distracción. El texto de un *Midrash* cuenta una cosa, pero por debajo cuenta otra: el mensaje importante se halla escondido. Solo quien *sabe* puede *leerlo*.

Le dediqué un gesto descreído.

¿De qué otra cosa estaba hablando sino de la *kabaláh*? Muchas veces había escuchado yo acerca de aquellos antiguos senderos que permiten descifrar el sentido oculto de ciertos textos sagrados. Algunos de estos métodos cambian las letras de las palabras en números, otros recogen parte del principio o el fin de cada palabra, u ocultan anagramas. Los más recónditos secretos pueden hallarse en la propia forma de una letra.

—*Sayyida*, ¿me estáis diciendo que el dibujo de Posidonio con el Árbol tenía un mensaje oculto?

—Así es, Fernando. Racú necesitaba que alguien le descifrara el pergamino. Y solo alguien como maese Cerradura tendría los conocimientos necesarios —añadió Hessa Buneder señalándose a sí misma—: experta en la *kabaláh*.

—Bien, comprendo. ¿Y vos desentrañasteis el secreto del pergamino para él?

A la *sayyida* le temblaba la voz de emoción al recordar aquel momento.

—Ya lo creo que sí; mucho me costó descifrarlo. El mensaje oculto que descubrí en aquel *Herbarium* de Posidonio fue sorprendente. La situación del Árbol, Fernando; ¡la localización del Árbol perdido!, muy lejos, al otro lado del mundo.

Se hizo la luz para mí y comprendí. En aquel momento solo un hombre se hallaba capacitado para llegar hasta tan lejos.

—Christoval Colón —dijo ella— se disponía a emprender el primero de sus viajes a las Indias. Racú y yo tuvimos que viajar hasta aquí, a la Gran Canaria, tan rápidamente como pudimos.

—Pero no entiendo, ¿cómo podía saber Posidonio la localización del Árbol perdido?

—Ah, Fernando, ¡porque Posidonio no era el verdadero autor de aquel pergamino! —respondió—. Posidonio de Apamea se había limitado a copiar el dibujo de otro libro, muy muy anterior.

Mis cejas se alzaron.

—¿Posidonio dibujó aquel Árbol copiándolo de otro libro?

La *sayyida* hizo un gesto con la mano para contener mi premura.

—*Amici mei*: allí mismo, en lenguaje secreto, se mencionaba la fuente original, aquella de donde el sabio había bebido para copiar este dibujo.

Hizo un silencio primero y luego, con una risa contenida, dijo:

—Al libro original lo llamaban el *Sefer Raziel HaMalakh*. Este libro había sido escrito supuestamente por Raziel, el arcángel de Dios.

El silencio se quebró como un cristal. Tenía yo referencias de este libro mágico y conocía la historia del dicho arcángel Raziel: habían sido muchas las tasaciones que hice en su día de cuadros que contaban esta historia.

Me estremeció el sonido de los tablones del puente, por encima de nuestras cabezas, al paso de unos hombres.

La *sayyida* tomó mis manos entre las suyas y me dijo sonriendo en tono perentorio:

—Ya vienen, ahora tenemos que separarnos. Es una lástima que no seáis mujer, señor Corregidor, pues es la más antigua costumbre de la Cerradura que nuestras guerreras siempre hayan sido mujeres, pero así lo ha querido Allah, y yo siempre acepto su voluntad: todo está escrito.

—¡*Sayyida* Buneder, cada cosa que habéis dicho es un galimatías, habréis de ser más clara!

Hablaba muy rápido, su voz se superponía al sonido de los pasos acercándose.

—Confío en que Daida resolverá algunas de vuestras dudas.

—¿La sirviente? —pregunté estupefacto.

—Os sorprendería saber de sus muchas aptitudes, creedme. Ella no lo sabe, y aún no debe saberlo, pero Daida será la próxima Cerradura.

Era obvio que la canaria, que ni siquiera sabría leer, mal podía suplantar a una de las personas más doctas de este mundo, pero no quise objetar mis muchas reservas; yo tenía otras cosas en la cabeza y la *sayyida* andaba ya adelantando otras palabras:

—Para el resto de las cuestiones, que surgirán muchas, deberéis componéroslas como Allah os ilumine, alabado sea su nombre.

Clavó la mirada en mí y añadió:

—Y cuando llegue el momento, Fernando…, cumple tu destino.

Casi estaban aquí los pasos, firmes, pesados; en algún sitio creció el sonido de un corazón acelerándose. Era el mío, que corría.

—Por Dios vivo, *sayyida* —susurré entre dientes—, dónde está Conrado Racú. Dónde está el pergamino.

—Lo tenía él la última vez que le vi, hace unos meses de esto —sonrió—, me dejó atrás, el traidor. Racú se embarcó con el almirante Colón en dirección a las Indias.

«¡Alto ahí! —gritaron unas voces—. ¡Daos presos al Santo Oficio!».

La *sayyida* me agarró de la muñeca.

—Me quedé aquí a esperarle, pero Racú no volvió en el viaje de regreso: fue uno de los cuarenta hombres que prefirió quedarse en las Indias hasta que el señor Colón regresara de nuevo, meses después. Y es *ahora* cuando Colón piensa regresar. ¡Conrado Racú sigue allí, en las Indias!

Quedé espantado, solo de pensar que para quitarle el pergamino a aquel maldito habría de cruzar hasta el confín del mundo. Si viajar a Cádiz primero y después a la Gran Canaria había supuesto una singladura complicada, no quería ni imaginar las desventuras que traería mudarme hasta las Indias.

—¿Por qué le ayudasteis, *sayyida*?, acompañándole, descifrando el pergamino… —pregunté antes de echar a correr—. ¿Os obligó?, ¿os amenazó?

Apuntó la sonrisa triste del que mira hacia atrás y reconoce un error en su pasado.

—Supongo que me equivoqué. Ni me obligó ni me amenazó, Fernando; lo hice con todo agrado. Vi algo en él. —Y repitió, dolida—: Vi algo en él.

La *sayyida* Buneder me encaminó hacia el barro, trastabillé; con la inercia salí corriendo.

—¡*Fugit*, Fernando!

Los pies me llevaban solos, mas era consciente de hacerle espacio para que ella corriera en la otra dirección, dejando atrás el puente, así, y los pasos de la soldadesca.

## DE CÓMO VUELVO A LA VIDA
## ENTRE SÁBANAS DE ALGODÓN
### *A veinte y dos horas de que zarpe la expedición Colón*

1

 uando desperté me descubrí acostado en mi habitación de la casa del gobernador. Estaba ya alto el sol, entraba la luz por el ventanuco. Fuera, en alguna calle lejana, un hombre anunciaba a voz en cuello:

—¡Longoroooones! ¡Ay, qué ricos longorooones!

Desde que de madrugada abandonara el puente y dejara atrás a la *sayyida* Buneder, dentro de mi memoria se hallaba todo en penumbra: no tenía idea de cómo había llegado hasta allí.

Me incorporé, encontré la habitación y mis cosas en orden. Estaba desnudo, mas tampoco recordaba haberme quitado la ropa. La venda que rodeaba la herida de mi mano era nueva, y estaba limpia.

A mi lado se movió una silla: servía agua fresca en un vaso la sirviente canaria, Daida. La última vez que la vi saltaba de tejado en tejado, en pro de que la berberisca y yo pudiéramos salvar el cuello. Confieso que me agradó grandemente volver a verla.

Daida pasó su brazo por mi espalda para ayudarme a incorporar y acercó el vaso a mi boca. Bebí, estaba muerto de sed, y terriblemente débil.

—¿Tenéis hambre? —preguntó.

Me ofreció un cuenco con algo que parecía sabroso estofado.

—No tengo apetito —dije. Y añadí—: ¿La *sayyida*? Terminamos separándonos; ¿está bien? Necesito hablar con ella, Daida, me falta conocer muchos detalles aún.

—No sé nada de la *sayyida* —respondió agachando la mirada—, confío en que pudiera escapar.

La luz fría de la mañana le marcaba ojeras, tras la mala noche. Por primera vez me fijé en la llama que bailaba en el fondo de sus ojos. Asemejaban esas piedras de ámbar que ocultan una libélula entre pequeñas pintas doradas.

—Gracias por salvarnos anoche, canaria. Fuiste muy valiente y muy generosa.

Ella aprovechó que no contestaba para servir otro vaso de agua.

Eché un ojo a la venda que cubría mi mano y le pregunté:

—¿Me vendaste tú anoche?

—De madrugada.

—Estaba desfallecido, no recuerdo nada de eso.

—Te encontramos en plena calle, desmayado en el suelo.

—¿Me *encontrasteis*?

Me hizo beber el agua empujando el vaso hasta mi boca. Bebí mientras ella continuaba:

—Gaspar y yo; el esclavo negro al que sobornaste anoche. Te entramos a la casa de madrugada, a rastras. Fui yo quien te quitó la ropa y te metió entre sábanas. No me mires de ese modo, no eres el primer hombre que veo desnudo.

Con cierto esfuerzo pude al fin sentarme en la cama, quedaron colgando mis pies.

—El señor inquisidor Tomás de Torquemada está en la isla —musité—; esa es mala cosa para todo aquel que respire.

Daida se llevó el dedo índice a los labios a fin de que hablara más bajo.

—Llegó ayer mismo, acompañado de una guarnición del Santo Oficio.

Era momento, pues, de armarse de paciencia y esperar a tener noticia de la Buneder.

146

—La *sayyida* me habló muy bien de ti, Daida —dije; y luego añadí, burlón—: Bien en exceso, creo yo.

Bajó la mirada, pero no pudo evitar sonreír. También yo lo hice, divertido de provocarle rubor.

De entre el manojo de ropas que había al pie de la cama extraje mi puñal romano; lamentaba haber perdido la estoqueadora, pero con el *puggio* creí recuperar un amigo al que hiciera mucho que no veía. Me sentí restablecido.

Al día siguiente partirían las naves del almirante Colón. Yo debía hallar una manera de incorporarme a su tripulación, por cierto, y viajar hasta las Indias en busca de Racú; pero para esto necesitaría algo más que un puñal y un canuto para disparar truenos.

—Dime dónde puedo encontrar un buen maestro armero, canaria, que de seguro los habrá en esta condenada villa después de tanta guerra.

—¿Qué?

—Una espada, Daida. Dónde puedo conseguir una espada.

## 2

A buen paso seguí a Daida a través de los pasillos de la casa del gobernador. Si nos cruzábamos con alguien de la servidumbre aminorábamos la marcha y ella adoptaba esa actitud sumisa del sirviente que conduce a su señor, por lo que deduje que era bien secreto el asunto: nadie sino ella estaba en el ajo.

—¿Luchaste tú en la guerra contra los castellanos, Daida?

—Por qué —replicó maliciosa—. ¿Piensas denunciarme a tu amiguito el alguacil?

—Juan Mayorga es un buen tipo y, aunque no pueda decir que en sentido estricto seamos amigos, le aprecio, sí, me parece un hombre de honor y alguien en quien podría confiar llegado el caso. Por otra parte, no desvelaría a nadie ninguna de las cosas que me contaras en confianza, canaria.

No parecía tenerlas todas consigo, pero al cabo respondió sin mirarme.

—A más de un castellano descalabré de una pedrada en la guerra, escondida tras una higuera.

Yo había leído varias teorías que explicaban la procedencia de estos aborígenes, pues era evidente que no habrían brotado de las rocas de Canaria y que, no sabiendo navegar, no habían podido llegar por sus propios medios.

Una de estas dichas teorías —al parecer la más extendida— situaba su origen en las tribus de origen bereber que pueblan el norte de África. Se apuntaba que habrían venido en diferentes oleadas y a lo largo de muchos años. Siglos, quizás.

Otra hipótesis barajaba que el poblamiento de Canaria fuera obra de fenicios o cartagineses.

—Eso no tiene ni pies ni cabeza —protestó la canaria—. No conozco el pueblo de los cartagineses.

—Fue hace muchos años, Daida. Fenicios y cartagineses son civilizaciones que ya no existen. Si ocurrió, todo aquello se ha perdido en la memoria de tus antepasados.

Cruzamos un patio con jardín que yo no conocía.

—Nuestros antepasados —dijo ella— contaban que Dios nos puso aquí y que luego se olvidó de nosotros.

La teoría que más me fascinaba suponía una epopeya de rebelión y muerte y que curiosamente entroncaba con la explicación que los antepasados canarios se habían dado.

En tiempos remotos pudiera haberse alzado una pequeña civilización contra los romanos, y estos, después de aplacarla y cortar cabezas, embarcaron a los hombres, mujeres y niños supervivientes a fin de exiliarlos. Les cortaron a todos la lengua y los abandonaron en estas islas. Ya nunca podrían contar que un día se levantaron contra el Imperio romano —esta se me antojaba explicación buena a por qué los *canarii* hablan de aquella manera, en que parecen usar solo los labios, sin lengua—. Quedaron aquí, aislados del mundo. Olvidados, sí.

—Dios se olvidó de dónde nos había creado —lamentó Daida—. Por eso no vino en nuestra ayuda cuando nos invadisteis.

—A mí no me metas en ese saco, canaria: he hecho cosas malas en mi vida, pero a fe mía que nunca invadí nada.

Al fondo del dicho patio, me hizo detener ante una puertecita de madera pintada de verde.

—Tú eres ellos —replicó.

—¿Yo soy ellos?

—No eres canario, eres castellano. Igual que el alguacil Mayorga y los otros.

Me reí.

—Yo creo que Mayorga es andaluz, pero en todo caso…, ¡hay más gente en este mundo que canarios y castellanos, por vida de Dios!

—De la tierra de los bárbaros, todos —dijo ella enseguida—; el país de los godos.

—Yo no participo de lo que los supuestos «godos» hicieron aquí, deja de meterme en ese bando.

—¿Estás en el bando de los *canarii*, entonces?

—No estoy en bando ninguno —repliqué—. En el mío solo, si es que he de elegir.

Daida irguió el gesto.

—Hay cosas más importantes que luchar por uno mismo.

—Pocas —contesté.

—Lo que intento decirte, Corregidor, es que a veces uno participa de una batalla aunque no haya sido afectado.

—Acabáramos —respondí—, tú me hablas de *ideales*.

—No comprendo ese tonito cuando nombras la palabra.

—Créeme, canaria, he visto naciones enteras arrasadas en nombre de *los ideales*.

—También yo por la falta de ellos —dijo, encrespada.

Me sostenía la mirada como solo hacen aquellos que no ocultan nada. Ah, Daida, ¿esperabas que dijera algo que compensara al cabo que yo fuera extranjero, tal que si eso pudiera redimirme? ¿O acaso que me uniera a esa batalla loca de *sayyidas* y Cerraduras contra las huestes de Torquemada?

—Quizás —dijo la canaria— engañes a otros con ese disfraz de hombre que ya no cree en nada. Pero no a la *sayyida*.

—Lo que tú digas —repliqué desabrido.

¿Qué podía saber aquella joven canaria de mis pensamientos verdaderos, o aun la *sayyida*, acerca de quién era yo en verdad, si hasta a mí se me escapaba?

Casi desde que tenía uso de memoria me recordaba fingiendo vivir vidas que no eran la mía, usando nombres que no eran el mío, haciéndome pasar por hombres que yo no era.

A fuerza de haber mostrado siempre una careta, ya no estaba seguro de si seguía manteniendo un disfraz. A fuerza de no dejarme ver, llegado un momento en mi vida, al mirarme en un espejo no sabía si aquellos ojos eran los del refinado anticuario napolitano, firme creyente en las bondades de la civilización, o los del espía, irredento cínico.

Fui a abrir la dicha puerta verde y su voz, como si surgiera en un borbotón, interrumpió mi movimiento.

—Conocí a la *sayyida* Buneder hace pocos meses.

## 3

—Me habían encarcelado por robar fruta —prosiguió—; andaba yo perdida, juntándome con pendencieros y ladrones. Estaba llena de odio hacia los castellanos. En paz, gracias al tratado, sí, pero obligada a compartir con ellos mi tierra. Y aunque es en verdad una isla de buen tamaño, te aseguro que cada legua compartida se me encogía alrededor del cuello hasta impedirme respirar. Estaba llena de furia, Fernando Corregidor.

—Aún lo estás, demonia.

—Calla —dijo, pero aquella broma mía dulcificó un punto su mirada—. Después de la guerra sentía que me había quedado sin identidad, que esta isla ya no era mía. Los castellanos me habían arrebatado no solo los años pasados, sino la posibilidad de vivir mi futuro; ahora les pertenecía a ellos, a los invasores.

Trató de escamotear a mis ojos una lágrima que le resbalaba por la mejilla.

—Estaba equivocada —añadió.

No la comprendí.

Como si fuera a revelarme un secreto, fue acercándose despacio.

—Estaba equivocada —insistió, y sonreía mientras lloraba—. Desde entonces, muchas veces he pensado que habría estado igualmente perdida si no hubiera habido guerra, si hubiera nacido en Toledo o en Arabia.

Sentía su respiración sobre mi pecho, su frente a la altura de mi boca.

—Yo no sé leer los libros —reconoció muy templada—, ni tengo los conocimientos de tu pueblo. Pero sé lo que sé: yo-estaba-perdida. Porque hay gente que, pase lo que pase, esté donde esté, no sabe vivir la vida si no es perdiéndose.

Hizo una pausa y, tal que si acariciara con la voz, dijo:

—Me he preguntado muchas veces cuál habría sido mi destino de no haberse cruzado en mi camino Hessa Buneder. Sé que estoy llena de furia, Fernando Corregidor, acaso habré de luchar siempre contra ello; pero encontrar a la *sayyida*, ayudar a la Cerradura, me salvó.

La canaria inspiraba, contemplándome altiva; se le salía el orgullo por los poros y se alzaba su pecho vigoroso, lleno de juventud. Si la hubieran esculpido no habría sido más hermosa, toda ella era una ofrenda a la dignidad.

Daida concluyó:

—Ella vio algo en ti.

—¿Qué?

—La *sayyida*. Ella vio algo en ti, lo sé: de otro modo no te habría elegido. Vio algo en ti, y confío en su criterio, ella nunca se equivoca.

Nada dije de momento, toda vez que la Buneder también dijo haber visto algo en Racú. Nada bueno decía esto, ni en el caso de Racú ni en el mío propio, de la vista de la *sayyida*.

Daida abrió la puerta verde.

—Camina hacia el oeste, subiendo la colina; sal de la villa. Cuando apenas queden casas encontrarás la armería de Normando Quevedo.

Asomé con prevención, mirando hacia ambos lados, y, viendo libre el camino, salí al fin. Escuché que, a mi espalda, susurraba la canaria:

—Ten cuidado.

Y me cerró la puerta en el cogote.

Descubrí que estaba en el fondo de un callejón sin salida. En la esquina se resecaban al sol unos vómitos. Avivé mi impulso con el recuerdo del pergamino y de Racú y me puse en camino hacia donde el tal Quevedo. Más me valiera ir armado hasta los dientes: en menos de veinte y cuatro horas debía hallarme dentro de uno de los barcos que Colón comandaba hasta las Indias.

# DEL MAESTRO DE ARMAS QUEVEDO
# Y SU HIJO MESTIZO
*A veinte y una horas de que zarpe la expedición Colón*

## 1

Comenzaba a alejarme del centro de la villa del Real de Las Palmas en dirección oeste, allá donde se supone que vivía el armero que habría de proveerme.

Desde algún sitio me llegó el eco de unos hachazos: alguien estaba cortando leña.

Pronto comenzaron a espaciarse las viviendas, hallé algunos árboles frutales, pocos todavía, vegetación baja y seca, alguna cabaña. Había leído por cierto otra teoría que explicaba el nombre de la isla a raíz de la abundancia en ella de unas matas espinosas con frutitas coloradas que en latín se llaman uva de perro o uva *canina*. Y de ahí, «Canaria».

Agarré unos nísperos que me fui encontrando y aproveché para llenar el estómago.

Otro sobresalto, no ganaba para sustos hoy; el sonido de una rama crujiendo detrás de mí confirmó lo que sospechaba desde hacía rato: alguien me seguía. Fuera quien fuese, estaba ya escondido tras un árbol, no hallé a nadie. Bien pudiera ser la *sombra* napolitana. O no. Y llegado a tal punto no supe qué sería peor. Suspiré encomendándome al diablo porque no me cayera encima una pedrada como la que había tumbado al buen alguacil Mayorga.

A un lado del camino hallé una hornacina, cubierta por los ar-

153

bustos; parecía señalar el punto de entrada a unos terrenos. En su interior descubrí una pequeña escultura de santo Domingo.

En lo alto de la colina encontré una explanada; un fraile luchaba a hachazos para derribar una platanera. Había por todas partes otros árboles que ya habían caído, matorrales arrancados, hojarasca a palas. Divisé, al fondo, una cabaña y una ermita.

Planeaban los dominicos levantar allí un convento y una plaza hermosa, con una fuente, y árboles alrededor. Todo en honor de santo Domingo.

A este se le unió otro fraile; traía consigo un botijo, que entregó al primero.

Advertí que los dos hermanos dominicos se daban un beso furtivo en los labios. Reemprendí la marcha y los dejé atrás.

2

Espadas largas, bastardas o de mano y media, de estoqueo; cuchillos; manguales. Ante mí se desplegaba todo el repertorio conocido de instrumentos de muerte ideados por la mente humana. Lanzas guja, bardiches; martillos de guerra…

La mayor parte eran usadas; algunas de las piezas estaban abolladas o restauradas a ojos vista. Otras, sin embargo, las que estaban expuestas con cierto orden, eran diferentes; había un sello común que las distinguía: la factura esmerada de un artista.

Yo había llegado hasta allí guiado por el golpeteo del yunque: se escuchaba a la legua.

Tras mi encuentro con los dominicos, durante un rato no volví a encontrar más viviendas ni más gente. Había crecido la vegetación, aunque seguía siendo en su mayoría seca.

El taller de Normando Quevedo constaba de un patio de entrada rodeado de una valla de madera; allí paseaban sueltas gallinas y cabras, los sempiternos perros. Había un letrero. Donde hace años podía leerse el nombre del armero, apenas quedaba hoy, medio despintada, la letra Q de su apellido.

Al fondo del dicho patio se levantaban las estructuras maltrechas de un cobertizo y un almacén adosado a una cabaña. Bajo el primero descubrí a dos herreros trabajando al unísono sobre sendos yunques y compartiendo pila de agua. Hallé también a un mozo de muy corta edad, que en aquel momento barría las escorias a pie de yunque.

—Buen día, señores —saludé desde la valla—. ¿La armería del maestro Quevedo?

Uno de los herreros me señaló con poca gana hacia la cabaña.

—Permiso —dije, y franqueé la entrada con cuidado de que no escaparan perros y gallinas.

Atravesé el patio, curioseando. En una esquina, amontonadas unas sobre otras, vi armaduras abolladas, supervivientes de mil batallas, embreadas de excrementos y polvo; también ruedas de carros, no menos de veinte; puertas, jambas…, habrían de ser desguazadas para extraer de ellas las piezas de metal.

El pequeño que barría el suelo con su escoba de esparto agachó la frente con vergüenza para que yo no pudiera verle la cara, pero acerté a descubrir en él al niño al que yo había librado de los esclavistas, allá en las rocas de la costa. ¿Araam era su nombre? ¿Arián? Armado de una escoba y vestido con aquellos harapos había perdido toda la majestad de su desnudez. Escondía de mí su condición.

Me guardé de decir nada y continué caminando como si no le hubiera reconocido.

Al apartar la tela que cerraba la puerta del taller se movió una campanilla junto al dintel y sonó un dindín.

Descubrí al fondo del taller al maestro armero. Se hallaba apuntando con el dedo hacia una armadura, la mano enfundada en un guantelete de hierro. A un gesto suyo, salió disparado un virote de la punta del dedo metálico y, ¡chac!, acabó por clavarse en la frente de la armadura.

—Buen disparo —dije yo desde la puerta— y buena herramienta esa.

Se giró hacia mí. Era ya un anciano, pasaba con holgura de los cincuenta y adolecía de una pequeña chepa, fruto sin duda de tantos años tallando el acero.

—Todavía tengo que perfeccionarlo —respondió—, le falta fuerza en el disparo.

A través de unos ventanales los tajos de luz dibujaban sombras a lo largo de las armas que poblaban las paredes. Hachas franciscas y danesas aparecían mezcladas con espadas, escudos y mazas, luceros del alba con archas.

Sobre una mesa de madera podrida descubrí armaduras nuevas y usadas; yelmos, guanteletes, incluso bardas para caballería. Había que avanzar con cuidado porque también el suelo estaba alfombrado de efectos, la mayor parte de ellos deshechos; el mango de una espada, la bavera y escarcela de una armadura vieja..., y, dando un paso, pregunté:

—¿Maestro Quevedo?

## 3

—¿Qué se os ofrece? —respondió sacándose el guantelete. Sus ropajes habían conocido tiempos mejores, fueron lujosos un día; ahora los tajos de luz revelaban manchas, descosidos, los colores se habían desleído en el tiempo.

—Maestro —dije—. Me han hablado bien de vuestro arte.

Dejó el guantelete sobre una mesa de trabajo.

—Se agradece el cumplido —dijo, no sin cierto recelo; y señaló en el caótico derredor evidenciando su pena—. Pero ya veis que la paz es mal tiempo para los maestros de armas. Las armaduras que antaño salvaban vidas no valen hoy más que para acumular polvo en la esquina de un despacho. ¿Queréis unas partesanas? Quedan bonitas en lo alto de un dintel.

—No, maestro —sonreí—, nada de adornos. Debo hacer un viaje largo y peligroso y quiero proveerme de una buena arma.

—De eso aquí vamos sobrados, bien lo veis. Escoged lo que

156

queráis, ahí tenéis las que fueron usadas en la conquista; casi todas traídas de Sevilla, de Toledo… Navarra, también.

—¿Y estas? —dije señalando aquellas que parecían ser especiales. Colgaban de una pared, separadas de la morralla.

Al tipo se le encendieron los ojos; quizás se preguntara si era verdad por fin que pudiera vender una buena pieza tras tantos años de paz.

—Esas no son baratas, me temo. —Sorbió por la nariz—. Canela fina, eso sí. Hechas por mí, desde la idea hasta el retocado final, y con mucho mimo.

—Ellas serán entonces. Tengo ya un trueno de mano, pero…

—Carajo, ¿un trueno, decís? Ese viaje que queréis emprender… ¿conduce al Infierno por un casual?

—Quizás más lejos, maestro —respondí sonriendo—. Necesito una espada de una mano y más bien pesada. Una estoqueadora. Punta fortalecida.

Quevedo asentía a mis requerimientos, sonriendo.

—Un hombre que sabe lo que quiere. Permitidme que os muestre —dijo levantando un dedo.

Se acercó hasta una cómoda, grande como una cama. Tiró de una de las gavetas y observó en su interior. Allí dormían varias estoqueadoras.

—Las limpia mi hijo día sí día no; hay que mantenerlas presentables, aunque aquí sea casi imposible venderlas. Por respeto hacia ellas, vos me entendéis.

Como no pareciera satisfacerle lo que encontraba, Quevedo cerró y abrió otro cajón; había más espadas.

Dejó escapar un refunfuño.

—No, estas no sirven, tiene que ser algo mejor. —Se daba golpecitos en el labio con el dedo cuando le vino una idea a la mente—. Me pregunto… Aguardad aquí.

Salió hacia la trastienda por una puerta situada al fondo y me quedé a solas. Desde la negrura de los yelmos vacíos, las armaduras me observaban como fantasmas callados.

# 4

Por la puerta de entrada asomó entonces el niño que me cosió la herida tras lo de las rocas. Viéndose descubierto, se aprestó a salir de nuevo al patio.

—Espera —le dije.

Se detuvo. Ocultaba aún la cara tras la cortina.

—¿Querías algo? —pregunté.

—Me pareció que había llamado mi padre.

Ah, aquel era entonces el hijo del que el maestro Quevedo acababa de hablarme, el que limpiaba a diario las espadas. Comprendí enseguida: Quevedo se había casado con una canaria y el niño no era *canarii*, sino mestizo.

—¿Mandáis algo? —dijo el pillo con timidez.

—¿Ahora me tratas de vos? —pregunté divertido—. Por favor, entra —le pedí; y, enseñando la venda en mi mano, añadí—: Todavía no te he agradecido lo que hiciste.

Se encogió de hombros.

—Tu padre es un gran maestro —dije—. Debes estar orgulloso de él.

Levantó la cara entonces y volvió el brillo sereno que yo creía desaparecido, aquella mirada magnífica que era la de un monarca. Pareciera retarme con ella, mas esta vez advertí que estaba a punto de romper a llorar.

Sonó a mi espalda la voz del maestro.

—Vete fuera —le dijo—, no molestes al caballero.

Y el pequeño, conteniendo las lágrimas, salió corriendo hacia el patio.

—Disculpadle —dijo Normando Quevedo. Traía consigo una estoqueadora—. A veces descuida el trabajo y se va por ahí y desaparece todo el día, pero es un niño noble.

El maestro tenía los mismos ojos de su hijo, ahora me daba cuenta.

—Me casé con una canaria, una aborigen —explicó caminando con pesadez, gacha la cabeza—. No resulta fácil para él que su padre fabricara las armas con que los conquistadores mataban a su gente, a su sangre.

—Solo media sangre, en todo caso —dije por restarle dramatismo.

El maestro de armas me devolvió una mirada llena de tristeza.

—Os aseguro, caballero, que esa sangre canaria que lleva dentro es más densa y más roja que la nuestra. Pesa mucho en el corazón de mi pobre pequeño ser «el hijo del maestro armero». —Mostró la espada que traía consigo—. El hombre que fabricaba cosas *como esta*.

Señalé con el mentón hacia la puerta por donde se había ido el niño, y pregunté:

—¿Cómo se llama?

—Felipe.

—No el nombre cristiano. El vernáculo.

—Ah —contestó el maestro dejando traslucir una sonrisa—. Ese solo se lo llamaba su madre, tan llena de sangre canaria como él. Airam.

«Airam —me dije—, ese era, es verdad». Ya no lo olvidaría.

—El nombre —dijo con nostalgia— proviene de la islita de La Palma. Significa *Libertad*.

—¿Y la madre?

Brilló en su mirada el mismo dolor que en la de su hijo. Compartían los dos una pena profunda.

—Teniendo el niño apenas dos años, en mitad de la noche se metieron en casa unos soldados castellanos, borrachos. Estaba firmada la paz, ¡ya nadie luchaba!; pero eso no los detuvo.

Aquí agachó la cara para concluir en un hilo de voz:

—Mancillaron a mi mujer y después la mataron.

Me pareció ver que, como una cortina, le caía encima una oscuridad y lo envolvía.

No quise preguntar más.

# 5

Por cambiar de tema, amagó una sonrisa e, igual que quien entrega un objeto sagrado, mostró la estoqueadora deliciosa. Relucía la hoja.

—¿Puedo? —pregunté.

—Por favor.

Advertí que el pequeño nos espiaba desde la puerta, escondido.

Tomé la espada, con delicadeza primero, luego aferrándola en mi mano, y la blandí tal que si quisiera acariciar el aire con ella. Entonces sopesé el arma, sosteniéndola en la palma por el medio, buscando el equilibrio.

—Francamente bonita —dije—; y estupenda, por cierto.

Advertí que había una inscripción cerca de la guarnición. Normando Quevedo recorrió la hoja con el dedo.

—No la tengo a la venta porque iba a ser para mí. Le hice una inscripción, y a los compradores les gusta personalizar la suya. Es de Aristóteles.

Leí la cita, labrada en griego. Traduje en voz alta:

—*La victoria más dura es la victoria sobre uno mismo.*

El maestro sonrió, complacido.

—Además de saber de armas, también conocéis el griego. ¿Os parece adecuada la cita para una espada que habría de ser vuestra? Es una cosa tan personal…

—Está muy bien —concluí depositándola sobre la mesa—, me la quedo.

Quevedo suspiró mirando la espada. Pareció caer en un oscuro desánimo.

Reí.

—¿Os preocupa la garantía de vuestra manufactura?

—Me preocupa que hayáis de usarla.

Sospeché que después de no vender armas sino para adorno, Normando Quevedo había caído en la cuenta de que ya no quería que sus armas mataran a nadie más.

Puse sobre la mesa una buena cantidad de monedas y, tal que si me avergonzara pagar su arte, las tapé con mi mano.

—Deseo que esta cantidad os parezca justa.

# 6

Acabadas mis compras, salí de las propiedades del maestro Quevedo y andaba ya emprendiendo camino de vuelta cuando advertí que me seguían a corta distancia. No era la condenada *sombra*, sin embargo; al volverme descubrí al niño canario.

—Airam —dije yo.

A sus ojos había regresado aquella mirada de rey. Señaló mi mano.

—Eso que haces… —respondió. Había recuperado el tuteo—. Hiciste antes un gesto, con mi padre, como si balancearas en tu mano la estoqueadora.

Nada respondí, muy curioso por ver qué andaba tramando, y él añadió:

—Hace unos meses vi el mismo gesto en otra persona, al probar una espada parecida a esa.

Un sudor frío me recorrió el cuerpo. Racú y yo habíamos sido asistidos por el mismo maestro de esgrima —un contrabandista que había sido, en tiempos, armero de sus majestades—.

—Explícate —dije.

—Fue hace meses, como digo. Se presentó un hombre en el negocio de mi padre. Vestía con unas ropas más elegantes que las tuyas. Me pareció de gran cultura; sabía también de armas, como tú, y también estaba interesado en una estoqueadora. Me acuerdo bien de él porque tenía la mirada de nuestros diablos tibicenas: llevaba la muerte dentro de los ojos.

—Ese hombre, Airam, se llama Conrado Racú y es peligroso. Si un día volviera por aquí deberías advertir a tu padre y llamar enseguida al alguacil. ¿Has comprendido bien?

Asintió otra vez, y añadió:

—Ese hombre quería viajar hasta más allá del Infierno, estaba presto a embarcarse en el viaje que el almirante Colón iba a emprender hacia las Indias. Él y el almirante parecían conocerse bien.

—¿Por qué me cuentas esto, Airam?

Se encogió de hombros.

—La mano de un amigo nunca pesa.

Sonreí, y el niño prosiguió:

—El tal Racú, el de los ojos de diablo, le escuché unas palabras que me dejaron muy intrigado.

—¿Qué fue lo que dijo?

Airam repitió de memoria la misma expresión que había usado Racú:

—Tenía intención, dijo, de «vengarse de Dios».

# DE CÓMO, REGRESANDO, ENCUENTRO AGRADABLE COMPAÑÍA Y BUENA INFORMACIÓN

*A diez y ocho horas de que zarpe la expedición Colón*

## 1

 esandando el camino de vuelta a la villa, encontré a un viejo conocido más allá de la explanada de los frailes. El alguacil Juan Mayorga el Viejo me hizo una señal para que le esperara.

—Caramba —dije muy divertido—, ¿andabais siguiéndome? Se rio.

—Si así fuera sería parte de mi oficio, ¿no os parece? —Los ojos del Viejo se detuvieron sobre mi nueva espada y mi puñal romano—. Bien armado os veo.

—Solo me protejo de sabandijas e indeseables. Cuanta más gente viene de fuera, más morralla entra a la isla.

Reímos de buena gana los dos.

Sus ojos azules andaban todavía embelesados en mi *puggio*. Saqué el arma para mostrársela y pregunté:

—¿Habíais visto alguna vez un puñal de la antigua Roma?

—Jamás —musitó; le admiraba el mango de hueso con pomo y guarda de bronce, la hoja triangular con nervio central—. Es muy hermoso.

Se ofreció a acompañarme colina abajo, en dirección a la villa.

Le conté mis impresiones sobre la isla, ahora que ya me era menos desconocida.

Nos cruzamos con un niño regordete que no pasaría de los ocho años.

Señalándolo con el mentón, el alguacil me cuchicheó de medio lado:

—Las nuevas progenies canarias.

Vestía de una manera singular, con ropa castellana sobre la que llevaba algunos aditamentos *canarii*.

—¿Por qué viste cómo si fuera castellano?

—Porque reniega. Muchos de estos niños se avergüenzan de ser canarios. Sí, no os extrañe: cuando nació ya no había guerra, y sus padres pertenecen a la casta de los perdedores. Por todas partes ve ese niño que los altos cargos recaen en los extranjeros; que los *canarii* son relegados a la vida dura del labriego, mientras que en el Real o en Lagaete colonos castellanos van repartiéndose las esferas de poder. Si estos pequeños no quieren acabar pastoreando un rebaño de cabras, han de alejarse por fuerza de sus tradiciones.

Me llamó la atención que en las palabras del alguacil flotara un cierto tono de nostalgia.

—Muchos de esos niños se embarcan como mercenarios de sus reales majestades y luchan junto a los castellanos en África. Se convierten en colaboradores de aquellos que masacraron a sus compatriotas, pero ganan buenos dineros, conocen mundo y cuando regresan a la tierra de sus ancestros quieren ser bachilleres y alguaciles, sentir que son *alguien*. Se mueren por demostrar que ya no son *canarii*.

Observé al niño regordete, que, mirando hacia nosotros de reojo, se alejaba hacia el Real. En su mano llevaba un libro encuadernado en piel agrietada.

Yo, con todo, que no me siento enraizado a ningún sitio y que admiro el saber, advertía la ironía terrible. Con sangre habían descubierto los canarios que el mundo era más grande de lo que ellos pensaban. Los niños nacidos después de la pacificación aprendían que existió Roma, y Grecia, descubrían la filosofía, las matemáticas,

¡la lectura, en fin! Sus padres no concebían siquiera la escritura y ellos eran capaces ya de leer a Séneca. Qué precio tan enorme habían pagado para acceder al conocimiento. Me planteé si acaso no era siempre así: ¿no paga uno un precio cada vez que aprende algo?

## 2

Cuando teníamos a la vista la plaza de Armas, el alguacil Mayorga detuvo los pasos y me tomó del hombro como si antes de despedirnos quisiera decir algo importante.

—Vos me caéis bien, Corregidor. Y creo que es recíproco, pues estas cosas siempre suelen serlo.

—A fe que sí, mi señor alguacil —respondí sin saber qué pieza de las tablas estaba moviendo el viejo. Y era cierto que él me agradaba.

—Tengo entonces que haceros esta pregunta abiertamente —dijo—, y dispensad si, con estos recelos míos, os falto al respeto. ¿Por mala ventura, señor, salisteis anoche de vuestro aposento?

—No sé de qué me habláis —mentí. Más, ¿qué habría de hacer? ¿Contarle la verdad?, ¿mi misión?, ¿lo de la condenada Cerradura? ¿Comprometer mi seguridad y acaso la suya si es que no decidía delatarme? Al viejo le convenía no saber, y a mí contar lo menos posible.

—Acabada la cena en la mansión del gobernador —dijo—, hubo ciertos… *altercados*. El oficio persiguió a unos alborotadores por tejados y calles.

No mencionó a la sirviente canaria; deduje que en la oscuridad la habrían tomado por otro hombre. Me sentí contento de que no hubieran podido identificarla.

—No sé a qué os referís, señor alguacil. Acabada la dicha cena caí rendido en la cama, borracho perdido.

Rio; pero enseguida se le fue apagando esta sonrisa.

—Se ha capturado a una morisca; una hereje, por lo visto, que ha escrito documentos muy perseguidos por la santa madre Iglesia. La tienen encerrada en la mazmorra de la Audiencia.

Al enterarme de que el Santo Oficio había atrapado a la *sayyida*, tuve que hacer acopio de hipocresía para evitar expresar cosa alguna.

—El señor inquisidor Torquemada piensa torturarla —lamentó Mayorga—, sacarle información con alicates en las uñas.

Imaginé el martirio que le quedaba por delante a la pobre mujer, culpable solamente de haber querido ser libre, de leer y escribir; de pensar, en suma.

Hice de tripas corazón y, tras aspirar una buena bocanada de aire, di salida a la mentira:

—Mayorga, no tengo nada que ver con todo eso que me contáis.

Asintió y, por un momento, me sentí culpable por haberle engañado.

—Me dejáis más tranquilo —dijo reemprendiendo el paso—, pues, aunque ya os creía hombre de bien, uno siempre puede equivocarse.

No era tonto y algo debió sospechar; acaso teniéndome en estima quizás optara por no averiguar más, no fuera a pisar en callo.

# DE LAS INSTRUCCIONES PARA NO CORTAR CABEZAS A MEDIANOCHE, Y DE PUERTAS Y DE CERRADURAS

*A doce horas de que zarpe la expedición Colón*

## 1

e camino a la casa del gobernador, a un vendedor ambulante le regateé hasta conseguir justo precio por un pan de matalahúva, grande como dos puños. El gusto y el crujido de la corteza eran perfectos: a fe que en ninguna de las ostentosas mesas de las cortes de Europa se había probado pan como aquel.

Hacía calor. En el exterior dormía la siesta el Real de las Tres Palmas. Salvo el río, que no se detiene jamás, la entera ciudad estaba hundida en su reposo, callada y quieta.

Al entrar en el patio de la casa del gobernador hallé a Daida recogiendo plantas secas en el jardín.

Aproveché que pasaba junto a ella y, como quien no quiere la cosa, murmuré entre dientes:

—El Santo Oficio ha capturado a la *sayyida*.

La noticia la dejó convertida en piedra. En un instante se le anegaron de lágrimas aquellas pupilas que escondían brillos de ámbar.

Al entrar en mi cuarto cerré la contraventana. Un instante después irrumpió la canaria sin llamar, agitada la respiración y el ánimo.

—Dónde la tienen —preguntó entre dientes.

Acudí presto a cerrar la puerta y a obligarla a hablar en voz queda.

También a mí me atenazaba la imagen de la *sayyida* Buneder presa en las mazmorras de la Audiencia de Las Palmas. Sabía yo bien que para ablandar la fortaleza de los reos, el Santo Oficio los mantenía encerrados a la sola vista de los instrumentos de tortura, y que esta situación podía alargarse durante días. El miedo al que se enfrentaban estos infelices era tan desgarrador que cuando de verdad comenzaba el interrogatorio, los dichos reos estaban prestos a confesar hasta sus más nimias debilidades. Confiar, además, en la fortaleza de la *sayyida* no hacía sino agravar mi preocupación por ella: cuanto más resistiera los interrogatorios, peores serían los tormentos que le infligirían.

Daida se apartó las lágrimas de la cara, y llevada por la furia se dispuso a salir del cuarto.

—Hay que salvarla.

La tomé del brazo.

—Daida, ¿qué haces? —le dije—. No se puede hacer nada por ella ahora.

Adelantó un paso hacia mí, prietos los dientes.

—¿La vas a abandonar, maldito? La torturarán. ¿No harás nada por ayudarla?

—¿Ayudarla?

—Presentarte en la puta Audiencia y sacarla a sangre y fuego, Corregidor; matarlos, cortar cuellos y sacarles las tripas a todos ellos, para liberarla.

Me hizo gracia.

—Canaria —dije en el tono de voz más suave de que fui capaz—. ¿Crees de verdad que ese es un plan sensato?

Abrió la puerta, y yo la cerré de nuevo, para impedirle salir. Fue a abofetearme y detuve su mano.

—Daida, no he dicho que no vaya a hacer nada, sino que no

podemos hacerlo ahora. No voy a presentarme allí para decapitar a nadie y poner en peligro la vida de la *sayyida*. En cuanto se vaya la luz será buen momento para sacarla de la mazmorra, ¿entiendes?, pero en secreto. No esperarán que lo hagamos y de noche hay menos guardia.

Solo esto pareció tranquilizarla.

—Vas a ayudarme, entonces, a sacarla.

—Queda un rato de luz. Me conducirás a la entrada de las mazmorras discretamente y haremos las cosas con cabeza. ¿Te parece bien?

Aflojó la resistencia que ofrecía su brazo y acabé al fin por soltarla.

—No vuelvas a agarrarme —dijo.

Y yo sonreí.

## 3

Inquieta aún, dio en entretenerse con las torres de libros y legajos que se amontonaban sobre mi escritorio; Daida ojeaba un par de rollos que me habían conquistado por su veracidad y buen juicio: describían las expediciones del rey Juba a las islas, en búsqueda de púrpura, y es por esto que también se las conocía como Purpurinas.

—No queda ni una hora de luz —dijo.

Respondí señalando los legajos:

—Dijiste que no sabías leer.

—Y no sé. —Acarició una ele capitular realizada en gules y azul, que recreaba un unicornio—. Me gusta ver las pinturas; con ellas imagino lo que dicen las historias.

De nuevo me pregunté cómo pretendía Hessa Buneder que pudiera convertirse en la nueva Cerradura esta mujer magnífica pero iletrada, tan alejada de las sutiles polémicas de los sabios y las finezas del gran mundo. Aquella designación era todo un enigma para mí.

Todavía señalaba el libro cuando preguntó:

—¿En qué idioma está escrito?

—En latín.

Daida me observaba con admiración.

—¿Sabes leer latín? ¿Quién te enseñó?, ¿tu padre?

—No —respondí—. No conocí a mis padres, crecí bajo la tutela de un hombre importante. Fui su más aventajado alumno: latín, el arte de escribir, filosofía; gramática y retórica, dialéctica.

Daida contemplaba mi boca mientras yo hablaba, imaginando acaso cómo podían todos aquellos vastos saberes caber en una sola cabeza.

—Música también —añadí—, y esgrima. Alquimia de venenos y remedios, aritmética y geometría. Solo me fue velada la astronomía, por desgracia; es una disciplina que mi maestro desdeña por estar demasiado vinculada a la astrología.

—¿Por qué por desgracia? ¿Tan importante es la as-astronomía?

—Tan importante que hay quien afirma que los astros rigen nuestros destinos.

Acaso, pensé, el de Conrado Racú estuviera ligado al mío, ya que tan ligados estaban nuestros pasados: también a él le habrían adoctrinado en semejantes materias, punto por punto. Cosa curiosa, que en su cabeza se hallaran los mismos saberes que en la mía. No era la primera vez que me sobrecogía la inquietante idea de enfrentarme a él como quien encara un espejo.

Una luz de característico color anaranjado luchaba por mantenerse a la altura del ventanuco, ya mortecina.

—Se va a hacer de noche —dije con pesadumbre, y aferré mi *puggio* romano—. Condúceme hasta la Audiencia. Vamos a rescatar a tu *sayyida*.

## 4

Maullaba un gato en algún sitio, llamando a alguna ocasional hembra. Las sombras que formaban las antorchas corrían a encaramarse unas sobre otras. Nos hallábamos ocultos en el hueco de una pared derruida, observando al guardia que custodiaba la puerta de la mazmorra.

Faltaba aún una decena larga de años para que el Santo Oficio estuviese establecido en la Gran Canaria y en ese entonces los inquisidores enviados a las islas tenían apenas el poder de un mero tribunal subalterno, con orden de remitir sus causas al Arzobispado de Sevilla. El Oficio isleño no tenía casa propia y las citaciones y el tormento se daban en cualquier lugar civil, como era el caso de la *sayyida*, a la que habían retenido en la mazmorra de la Audiencia.

La falta de una jurisprudencia clara permitía consumar toda suerte de abusos sin que de ellos quedase registro. Empeñada en salvar el alma de los condenados, la Sagrada Congregación de la Romana y Universal Inquisición utilizaba instrumentos que se clavaban en las carnes, destripaban o desgarraban: en la «garrucha», por ejemplo, se colgaba en alto al reo y se lo dejaba caer bruscamente, quebrando todo lo quebrable. Pero si el acusado era mujer, las mentes de los torturadores gustaban de añadir este detalle: una vez colgaba la rea desnuda en el aire, se colocaba debajo la afilada «cuna de Judas», para que al descolgar a la pecadora quedase clavada en ella por las partes pudendas. El catálogo de horrores con que el Oficio era capaz de salvar nuestra alma era inimaginable. Nadie osaba alzar una palabra en su contra, no fueran a probar en él alguno de aquellos artefactos. Hessa Buneder no contaba, pues, con ningún valedor dentro de aquellos muros.

Nos separaba una distancia de ocho o nueve varas del guardia. Tenía mejillas de muchacho, comidas de purulentos abscesos. No parecía haber sido bendecido con inteligencia, y maldita la falta que le hacía: iba armado de alabarda y espada corta.

Daida se disponía a alzarse y echar a correr hacia él cuando la detuve.

—Qué haces —susurré.

—Es solo uno, y el ganapán no parece haber usado la espada en su condenada vida.

—Canaria del diablo, no vas a matar a un muchacho que solo cumple con su deber.

—Haberlo cumplido arando las tierras de su puñetero padre

—me espetó—. Corregidor, no te comprendo. Si quieres sopa tendrás que matar una gallina. ¿Quieres rescatar a la *sayyida* o no?

—Quiero. Pero no voy a dejar que mates a un infeliz al que han obligado a montar guardia esta noche. ¿No hay otra forma de entrar ahí?

—¿A las mazmorras? No desde el exterior —respondió la canaria—, tendríamos que hacerlo desde la propia Audiencia.

Era claro: había, pues, que preparar una distracción. Y fue simplísima la que ideé, tan hermosa en sus pocos elementos: mi capa y el dicho gato, que agarramos poco más allá, en el camino.

## 5

Metí al felino en el hatillo de mi capa, y dejé la capa tirada en una esquina, apartada un tanto a babor de la puerta de la Audiencia. Enseguida se pondría a maullar de nuevo la fiera, y, con suerte, esto valdría para atraer la atención del guardia.

Aguardamos Daida y yo, expectantes, sin que sucediese nada. Debió pasar media hora y la capa dormía inmóvil, tan silenciosa como si dentro no hubiera gato encerrado. Nos preguntamos si el gato estaría vivo o muerto, que estando allí metido no podía saberse.

Al cabo de este tiempo, poco más o menos, quiso el Cielo ponerse a llover sobre la condenada isla.

El guardia tomó resguardo bajo el arco de la puerta, mientras que Daida y yo, sin quitarle ojo de encima, permanecíamos ocultos en aquel arbusto, cada vez más empapados. Llovía que daba miedo; enseguida se nos agarró al cuerpo un frío húmedo. Muy larga sería la noche si el jodido gato no cumplía su parte del engaño.

Estaba yo dispuesto a cambiar a otro plan cuando al fin el gato recuperó su movimiento y vino a quejarse de la humedad que de seguro entraba ya dentro de la capa.

El concierto de bufidos atrajo la atención del guardia hacia aquel extraño paquete.

Mi plan iba saliendo redondo. Ahora que el joven estaba distraído

172

y de espaldas, con ayuda de Daida pude engancharle el cuello y realizar allí cierta presión que interrumpe el flujo de sangre a la cabeza. Algunos lo llaman «puerta del sueño»; yo diría que es más una siesta.

Al poco cayó desmayado en nuestros brazos.

# 6

Quedó el joven atado y amordazado, oculto en el mismo hueco de la pared donde antes habíamos estado aguardando, e imposibilitado ya para dar la alarma. Hacía pocos minutos que había dejado de llover; la isla olía a lluvia, y Daida también.

—Vete ahora —le dije por lo bajo, ante el portalón.

—No voy a dejar que entres ahí solo.

—Te lo agradezco, Daida.

—No lo hago por ti, Corregidor, ¿no te digo que pareces bobo? Hablo de ir a rescatar juntos a la *sayyida*.

—Ya me parecía exagerada, querida, tanta preocupación por mi persona —dije llevándomela donde el soldado—. Alguien debe quedarse aquí vigilando que este membrillo no dé la voz de alarma.

Contempló al guardia y pareció pensárselo.

—No sé —farfulló—. ¿Podrás rescatarla tú solo?

Mal no me vendría una fiera canaria como aquella. Pero si en verdad Daida iba a ser la nueva Cerradura, no iba yo a arriesgar su vida en semejante empresa.

—Necesito que te lo lleves —respondí señalando al guardia— para que cuando despierte no nos encuentre a su lado, así no podrá decir quién le atacó. Después vuelve y te quedas vigilando. Yo trataré de apañármelas.

Ya encaraba la puerta de nuevo, a punto de acceder al interior, cuando advertí su mirada sobre mí.

—¿No eras un hombre sin ideales? —dijo la canaria burlándose.

La ropa empapada se pegaba a su pecho. Contra todo pronóstico, me ofrecía la sonrisa que nunca antes me había dedicado, contemplándome de una forma nueva.

Sin que yo pudiese reaccionar, durante un instante sentí sus labios sobre los míos, húmedos de lluvia y cálidos.

Cuando se apartó fui incapaz de decir palabra: Daida era ya una sombra desapareciendo, fue a colocarse junto al guardia amarrado. Y allí quedó, dispuesta a vigilarlo.

Recuperé mi capa, olía a pis de gato; el gato había escapado, no sin antes mearse en ella. Subido a una estaca, lamiéndose una pata, me observó colarme en la entrada de la Audiencia.

# 7

El aire sabía a sangre. El silencio en aquel laberinto era tan abrumador que podía uno escuchar cómo sudaban las piedras. Cuanto más me adentraba en él, más iba chapoteando; a causa de la lluvia se había inundado la mazmorra, y el agua me llegaba a los tobillos.

A la vista del humo rancio que desprendían las teas, me acordaba de las hogueras de los autos de fe, que empezaban a ponerse de moda en el sur de la península. A ser quemado vivo, estos desalmados lo llamaban «ser relajado». Me hallaba, pues, en territorio de la Inquisición, nada más temible que caer atrapado en sus redes. El corazón golpeaba tan fuerte dentro del pecho que en más de una ocasión me sorprendí girando la cabeza por si eran los pasos de otro hombre, que me seguía.

Accedí por fin al estómago de la ballena, la última de las celdas en el último de los pasillos. Sobre el olor del agua empozada hedía a pútrido, a los muchos fluidos y miserias que se nos escapan de los agujeros del cuerpo.

Hessa Buneder yacía desmadejada en el suelo, atada y desnuda. Para su desgracia, el inquisidor había adelantado la hora de su tortura, y no había esperado a la mañana siguiente. Bastó un vistazo para saber que era muy poca la vida que quedaba en el cuerpo de la *sayyida*.

Me arrodillé junto a ella y cubrí su desnudez con mi capa.

Era incapaz de fijar la mirada, el rostro estaba amoratado por los golpes. Repetía una sola frase, murmurándola, como si aquello la agarrase a estar viva:

—Lo juro —decía—. Lo juro. Lo juro.

Maldije las viejas artes de Torquemada, cuyas huellas yo reconocía. Fui testigo de ellas, años atrás, y todavía me visitaban en mis pesadillas.

No estaban presentes los repugnantes instrumentos que habían utilizado sus torturadores, pero sí su huella: de varios dedos le habían arrancado las uñas; los senos de la *sayyida* Buneder estaban desgarrados, las piernas escoriadas y empapadas en coágulos de sangre, a causa sin duda de un instrumento mecánico llamado «pera», que se fabricaba ex profeso para las mujeres. La horrible imaginación de los inquisidores solo encontraba parangón con su rencor hacia el sexo femenino.

Pareció despertar la *sayyida* y me contempló; la voz era un hilo.

—Fernando.

Con una sonrisa quiso decirme que se alegraba de verme. Los ojos le ardían en fiebre. Tomé su mano; temblaba.

—¿Os habéis meado en esta capa, condenado?

Quise sonreír y apenas pude.

—Vámonos, Hessa Buneder; ya es hora.

Intenté alzarla, pero se resistía. Ansiaba hablar, le quemaban las palabras en la boca.

—Fernando, escúchame…

—Tenemos que salir de aquí.

—Fernando.

Apretó mi brazo; esto acabó por detenerme. La hallé conmovida, y sin embargo estaba llena de resolución; no encontré miedo en sus ojos.

# 8

—Os dije que había una guerra; una guerra que se libra entre los que aman la oscuridad y los que aman las luces —dijo muy serena—. Por desgracia, o quizás por fortuna, mi tiempo se ha acabado. Ahora entra... el suyo.

Sin ser un hombre crédulo, supe que en alguna parte allá arriba, en la noche, el mundo de las estrellas se estaba conjurando.

Pregunté:

—¿El suyo?

—Daida —respondió Hessa Buneder en un suspiro—. Os lo dije, ella ha de ser la nueva Cerradura.

No dijo más.

Cerró los ojos para morir, la última princesa de una raza orgullosa que había dedicado todo su tiempo a crecer en sabiduría. Fue ella quien transmitió el saber de Averroes a varios discípulos durante su estancia de París; quien colaboró en Roma para dar a luz las más atrevidas tesis del joven Pico della Mirandola, deslumbrantes en su lucidez y declaradas heréticas de inmediato. Moría la Buneder, hermana en espíritu de tantas mujeres que amaron la filosofía: hermana de Aspasia, de brillante conversación; de la libre y harapienta Hiparquía y de Areta, la profesora de griegos; de Hipatia de Alejandría, descuartizada por la plebe.

He visto morir a muchos desgraciados, más de lo que cualquier cristiano debiera. Pero algo trascendental había ocurrido con aquella muerte; se había abierto una grieta en el velo del universo.

Apenas osaba mirarla, como si esto fuera a mancillar su cuerpo.

No había podido salvarla, pero por el rabo del diablo que estaba resuelto a llevarme su cadáver fuera de allí, donde lo respetasen y le diesen honra.

Me disponía a pasar mi brazo por detrás de su espalda cuando me pareció descubrir una sombra por el rabillo del ojo.

Sentí un golpe seco en la cabeza, ¡crac! Quedé confuso, los pensamientos se volvieron pesados hasta el punto de que fui incapaz de razonar; tuve miedo de estar sufriendo uno de mis ataques.

Algo húmedo resbaló desde mi ceja a la aleta de mi nariz, algo viscoso que al llegar a mi boca acabó por entregarme un sabor herrumbroso que yo conocía bien.

Me habían golpeado en la cabeza; a traición. «Tal vez me han abierto el cráneo —me dije— y me veré obligado a luchar con cuidado de que no se me desparramen los sesos».

Me acordé del beso de Daida, de su ropa empapada sobre el pecho.

Lamenté no haber podido sacar de allí el cuerpo de la *sayyida*.

Y entonces, a pesar de que luché contra ello con todas mis fuerzas, acabé por rendirme a la negrura.

## DE LA TIERRA PERDIDA DE
## LA MIRADA DE DIOS
*A unas horas imprecisas de que zarpe la expedición Colón*

# 1

a brisa marina se colaba por algún sitio de aquel subterrá-
neo, y a través de pasillos y recovecos llegaba hasta mí,
transformada en un rumor grave.

Al abrir los ojos hallé las paredes de piedra negra. Rezu-
maban humedad aquellas lajas que tan familiares me resultaban ya;
el frío me hizo tiritar, estaba empapado y era incapaz de moverme:
permanecí en el suelo encharcado. Me latían agudos dolores a lo
largo del cuerpo, sentía inflamada la cara, el ojo izquierdo. Las pedradas de los salvajes se me antojaron de pronto más dulces que los
puñetazos y las patadas del Santo Oficio.

Descubrí esparcido en el suelo un montón de serrín, orinado por
los anteriores inquilinos de la celducha, y me revolví en estas inmun-
dicias.

—Estás perdido, pescadito.

Desde el otro lado de la reja me observaba el hombre que me había
golpeado durante horas. Exhibía tres anillos de oro.

En contra de lo que la gente creía, los frailes del Santo Oficio no
torturaban, ellos nunca manchaban sus manos de sangre. En Sevilla
sobre todo, y a lo largo y ancho de la península, el Santo Oficio acudía siempre acompañado de un buen séquito de felones: los llamados

«familiares», y los «comisarios». Pero también un alguacil, quien detenía a los acusados; «calificadores», teólogos que determinaban si existía delito contra la fe; juristas «consultores» que asesoraban al tribunal en la casuística procesal; el «notario de secuestros», quien registraba las propiedades del reo; el «notario del secreto», que anotaba las declaraciones del acusado y de los testigos; y el escribano general. Finalmente, el auténtico brazo ejecutivo: el verdugo, a quien correspondían las torturas. De este séquito se prescindió en las islas, y el tribunal que había acudido a por la *sayyida* venía a ser un mero cuerpo de soldados, un inquisidor y un verdugo más bruto que un cabestro.

Traté de hablarle, tirado yo en el suelo, y exánime como un pescado recién muerto, en efecto. No tuve fortuna —apenas me quedaban fuerzas para no caer desmayado—, y tragué un buchito de líquido espeso. La boca me supo a sangre.

Era ocioso preguntar de qué se me acusaba. El tribunal del Santo Oficio jamás anunciaba sus delitos al reo. Forzaba así a que este declarara durante días sin conocer quién le acusaba ni de qué. Por la boca del convicto salían todos los pecados, aquellos de los que se le acusaban y hasta otros nuevos, de los que el tribunal pudiera no tener noticia, y que no hacían sino complicar la situación del infeliz.

—Enseguida vendrá el inquisidor —anunció el canalla—. Veremos entonces de qué pasta estás hecho; he visto a demonios más hombres que tú cagarse ante él, del miedo.

—Te aseguro —dije, tiritando— que mañana al amanecer estaré libre.

—¿Sí? ¿Y eso por qué? —preguntó riéndose.

—Soy amigo del gobernador.

Le sobrevinieron tales carcajadas que pensé que se ahogaría.

Comenzaron a sonar unas pisadas; alguien venía, arrastrando los pies sobre el agua empozada que encharcaba los pasillos. Se repartió el eco macabro por la mazmorra. Quizás se debiera a la confusión que me habían provocado los golpes, pero me pareció que mermaba la luz a medida que aquel se acercaba, como si se abrieran paso las tinieblas apagándolo todo a su paso. Caminaban hacia mí.

Y no andaba yo muy errado: a los pocos segundos se detuvo ante la verja de mi celda el inquisidor Tomás de Torquemada.

Se le marcaban los huesos de los pómulos y tenía los ojos saltones de un loco furioso. Esto y el color amarillo de su piel le conferían un aspecto cadavérico, parecía estar hecho de cera.

—Qué pequeño es el mundo, Fernando. ¿También aquí estáis de visita por ver a vuestra prima?

Me sorprendió que oliera a humo; pensé que talmente así debía oler el demonio.

## 2

—Abre —ordenó Torquemada con voz suave.

El verdugo obedeció al instante. Torquemada adelantó un par de pasos y entró en la celda.

Con aquella voz serena que le congelaba a uno la sangre y mirándome desde arriba, dijo:

—Cerradura.

Y el solo hecho de nombrarla estremeció mi cuerpo quebrantado.

—La llave de la celda la tendréis vos, señor inquisidor —contesté a duras penas, haciéndome el idiota.

—Todavía tienes ganas de risa; bien.

—Me ha confundido vuesa merced con otro, excelencia —dije yo, tratando de apaciguarle, pues advertía que se le iban encendiendo los ojos—. Me hallo en la isla por asunto de una compra de tierras: no he hecho nada para merecer tales castigos.

Con aire distraído apartó el serrín con la punta de su sandalia.

—*Nada*, ¿eh? —dijo por lo bajo amagando una sonrisa—. Viniste a rescatar a la furcia berberisca, Fernando; has arriesgado el pellejo por ella. ¿Ayuntabas con ella, grandísimo liviano?

—¿Qué?

—¿Has compartido lecho con una morisca, desgraciado?

El verdugo echó a reír, fuera de la jaula. Aposentó el culo contra una mesa destartalada, haciendo tambalearse la vela que tenía encima.

—Dice que mañana estará libre; que es amigo del gobernador.

Negó Torquemada con la cabeza, pensando alguna cosa oscura, y se agachó un punto para acercarse a mí.

—Crees que no se ha obrado justicia contigo. Alta cosa, en verdad, *la justicia*. Aunque aquí, no os engañéis, ese es un término muy relativo. Aquí el mundo funciona de otra manera; los reyes están lejos y los hombres viven embrutecidos. Aquí, en la Gran Canaria, Dios acostumbra a mirar para otro lado.

Malditos sean sus hijos si es que hubiera de conocerlos, era él muy consciente de que una carta a palacio solicitando auxilio bien podría tardar dos meses en llegar y otros tantos en recibir respuesta. Para entonces no habrían de quedar ni mis huesos en el patíbulo. Mi única oportunidad es que apareciera el gobernador y presionara para que fuera yo puesto en libertad. Traté de incorporarme, apenas pude elevar un tanto la cabeza, vislumbrar, al otro lado de la reja, los pasillos que nos circundaban.

Lo que encontré a cambio no fue socorro, sino el cuerpo desmadejado de la *sayyida* Buneder, abandonado como un despojo junto a la pared del fondo. Caí presa de un miedo atroz, pues en aquel cuerpo desnudo y escoriado adiviné el mío propio, al que apenas le restaban unas horas de vida.

—No va a haber justicia para ti, infeliz —concluyó Torquemada desdeñoso; y continuó con irritante lentitud—: No va a haberla, eso te lo puedo garantizar. Mañana, cuando te hayas recuperado, tu piel será del verdugo, y las uñas de tus dedos también. Entonces hablarás.

Rio el sicario.

—Cuando sientas que un palo va ensartándote por el culo, pescadito, y entrándote en las tripas.

—Por Dios vivo —sentenció el inquisidor—, que pagarás por tus pecados.

Se alejaron las pisadas sombrías del inquisidor Tomás de Torquemada; volvió a cerrarse la reja de hierro, el estruendo resonó en mi cabeza.

Bajo aquellas piedras me era imposible saber la hora, recé para que Colón aún no hubiera emprendido su viaje. Temí que ya no podría embarcarme y concluir este camino. Me tenía preso el Santo Oficio, nada menos; y juro por la cruz en que fue muerto nuestro Señor que no se me daba un ardite terminar mis días en la cárcel canaria, o colgando del patíbulo; ni siquiera me importaba acabar en una galera, navegando mi querido Mediterráneo. Eran muchos mis pecados, sin duda; y, a fuerza de ser honesto, merecía pagar por ellos. Si algo me preocupó aquella noche, qué cosa tan curiosa, fue no volver a ver a Daida.

—Hoy pasarás sed, puerco —dijo entre carcajadas el verdugo, y vació en el suelo la jarra que contenía mi agua. Cayeron sobre mi cara algunas gotitas salpicadas, las habría lamido si hubiera podido moverme.

El canalla me dedicó un escupitajo y se marchó pasillo afuera. El eco de sus risas se fue alejando.

—Perdido, pescadito —iba repitiendo, y se reía—. Estás perdido.

# DE LA RESURRECCIÓN DE LA CARNE
*A unas horas imprecisas de que zarpe la expedición Colón*

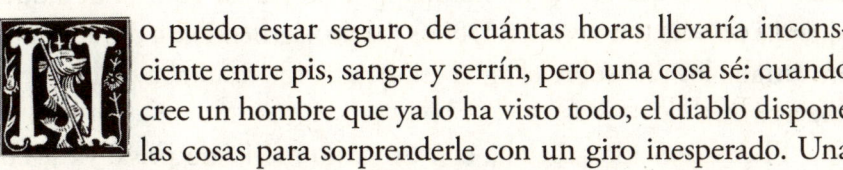

## 1

o puedo estar seguro de cuántas horas llevaría inconsciente entre pis, sangre y serrín, pero una cosa sé: cuando cree un hombre que ya lo ha visto todo, el diablo dispone las cosas para sorprenderle con un giro inesperado. Una mano me despertó dándome cachetes. Luché por abrir los ojos, mas solo pude abrir uno; el otro estaba ocluido, hinchado como una bola, allá sobre la mejilla tumefacta.

Quien quiera que fuese se hallaba de rodillas a mi lado, esto lo sé. Me fue imposible enfocar la vista: la misma mano que me había despertado apartaba la sangre y la tierra que ensuciaba mi ojo.

—Agua —imploré—. Agua, por caridad.

Tras sentarme en el suelo, el desconocido me dio a beber de un odre de cuero. Él iba embozado hasta arriba, tapado medio rostro con la capa y oculto el otro medio por una melena larga y grasienta. ¿Dónde había visto yo esa melena? Bebí con avidez.

—¿Quién sois? —pregunté—. ¿Qué me queréis?

Nada dijo; me ayudó a levantar tirando de las axilas y sacó mis huesos molidos fuera de la celda. Rehusaba hablar, pero con mucha premura señalaba el arco que daba entrada al grupo de celdas y que conducía al exterior. Pretendía, esto era claro, sacarme de la mazmorra.

Vi que habían amontonado mis cosas sobre una mesa.

—Mi puñal —dije en un hálito—. Necesito recuperar mi puñal.

Asintió con la cabeza, nervioso por si pudiera volver el verdugo, agarró el *puggio* romano y se lo encajó en el cinto. Quiso conducirme, pero me pareció que me llamaba el cuerpo malogrado de la *sayyida*; recordaba a un ternero despatarrado y sanguinolento.

—La mujer —dije a mi rescatador misterioso—. No podemos dejarla aquí.

## 2

El embozado me condujo pasillo afuera, cargando en peso con el cadáver de la *sayyida* a través de las tinieblas. La habíamos cubierto con una vieja tela que servía de mantel, por no pasear aquella desnudez que me parecía tan sagrada. Detrás iba yo, siguiéndole a duras penas; arrastraba los pies sobre el agua estancada, me resultaba casi imposible avanzar.

El desconocido señalaba con un gesto metiendo prisa; ya se conocía el camino y me conducía por la izquierda. Señalaba de pronto y doblábamos hacia la derecha.

Acabamos dando con una gruesa puerta de madera. Mientras yo apoyaba en una esquina mi esqueleto maltrecho, mi rescatador se aprestó a sacar un manojo de llaves.

Cargando el cadáver de la *sayyida* abrió la puerta, gimieron los goznes y entró la luz negrísima que antecede al amanecer.

## 3

Tiró de mí el embozado hasta el exterior. Fuimos a dar a la salida trasera de la torre de la Audiencia, a la parte baja de aquel promontorio de tierra y matorrales. Estaba oscuro todavía, pero me extrañó no hallar a Daida, allá donde yo la había dejado unas horas antes.

Me recosté contra aquella pared fría mientras mi rescatador depositaba el cadáver de la *sayyida* en el suelo. Solo de apoyarme creí que se me rompía el cuerpo, a causa de tantos dolores.

—¿Quién sois? —insistí—. ¿Por qué me ayudáis?

Aún ocultaba de mí su rostro, y cuando parecía que habría de girarse para responder, llamó nuestra atención el traqueteo de un carro aproximándose.

Mi rescatador reaccionó y echó a correr: acudió hasta donde aguardaba un caballo escuálido con manchas blancas, montó de un salto y clavó tacones en las costillas de la bestia. Salió corriendo como alma que lleva el diablo y desapareció ante mis ojos.

Apoyé la cabeza en la pared fría para dar un largo suspiro.

Por el fondo de la callejuela se distinguía ya el carro; y sobre él descubrí al esclavo negro del gobernador y a Daida a su lado, a las riendas; agradecí como si fuera medicina la sonrisa que mostró al verme. Iba en el pescante tal que una reina canaria, gravísima y muy recta, alzada la barbilla. Andaba con mil ojos, eso sí, por si alguien la descubría; mas a aquellas horas no había un alma en las calles.

Se detuvo el carro, bajó Daida de un salto y se acercó hasta mí.

—Corregidor, ¿y la *sayyida*? ¿Está bien?

Nada dije; acallé los ojos mirando al suelo, evitando así los suyos.

Apenas hubo comprendido que la cosa había salido mal para Hessa Buneder, la canaria echó un paso atrás, conmovida.

—Adelantaron la tortura —musité—. Cuando llegué hasta ella apenas le quedaba un suspiro, Daida, y tuvo a bien guardarlo para dedicarte unas palabras.

La pobre canaria dio dos pasos como borracha, hasta que acabó por encontrar el cuerpo en el suelo, tapado con el mantel.

—Tengo por cierto —dije— que la admiración que sentías por ella era muy correspondida.

Daida cayó de rodillas ante los pies de aquella que un día fue Hessa Buneder, y tomó su mano como quien recoge una tela finísima; pareciera no querer despertarla.

Besó la macilenta mano de la *sayyida* y, mientras lloraba, la mantuvo allí sin querer despegarla de sus labios.

Asistíamos a este duelo el esclavo y yo, sin pronunciar palabra; conmovidos ante aquel dolor callado.

Y así nos mantuvimos, sin mover un músculo aun sabiendo que era perentorio escapar de allí enseguida, hasta que la canaria dijo con la voz rota:

—Dime. ¿Fue una muerte digna la suya? ¿Tuvo un final acorde a su vida?

—Una muerte digna de una reina —respondí.

Daida asintió, agradecida, y pareció recuperar algo de paz.

Dije antes que, en ocasiones, el diablo dispone las cosas para sorprendernos con un giro inesperado. Al escuchar aquella voz creí que soñaba de nuevo.

—Yo os daba ya por muerto —dijo Juan Mayorga, que llamaban el Viejo.

# 4

Nos contemplaba el señor primer alguacil de la villa unas varas más allá, junto al caballo del que acababa de descender y apuntándonos con su espada. Tragué saliva.

—¿No lo estoy? —balbuceé.

Enseguida descubrió el cadáver de la *sayyida*, la puerta de la mazmorra abierta.

—Por los cuernos del diablo, Fernando, ¿qué cojones está pasando aquí?

Daida y el esclavo nada habían dicho, estaban de pie y como petrificados.

Todavía no había comprendido yo cómo había descubierto el alguacil mi presencia en la mazmorra cuando, contemplando a la canaria, lo deduje al fin, y sonreí.

—Hablasteis con Daida.

Enarbolando aún la espada, el alguacil dio un paso hacia nosotros.

—Sí, Corregidor; al ver que no volvíais, la sirviente del gobernador vino hasta mi casa y me dio aviso de vos.

Daida y él se sostenían las miradas.

—Todo un carácter, a fe mía, esta canaria. Añadió que no me

tenía aprecio ninguno y que, aunque la guerra hubiera terminado ya, me consideraba todavía su enemigo; a poco estuvo de escupirme en las botas. —Se detuvo un instante antes de proseguir—. Mas… también dijo que requería de mi ayuda porque vos confiabais en mí y me considerabais un hombre de honor.

Sé que ella lo supo: que yo la observaba lleno de emoción, y también de orgullo.

Mayorga no quitaba ojo del cadáver; reparó en mi tobillo destrozado.

—Os rompieron un poquito, amigo.

—Preguntad mejor si se dejaron algo por romper, los muy cornudos.

Sé que sonrió, bajo aquel mostacho blanco.

—Se me dijo que veníais a rescatar a esa pobre mujer y ahora llego y la encuentro muerta junto a vos. ¿No debo desconfiar de este *pandelmonium*?, decid. Decid algo, Fernando, u os ensarto por *omicida*.

A duras penas me tenía, la cabeza luchaba por echárseme a dormir y fue mi boca la que habló por su cuenta.

—Sé muy bien, mi señor alguacil, que ya poco podéis confiar en mí. Sé también que sospecháis de mi persona desde que puse el pie en la playa de La Luz; y tampoco puedo decir en mi defensa que me considere una buena persona o un hombre de honor: ni siquiera yo estoy seguro de que merezca ser salvado. No puedo apelar, pues, a vuestro honor para que hoy miréis para otra parte. Os pido, sin embargo, que rebusquéis en vuestro corazón y decidáis si estáis seguro de querer ayudar al Santo Oficio. Os pregunto, señor Juan Mayorga el Viejo: ¿ese es el bando en el que queréis estar?

El primer alguacil de la villa dejó asomar una sonrisa amarga.

—Bonito discurso —dijo—. Poco me importan los bandos y hasta quién me manda, obedezco a la autoridad porque es mi trabajo; si tuviera que asegurarme de la supuesta bondad de mis superiores hace tiempo que me dedicaría a la carpintería. Si, además, Fernando, lo que pretendíais es ablandarme el corazón, os tengo que informar de que ya no tengo. Lo perdí; se me rompió tras la muerte de mi hijo: nada tengo en el pecho sino un carbón renegrido.

Tragué saliva otra vez. Me vi conducido de nuevo a la celda.

—No soy tonto —añadió—, desde el principio sabía de más que os traíais entre manos un secreto que no queréis compartir con nadie. Pero a más sé que os han tendido una trampa, señor Corregidor. Alguien os quiere mal y aquello que os hicieron con la botellita y el veneno lo demuestra. De modo y manera que por muchos secretos que os guardéis, poco hombre sería yo y peor alguacil si permitiera semejantes iniquidades en mi ciudad, aunque sea una villa perdida de la mano de Dios.

Juan Mayorga el Viejo inspiró; fue una inspiración larga, que pareció no terminar nunca.

Luego, envainó la espada.

—Por lo demás, una vez me salvasteis, carajo, y esto me basta.

Daida y el esclavo suspiraron aliviados. También yo; después de tantos tantos años, todavía era capaz de admirarme el espíritu humano.

—Si existe Dios os tiene que guardar, señor alguacil. ¿Sabéis en la que os estáis metiendo?

Ya se arrodillaba a mi lado para rasgarse la manga de su camisola, tal y como había hecho yo pocos días atrás con él.

—No es tan grande cosa, nadie sabrá que fui yo quien os ayudó —respondió—. Disponemos de poco tiempo antes de que vuelva el verdugo, tenemos que darnos prisa. Santo Oficio de los cojones… Os han dejado bonito, parecéis un Cristo.

—Tampoco es que antes fuera hermoso que digamos —contesté, y él sonrió a medias.

Se valió de la tela y de una rama que recogió del suelo para practicarme un torniquete.

—Os procuraré un escondite, Fernando; no deberíais tener problema en desaparecer unos días hasta poder embarcar hacia Cádiz y escapar del Oficio.

—No voy a Cádiz, mi amigo —repliqué.

El viejo no pudo quedar más boquiabierto.

—¿Cómo tal? —preguntó—. Insensato, ¿después de lo que ha ocurrido todavía pretendéis estableceros aquí a criar unas putas cabras?

No era Cádiz mi destino, desde luego.

—He de acudir a una cita ineludible esta mañana, señor alguacil —confesé—. Tengo por obra embarcarme en la expedición de Colón. ¿Ha partido ya hacia las Indias?

—¿Colón? No; andaba orando en la ermita de Santa Ana, creo, encomendándose a todos los santos. Según tengo entendido partían en unas horas, al alba. Por el amor de Dios, ¿qué os interesa a vos de todo eso, Fernando?

Sonreí, lleno de agradecimiento, y puse mi mano sobre su hombro.

—No quiero contar nada que pudiera comprometer al hombre que tanto ha arriesgado ya por ayudarme.

Sonrió con el aire cansado, y brillaron aquellos ojos azules en los que se alborotaba un mar bravío.

—Orden, amigo Fernando; civilización; leyes.

Asentí. Recordé a Torquemada y solo una cosa respondí a esto, musitando despacio:

—Justicia.

## 5

—Siento interrumpir —musitó Daida—, pero debemos marchar enseguida. Va a amanecer en nada.

Acudió hasta el carromato.

—He traído tus documentos y tus cosas en el petate, las condenadas armas pesan como un muerto. Si salimos ya, llegaremos a la ensenada en una hora.

Hice como pude para ponerme en pie, y el viejo soldado acabó por ayudarme.

—Señor alguacil —dije—. Aquí nos despedimos.

—No tal, señor, que os acompaño de momento.

—¿Se viene vuesa merced? —pregunté asombrado.

El alguacil amarró su caballo a la parte de atrás del carromato.

—No hasta el fin del mundo, desde luego; nada se me ha perdido a mí en esas Indias del diablo. Pero por vida de Dios que pienso escoltaros hasta la ensenada. Este trabajo lo voy a cumplir bien cumplido.

—Amén —dijo el esclavo negro desde el pescante.

Intervino Daida para dirigirse a él:

—Gaspar, ¿puedes, por caridad, disponer del cuerpo de la *sayyida*? No quisiera por nada del mundo dejarlo ahí abandonado.

La delicadeza con que aquel gigante recogió el cuerpo era de ver, semejante a la interpretación que escuchamos nacer de sus manazas aquella noche en el salón del gobernador, y me arrepentí de no haber reparado mejor en él: sin duda tenía una buena historia detrás.

Entre Daida y el alguacil me levantaron en peso y me tiraron dentro del carro, moliendo los pocos huesos sanos que me quedaban.

—¡Au! —grité entre dientes—. ¡Rastrapajos!

Daida se subió conmigo al carro y me echó una tela por encima; luego la cubrieron de alfalfa, y en menos que canta un gallo me vi oculto bajo unas libras buenas de leguminosa, bendita la hora en que Dios la creara.

El Viejo azuzó los caballos desde el pescante, y el armatoste se puso en marcha, traqueteando de mala manera. Con el vaivén se me machacaban los huesos, pareciera que cada golpe fuera dirigido hacia los moratones, como si estos atrajeran a aquellos. Allá nos fuimos; avanzaba el carro poco a poco.

Atrás quedó el esclavo negro Gaspar, conduciendo a la *sayyida* hacia donde pudiera darle descanso.

Me sacudía un latigazo de dolor cada vez que movía el pie: resultaría imposible dar un paso. Y si yo apenas me tenía, ¿cómo habría de lograr, no ya emprender viaje tan esforzado hasta el otro lado del mundo, sino llegar siquiera a la ensenada puñetera donde embarcar?

Caí vencido por el cansancio y los golpes. Antes, sin embargo, cuando aún me quedaba un rastro de conciencia, dediqué algunos pensamientos. Uno, a Conrado Racú, lleno de inquina; el otro, a Daida y al buen alguacil, con mi gratitud. La última de mis mientes fue a parar a Hessa Buneder. «Si es verdad que existe una vida después de esta, *sayyida*, os ruego que me amparéis. Mucha falta me va a hacer vuestra ayuda».

# DE EL «SECRETO DE DIOS» Y LA IMPOSIBILIDAD DE EMBARCAR HACIA LAS INDIAS

*A una desesperada media hora de que zarpe la expedición Colón*

## 1

e despertó el olor a humo. Abrí el ojo sano, aterrado, no fuera que estuviera de nuevo ante el inquisidor Torquemada, y me descubrí acostado boca arriba en la parte trasera del carro.

Continuábamos en marcha, el suave traqueteo mecía mi cuerpo malherido, y nos rodeaban ya los arenales; habíamos salido de la villa del Real de Las Palmas.

Llamó mi atención que en el cielo se elevaba una columna de humo; provenía de más allá de la extensión en donde los dominicos deforestaban la zona para elevar su iglesia.

El caballo del alguacil Mayorga nos seguía, atado al carro, y me pareció ver al Viejo sentado al pescante. Marchábamos a buen ritmo para ir en un mamotreto que se caía a pedazos.

La tela y la alfalfa que antes me cubrieron habían sido retiradas; Daida estaba de rodillas junto a mí, mirándome circunspecta; iba mascando algo. La luz del sol en su cara me reveló que debíamos andar poco más allá del alba.

—No vamos a llegar a tiempo —murmuré.

La canaria se sacó de la boca la pasta asquerosa y la aplicó sobre mi ojo, cerrado de puro tumescente. Cuando hice por resistirme me agarró la muñeca.

—Es llantén y aloe, Corregidor, estate quieto —dijo—; bueno para las heridas.

Al mirar hacia abajo, me descubrí lleno de la condenada pasta repugnante, aplicada en cada una de las magulladuras de mi cuerpo.

—Está despierto —avisó la canaria en voz alta.

Desde el pescante del carro contestó el alguacil Mayorga:

—Fernando, ¿estáis mejor?

—Como nunca —contesté retorciéndome, se me clavaba algo en la espalda.

Se había abierto el petate y, debajo de mí, se había colado algo duro; hallé desperdigados mis armas y documentos.

—Dime, canaria, ¿conoces la historia del arcángel Raziel?

## 2

Me apresuré a explicarle; no restaba mucho tiempo para que llegáramos a la ensenada y yo tuviera que marchar al fin.

—Cuando Dios expulsó a Adán y Eva del Paraíso…

Me detuve, sospechando que…

—¿Sabes quiénes fueron Adán y Eva?

—El sacristán nos ha contado historias de la Biblia, pero yo no anduve muy pendiente, lo tengo que reconocer.

—Como si lo viera, ni puñetero caso —respondí.

Y hube de remontarme atrás en la explicación:

—La Biblia cristiana cuenta que Dios creó al hombre y a la mujer, a los que llamó Adán y Eva. Estaban, pues, en el Paraíso, rodeados de paz y hermosura por todas partes, y todo estaba su alcance para su disfrute. Pero Dios les puso una única condición. «Del Árbol de la Ciencia del Bien y del Mal no comeréis; porque si de él comierais, serán abiertos vuestros ojos, y seréis como Dios, sabiendo el bien y el mal, y ciertamente moriréis».

193

Sonrió la canaria.

—Nada como prohibirle algo a alguien para hacer que se tire de cabeza.

—Eso es. —Reí la ocurrencia—. Según cuenta la Biblia, un día se presentó el diablo en el Edén y tentó a Eva para que comiera del Árbol prohibido.

—¿Y Eva comió del fruto?

—Eva comió del fruto. Y luego se lo dio a probar a Adán.

En contra de ofuscarse contra Eva por haber desobedecido a Dios, la canaria pareció de pronto muy ufana.

—Me gusta Eva —dijo.

—Por desgracia, este gesto de Eva, querida Daida, ha ocasionado que los más reputados estudiosos, y aun nuestros sacerdotes, consideren a la mujer la «puerta del diablo», allá por donde entran los pecados, y fundamento de todas las desventuras que atormentan al hombre.

Daida estaba indignada.

—¿La primera mujer os dio la libertad que da el conocimiento y vosotros, putos, decís que ella es la causa de todos los males?

—Yo no pienso así, canaria.

—Lo piensa tu gente.

—Casi todos, sí.

—Os merecéis los condenados males del mundo, por animales —añadió.

—Déjame seguir —le dije—, no te emputes de nuevo, que enseguida te encocoricas. A partir de aquí, entramos en territorio desconocido. Comienza la leyenda del arcángel Raziel.

## 3

Daida reparó en que se soltaba el torniquete que rodeaba mi pierna y ajustó de nuevo la dicha venda, a la vez que yo proseguía:

—A causa de esta desobediencia, Dios expulsó del Edén al primer hombre y a la primera mujer. Hubieron de enfrentarse a un mundo hostil, sobrevivir a las zarzas y a las bestias. Solo hubo un ángel que se apiadó de Adán y Eva: el arcángel Raziel.

—Al fin alguien con dos dedos de frente.

—Su nombre significaba «Secreto de Dios»; tal era la confianza que Raziel tenía con Dios que era la única criatura con la que el Creador comentaba sus designios.

»Raziel le pidió permiso al Creador para entregar *un libro mágico* a Adán y a Eva, el *Sefer Raziel HaMalakh*. Desvelaba muchos secretos: angelología elaborada, gematría, los nombres de Dios, hechizos de protección, un método para curar… Hay quien dice que incluía todo lo que acontecería en el futuro, de modo que con este conocimiento los seres humanos habrían de ser capaces de encauzar su destino.

Relucía en los ojos de la canaria un brillo especial. En ellos asomaba la curiosidad de Eva.

—Pero no es eso lo que nos interesa, canaria. Se supone que Posidonio tuvo acceso a este libro mítico, y copió una de sus páginas: un *Herbarium*, con la forma del Árbol prohibido de la Ciencia del Bien y del Mal. Si se sabe leer, quedaría al descubierto un mensaje secreto.

»¿Pero comprendes o no?

—Que sí, que no soy imbécil.

—Como pones esa cara…

—¿Qué cara?

Proseguí:

—Racú sabía que en el pergamino con el *Herbarium* había un mensaje escondido que solo podía descifrar alguien muy versado en los misterios de la cábala. En Cádiz, la *sayyida* Buneder descubrió que en aquel pergamino se detallaba un camino siguiendo las estrellas. Daida, ¿comprendes? Lo que allí se revelaba es un mapa.

Tomé su barbilla y la hice mirarme.

—Un mapa creado para que, un día, los desterrados del Edén pudieran hallar el camino olvidado. Un mapa que conduce al Árbol del Paraíso.

# 4

Solo con mucho esfuerzo consiguieron la canaria y el alguacil hacerme descender del carromato.

Nos habíamos detenido al borde de la playa, allá donde nadie pudiera ver quién me había conducido hasta allí, por librar de investigaciones ulteriores a mis compañeros.

Cerca, en la ensenada, se divisaban los barcos de Colón, prestos ya a hacerse a la mar; aguardaban a los últimos que habrían de embarcarse, junto con los avituallamientos finales. Se había demorado la cosa ante la falta de brisa, las naves se hallaban detenidas.

Con mucha parsimonia, Daida recolocó en el interior de mi petate libros y documentos, mi ropa. Acomodó también la estoqueadora, el trueno, los pertrechos de este. Todo un muerto.

—Hasta aquí llegamos —dijo el viejo ayudándome a cargar sobre mis espaldas el condenado petate—. A partir de ahora seguiréis solo, Fernando.

—Aún ha sido mucho el trecho que me habéis acompañado, señor alguacil. Os quedo agradecido.

—A fe que nunca había conocido un comerciante de cabras que guardara tantos misterios, amigo Fernando.

Gran tipo, Juan Mayorga. Puse mi mano sobre su hombro y, con toda la honestidad de la que fui capaz, le dije:

—Ojalá un día pueda aclarároslo todo. Mientras, tenedme esto no sea que se me vaya a perder.

De detrás de mi cinturón saqué el exquisito *puggio* romano, tomé la mano de Mayorga y deposité el cuchillo en ella. Quedó muy sorprendido.

—Pero…

—En vuestro poder estará tan a salvo como conmigo, y antes vi que le tomabais aprecio solo de verlo. Guardadlo, Juan el Viejo; para mí será un honor.

No sería hasta muchos años después, en otro lugar bien distinto, que volviéramos a encontrarnos, estando él, y no yo, cubierto de grilletes, pobre amigo mío.

Me dio tal palmada en el brazo que me hizo temblar los dientes, y dijo:

—Ojalá encontréis aquello que estáis buscando, mi amigo. Sea lo que sea.

Acudió después a su caballo, para desengancharlo del carromato.

## 5

Daida aproximó los pasos hasta mí.

—Te envidio —dijo—. Quisiera embarcarme yo también en ese viaje.

—Veremos cómo acaba, igual es más saludable quedarse en la isla. Atiende, Daida. Una cosa me dijo la *sayyida*; una cosa importante. Ella contaba con que tú fueras la próxima Cerradura.

—¿Yo?

Encontré en sus ojos un deje de amargura y agachó la cara.

—Ojalá te hubiera elegido a ti para que la ayudaras en un principio. Y no a mí.

—Te juzgas con severidad, canaria. Ya te dije antes que la *sayyida* te tenía mucha admiración.

—¿A mí, Corregidor? ¿Admiración *por mí*, una mujer que lo sabía todo, que lo había leído todo?

Hallé su expresión muy apenada, se le hacía imposible mirarme.

—Algo vio en nosotros, Daida, tú lo dijiste. Fuera lo que fuera, carajo, vio algo en nosotros.

Sonrió. Contempló de arriba abajo mi cuerpo lleno de moratones, hinchado y dolorido.

—Cumple tu camino —dijo sonriendo—, pero vuelve.

Agaché la cara, nada respondí.

Me ocurrió algo notable. Más allá de la travesía incierta y de los muchos peligros —entre ellos el propio Conrado Racú—, más allá de todo, me atenazó el miedo ante la posibilidad cierta de no poder disfrutar de nuevo de la calidez de aquella mirada que la canaria me había regalado.

«Vuelve», me dijo. Y, cosa curiosa, por primera vez en mi vida, ahora tenía un lugar al que volver y lamenté marchar.

Tomé su mano. Nada más. Un rubor tintó sus mejillas y me rehuyó como si le quemara mi contacto.

Fue donde el carro. Allí esperaba ya el alguacil Mayorga montando en su caballo —recuerdo que me impresionó la agilidad con que subía hasta lo alto del animal—.

El viejo me contempló desde allí con sus ojos severos y dijo:

—Buena suerte.

Tiró de las riendas hacia un lado, se alejó por el camino, de regreso hacia la villa. Detrás, a pocos metros, le siguió Daida en el carromato. Nada más dijeron, no miraron atrás. Sus figuras fueron empequeñeciéndose hasta que desaparecieron por completo.

Me giré hacia la playa, y a duras penas comencé el descenso hasta el grupito de hombres que, en la orilla, tomaba acomodo en las últimas barcas.

# 6

Los de la playa me observaban como si acabara yo de salir del averno, tan maltrecho iba. El doctor Álvarez Chanca, sevillano por más señas, que había escrito a los reyes para presentarse voluntario en la expedición, adelantó los pasos al verme, seguro de que más pronto que tarde daría yo con mis huesos en la arena.

—Estáis malherido, señor.

—Colón —balbuceé yo en un suspiro. Apenas me quedaban fuerzas—. ¡Colón!

Un hombre se abrió paso entre aquellos que se arremolinaban a mi alrededor.

Caí de rodillas ante él, exhausto, y dijo el médico tratando de sostenerme:

—Este hombre necesita de asistencia.

El caballero me contempló desde arriba.

—Señor almirante —dije a sus pies, y estaba a punto de implorar cuando me corrigió:

—Capitán general, ahora.

Sus majestades, en efecto, le habían dignado con su propio escudo de armas y el cargo de capitán general de aquella armada.

Christoval Colón vestía de sobria manera, sin túnica, y lucía arremangada la camisa. La melena la llevaba muy sucia, de medio tamaño y rubianca, muy cargada de canas. Rondaba los cuarenta, pero aparentaba más. La nariz larga y los labios finos, amén de esa forma de mirar de soslayo, como si recelara, conferían a su rostro una expresión antipática. Tenía la piel curtida de los marinos y se le apreciaba el cansancio de la ingente empresa que acababa de levantar.

Asentí.

—Señor capitán general…, excelencia, es vital para mí embarcar en una de vuestras naves.

Se miraron los hombres. Allí estaban Antonio de Torres, capitán de la flota; Alonso de Ojeda, mosén Pedro Margarite; Bartolomé, el hermano de Colón, y el diácono Francisco Pola. Y también funcionarios de la corte: Fonseca; el tesorero Francisco Pinelo; Juan de Soria, secretario particular del príncipe don Juan y designado como contador de la expedición. Gentileshombres, soldados y marineros se miraban sin dar crédito, hasta que uno de ellos me espetó:

—¿Crees que nos hacemos a la mar para pescar atunes, desgraciado? Es materialmente imposible que embarques en esta expedición. ¿No sabes quiénes somos y adónde vamos?

Más preocupado por otros altos asuntos, el señor Colón se dio media vuelta. No había dado ni dos pasos y ya me había olvidado.

Iba alguno de sus hombres a largarme de una patada para que no molestara más, cuando mis labios dejaron escapar estas palabras:

—Conrado Racú.

Apenas las hubo escuchado, Colón alzó una mano y se detuvieron todos.

Quedamos en suspenso, componiendo una estampa colorida a

la orilla de aquella mar hermosa. Las olas eran lo único que no se había detenido ante el gesto del señor capitán general de la flota, don Christoval Colón.

Se volvió lentamente hacia mí y preguntó:

—¿Qué habéis dicho?

Resultaba muy marcado su acento, portugués o quizá gallego; era incapaz de pronunciar las jotas, y todas las eses sonaban con una hache en medio.

—Racú, mi señor almirante; mi capitán —respondí—. El Árbol del Paraíso y Conrado Racú.

Se levantó un viento impetuoso, salido de la nada; aquella fina arena se enseñoreaba sobre nosotros, los hombres hubieron de llevarse las capas a la cara.

—Que lo suban a mi nave —dijo el almirante— y le den asistencia en mi camarote.

Dicho lo cual, regresó hacia la orilla para acabar de dirigir el embarco de tropas y vituallas.

Así imagino que caminaban los emperadores hacia su destino: pareciera el aire retirarse ante su paso. Christoval Colón estaba sentenciado a hacer historia.

Aquel fue nuestro primer encuentro. Todavía no podía adivinar yo que iba a vivir a su sombra la aventura más terrorífica de nuestra vida.

Pese al desconcierto general ante la orden de su capitán, fui izado por varios soldados. Nadie comprendía nada; ni quién era yo ni qué habían significado mis palabras, pero fue así como se me condujo hasta una barca, y allí nos metieron a mí y a mi petate.

Recuerdo verme mecido por las olas, a medida que nos acercábamos a la nave comandante; el doctor Chanca examinaba mis heridas, preocupado. Volaban las gaviotas sobre nuestra barca, avanzábamos a golpe de remo. Recuerdo que brillaba el sol del alba; que se hallaba mi ánimo muy inquieto, ante las desventuras que a buen seguro tendría que enfrentarme. «Cumple tu destino», me había dicho la sayyida. De lo que no estaba yo muy seguro es de si en este sino mío estaba incluido el pasaje de vuelta, pues era muy posible que cumpliera mi destino acabando con Racú, pero que al cabo terminara mis días con los huesos mondos caldeándose al sol de las Indias.

«Voy a participar en un hecho trascendental —pensé—. Me voy a embarcar en el segundo viaje que el excelentísimo señor capitán general don Christoval Colón emprende hacia las Indias, y viajaré más allá del fin del mundo».

Abrí la boca para hablar y el doctor se acercó hasta mí poniendo la oreja.

—¿Qué os ocurre, señor? ¿Queréis decir algo?

Pensé que eran necesarias unas palabras solemnes, que grabaran a fuego este momento en la memoria de la historia.

—En marcha al fin —musité—, de una recontraputa vez.

*Del rey de Nápoles, Don Ferrante, a los muy altos y muy po-*
*derosos príncipes y católicos señores Don Fernando y Doña Ysabel,*
*por la gracia de Dios Rey y Reina de Castilla, de León, de Toledo…*

*De vuestras altezas recibí aquella vuestra encomienda para el*
*siervo Conrado Racú, a fin de que se ponga a la busca de ese ven-*
*turoso pergamino del que habéis tenido noticia y que tanto esti-*
*maríamos hallar.*

*He dado, pues, la orden de que Racú tome vuestra dicha*
*encomienda en la más presta manera y sin atender ninguno de sus*
*otros asuntos.*

Diversas notas escritas originalmente en vitriolo romano bajo otro texto, y desveladas con galla de Istria; parte de los textos aparecían emborronados por defectos del procedimiento y resultaban ilegibles. Las notas describían diferentes movimientos y hechos del señor Racú en Nápoles.

*De vuestro vasallo Eleuterio Carrión.*

*A Juan de Coloma, Secretario del Rey y de la Reina.*
*Muy alto, muy excelentísimo y muy poderoso señor.*
*El señor C. R. ha permanecido encerrado toda la semana en su cuarto de la fonda. En este tiempo no ha probado comida alguna y ha encargado un número de botellas de vino del Vesuvio que supera lo razonable.*
*(texto ilegible) y tras la negativa a seguir sirviéndole, el señor C. R. abandonó la fonda y se dirigió a una* osteria. *Interrogado el mesonero, refiere este que escuchó al señor C. R. hablar sin tino acerca de cosas que causaban mucho espanto: el efecto de tal y tal veneno, la manera de eviscerar a un hombre manteniéndolo con vida, y otras iniquidades propias de perturbados, sobre las que Racú se extendió con tal detalle que el mesonero dio por cierto que aquel hombre las había practicado de su propia mano.*
*A decir de dicho mesonero, el señor C. R. entró finalmente en un estado de embriaguez muy próximo al sueño. Borracho, dormido y furioso, el señor C. R. no hacía (texto ilegible): «Dadme un lugar que esté libre de Dios», decía. «Dadme un lugar que esté libre de Dios». (texto ilegible)*
*Hecha en la villa de Nápoles a tres días de julio*

*De vuestro vasallo Eleuterio Carrión.*

*A Juan de Coloma, Secretario del Rey y de la Reina.*
*Hace dos días, tras abandonar la* osteria, *el señor C. R. estuvo*

callejeando durante horas con el propósito evidente de deshacerse de este vuestro siervo. De resultas, este siervo perdió la pista del dicho C. R. y (texto ilegible).

Ruego a su excelencia se sirva enviar más dineros, pues el seguimiento está siendo más prolongado de lo previsto y se me está acabando la provisión de fondos.

Hecha en la villa de Nápoles a nueve días de agosto


De vuestro vasallo Eleuterio Carrión.

A Juan de Coloma, Secretario del Rey y de la Reina.

C. R. ha desaparecido de la ciudad; y pese a las esforzadas pesquisas de este vuestro siervo no he hallado a nadie que me dé razón de su paradero.

Examinado el cuartucho de la fonda en donde se alojaba el señor C. R., esta es una relación de efectos singulares encontrados en el dicho cuarto: Un cuchillo grande de hoja mellada. Un martillo grueso. Clavos y puntas. Una lanceta de medicina (texto ilegible). Una carta portulana en pergamino, doblada en cuatro pliegos, adquirida en Roccarainola. Manuscritos en latín, francés y griego, todos ellos con mapas de valor. En los dichos mapas, sobre la costa oeste de Francia, Galicia y Portugal aparecen cruzadas las siguientes palabras, con letra de C. R.: «Ella ha nacido de SU risa. Ella es la risa de Dios». (texto ilegible)

Ruego a su excelencia que a la vuelta de esta me indique cómo proceder, pues no sé si debo seguir aquí esperando a Racú o abandonar el seguimiento.

Si es que debo seguir, imploro a su excelencia que me envíe más dineros.

Hecha en la villa de Nápoles a quince días de agosto

*De Juan de Coloma, Secretario del Rey y de la Reina.*

*A vos, Vinicio Malpartida.*

*Este enojoso asunto, señor, se nos ha ido de las manos. Vuestro pupilo Racú ha perdido la condenada cabeza o ha sido endemoniado; de otro modo no me lo explico.*

*Leed vos mismo esta declaración jurada de un guarda de probada lealtad a Su Alteza el Rey Ferrante, tras un asalto que este dicho guarda sufrió en un traslado de presos en los alrededores de Benevento.*

---

*En la noble ciudad de Benevento.*

*En presencia del guarda Salvatore Todeschini, del escribano público y del crimen P. Arenes, y del* condottiero *Euprepio Fosdinovo.*

*Certifico que el dicho Salvatore Todeschini refiere haber recibido orden de escoltar hacia la ciudad de Benevento una cadena de cinco hombres presos, yendo él a caballo y acompañado de dos guardias a pie.*

*El guardia Salvatore Todeschini refiere haber tenido conversación indiscreta en una mancebía con el señor Conrado Racú la noche antes de partir de Nápoles, de resultas de lo cual pudo averiguar el dicho señor por qué camino moverían a los presos.*

*Refiere el dicho guardia que este Racú se presentó con un caballo morcillo a mitad de un alto que llaman en aquella región de Montesarchio. Racú declaró en alta voz que aquellos cinco forzados eran hombres justos y que se habían alzado en delitos por el único motivo de la libertad de sus iguales; que si habían acabado presos se debía al torcido untamiento de los escribanos que los condenaron y a la mala voluntad de Nuestro Señor Rey Ferrante y de los Reyes Fernando e Ysabel.*

*Refiere el dicho guardia Salvatore Todeschini que aquel Racú quebró el rostro del otro guardia porque le quisiera poner freno, y que en este solo golpe fue echado al suelo sin vida. Visto lo cual el otro guardia y el propio Salvatore Todeschini buscaron manera de reducirlo, sin conseguir más que ser heridos en vientres y cabezas y pechos.*

*Refiere el dicho guardia Todeschini que, viéndolo tan quebrantado, Racú lo dejó marchar, exponiendo que no era deseo suyo quitarle la vida y que le daba un recado, dirigido a quien tenía que oírlo: «Contadles a aquellos —dijo— que Conrado Racú no será nunca más su siervo. Conrado Racú es ahora libre».*

---

*El guardia que dio dicho testimonio murió pasados dos días, debido a sus muchas y malas heridas.*

*Señor Malpartida, sé de sobra la relación de afecto cuasi paternal que os une con el dicho Conrado, pero habréis de entender que me veo obligado a comunicar a Sus Majestades el inusual comportamiento de este caballero. Nos comprometen sus acciones erráticas, sangrientas y definitivamente poco discretas. Este Conrado Racú es un hombre disoluto que no teme a Dios ni a su Rey ni Reina, lleno de malicias. Es mi decisión que, desde hoy, Racú pierda nuestra confianza y así se lo haré saber a Sus Altezas.*

*De Juan de Coloma, Secretario del Rey y de la Reina*

*De Juan de Coloma, Secretario del Rey y de la Reina.*

*A vos, Vinicio Malpartida.*
*Debo comunicaros un desgraciado lance, que aunque no dudo que os llenará de tristeza, nos quita a Vos y a mí de problemas mayores.*

*Aunque me consta que, dadas las desavenencias con vuestro antiguo pupilo Conrado Racú, habíais perdido todo trato con él, hete aquí que los designios de Dios, que vela con firme mano por la tranquilidad de la Corona, han cerrado al fin su severo puño: en el día de ayer, fue encontrado en las aguas de Nápoles el cuerpo sin vida de Racú tras llevar desaparecido una semana. Al parecer, el desgraciado sufrió algún mal síncope que le impidió salir de ellas con vida.* Requiescat in pace in Dei nomine.

*Rezo porque el infeliz encuentre en la muerte el sosiego que parecía haber perdido en vida. Os acompaño en el sentimiento, pero, por cierto,* inter nos, *bendita la hora en que ha caído este peón.*
*De Juan de Coloma, Secretario del Rey y de la Reina*

# SEGUNDA PARTE: *TERRA INCOGNITA*

## LAS INDIAS

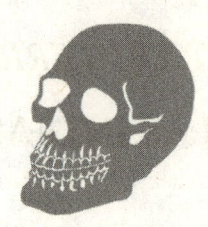

## DE CÓMO CONOZCO AL INEFABLE
## SEÑOR DIENTESCERDO

1

on inconfundibles los ruidos de un barco que se mece en alta mar. Las maderas protestan cuando la nave cruje al vaivén; el agua hincha los tablones y estos se quejan, tratando de hacerse hueco. Si la mar está picada, las olas recuerdan a los rugidos de bestias monstruosas, y es enervante cómo rompen contra la quilla, por babor, por estribor, ¡plaaaaf! ¡Plaaaaf! ¡Plaaaaf!

Fueron estos ruidos los que, al despertar en aquel camastro, vinieron a convencerme: mis huesos maltrechos habían ido a parar a la alta mar.

Me descubrí en un camarote. La puerta, abierta, mostraba el exterior y se vislumbraba la tolda de popa; de allí procedían las voces de los marineros trabajando. El día había devenido gris, apenas entraba luz a través de los ventanucos. Muebles había pocos: el dicho camastro, una mesa de trabajo y un par de sillas, una cómoda, una repisa con libros. Se hallaba todo bajo un orden escrupuloso.

Traté de incorporarme y el cuerpo entero se rebeló en una amalgama de dolores.

Como pude, vine al fin a sentarme. Noté cálida la madera bajo mis pies desnudos.

De debajo del camastro tomé un orinal. Apenas conseguí ponerme en pie hube de agachar la cabeza: el techo era bajo para un hombre de mi estatura. El barco se mecía con suavidad. Apoyé una mano contra la pared y me puse a orinar.

Al color oscuro vino a mí la voz de Constanza Calenda: «Alguna injuria os han hecho en los riñones, señor Fernando; ese pis está muy negro». Tragué saliva y decidí posponer esta preocupación, añadiéndola a la larguísima lista que ya se escribía en mi cabeza.

Una figura que entraba se detuvo en el dintel, al descubrirme de pie.

—No debéis levantaros —dijo.

El desconocido pasó al camarote como si fuera suyo. Traía una bandeja, que depositó en la mesa. Me vi orinando ante él, de pie y sin fuerzas para darle la espalda.

—Si queréis traeros a algún amigo para que mire también… —le espeté.

—A buenas horas os ponéis *finodo*. Os he ayudado a mear muchas veces a lo largo de estos días, señor.

—¿Días? ¿Cuánto llevo inconsciente?

—Varios. Pero no inconsciente; ibais y veníais.

—¿Ya hemos llegado a La Gomera?

—La Gomera la abandonamos hace tiempo. Allí estuvimos cinco jornadas para avituallarnos de bestias y de carne, leña y agua; amén de ocho puercas buenas, a setenta maravedíes la pieza. Y ya dejamos atrás la isla de Fierro, señor: estamos en la alta mar.

Quedé muy confundido; todo ese lapso había pasado para mí como una cortina negra. Nos hallábamos al fin en plena travesía hacia las Indias.

## 2

—¿No recordáis nada? —preguntó. Y en cierto modo le pareció lógico—: Dice el médico que en más de una os ha rondado la muerte.

«En más de una y en más de dos —dije para mí—. Pero no solo estos días».

Una vez hube acabado y sin preguntar, el hombre tomó el orinal de mis manos. Abrió el ventanuco que le quedaba más cerca y por allí lo vació. Lo devolvió a su lugar, bajo el camastro.

—Gracias —murmuré—. ¿Y mi petate?

—Ahí en la esquina lo tenéis.

Quería volver a sentarme cuando descubrí que, tras esta mínima empresa, había acabado exhausto; estaba a punto de desvanecerme. No tuve ni que pedírselo. Aquel hombre misterioso tomó uno de mis brazos y me ayudó a volver al camastro.

—No debéis levantaros —insistió—. Tened calma, que nadie ha tocado vuestras cosas, y mientras yo esté aquí ninguno habrá de tocarlas, por mis santos cojones.

Lástima no poder transmitir el olor a través del papel. Era insufrible el hedor que aquel hombre desprendía; a cerdo. Asomaba ganchuda su nariz; y, de haberse alimentado bien, habría pasado por un hombre fornido. Era pequeño, achaparrado como si lo hubieran apretado por la cabeza y los pies, pero fuerte. Lucía el pelo muy negro, no costaba imaginarlo grasiento de haberlo llevado largo; y gastaba una barba corta, que le llenaba la cara aquí y allá, pues le nacía a salto de mata. Se detuvo a contemplarme y quedé sorprendido por la hondura de sus pupilas, de un negro intenso, salvajino.

—Puedo hacerlo yo solo, gracias —dije al olor de su presencia, tratando de retirar el brazo.

—No podéis. Dejad de portaros como un niño y sed buen paciente.

Me dejé llevar, rendido hasta para discutir con él. Una vez me hubo sentado, acudió a la mesa y de la bandeja que había depositado antes cogió un cuenco y una cuchara.

—Tenéis que comer. La comida escasea y sabe a mierda, pero tenéis que comer.

—Me alarma, caballero, que sepáis a qué sabe la mierda.

No hizo caso de mi burla. Se sentó a mi lado y, sin preguntar, comenzó a darme de comer una cucharada tras otra, de unas gachas tan malas como no he probado en mi vida.

—¿Dónde estoy? —pregunté.

—En la Marigalante, la nave capitana.

—¿La nave del señor Colón?

—La nave del señor Colón. Abrid la boca.

Entre arcada y arcada iba tomando mis cucharadas.

—Saben a mierda, es verdad.

Tampoco rio esta vez.

—Hablas bien mi idioma —comenté.

—Conozco las palabras castellanas desde hace mucho tiempo. Antes incluso de que arribara a la isla el capitán Rejón y empezara la conquista. La boca. Aaam.

—Eres *canarii*.

Su única respuesta, puto de él, fue darme otra cucharada de aquella plasta asquerosa, pero hubo en sus ojos una pesadumbre lejana, casi un dolor.

—Fui *canarii* —contestó—. Lo fui una vez.

A pesar de que no me había terminado la rica bazofia, tiró la cuchara dentro del cuenco y se levantó para llevarlo hasta la mesa. Allí, dándome la espalda, preguntó de improviso:

—¿Quién es Conrado Racú?

Quedé de piedra.

—No tengo ni idea —respondí—. Quién es.

Vino hasta el camastro, con poca delicadeza me agarró por los brazos y me ayudó a acostar de nuevo. Regresó a la mesa, recogió la bandeja y se dispuso a llevársela.

En la puerta se detuvo y, evitando mi mirada, dijo:

—Me ha sido encomendado vuestro cuidado; nadie quería hacerlo y yo me presenté voluntario. Estoy acostumbrado a los peores trabajos, he sido porquero toda la vida. Podemos hacerlo por las malas, y no dirigirnos la palabra mientras os limpio de pis y de caca. O por las buenas, y convertir esta carga en algo llevadero; pero en este caso habréis de cumplir una exigencia mía; una nada más.

Y solo aquí vino a enfrentar mis ojos, cuando dijo:

—No me mintáis.

No respondí, sorprendido en verdad por aquella facilidad de palabra. Después, añadió:

—Hablabais de Conrado Racú todo el rato, en duermevela.

Un tajo de luz procedente del ventanuco acarició mis manos con su reflejo; quedé así un instante, complaciéndome de aquel calor.

Al caer en la cuenta, pregunté:

—¿Por qué carajo nadie quiere cuidarme?

## 3

—Toda la tripulación piensa que estáis endemoniado. Os dio un ataque del Gran Mal nada más subir a bordo. Hizo falta la fuerza de varios hombres para contener las convulsiones.

Suspiré, agachando la cabeza. Era inevitable que ocurriera, tarde o temprano. Ahora todos a bordo me temían, *porca fortuna*; o, como poco, temían que les contagiara mi padecimiento.

—Yo no tengo miedo —dijo el canario—; mi padre tenía también esa dolencia. No es contagiosa, como dicen. Ni es obra del demonio, tampoco; mi padre era la persona más buena que he conocido en mi vida.

Asentí. Era en verdad de agradecer lo que estaba haciendo por mí, pero estaba yo entonces tan puto y tan reconcentrado en mi salsa que no me apetecía ni sonreír.

Iba a irse cuando pregunté:

—¿Cómo te llamas?

—Dientescerdo —respondió—; así me llaman.

Y, ante mi cara de estupor, para explicarlo se metió los dedos en la boca, tan abierta como si estuviera bostezando.

Para mi asombro se sacó entera la dentadura de arriba. En su mano renegrida mostró la dentición postiza —fabricada por él mismo, según me dijera luego—, cincelada en madera con paciencia hasta acomodarla a encías y paladar. Y sobre la pieza, tratando sin éxito de darles la apariencia y el orden de una dentadura humana, había ido clavando pequeños dientes de cerdo.

Al hablar se descubría, ignominiosa, su boca desdentada:

—Me los quitaron —dijo—. Mis hermanos *canarii* me arrancaron los dientes.

# DE UNA SED Y DE OTRA SED

## 1

ún tardé varios días en caminar, y cuando lo hice fueron unas varas apenas. Por ventura del diablo y a fin de que le durara más tiempo el divertimento, el malparido que me había golpeado se había cuidado mucho de no romperme nada, mas todo yo era un puro moratón; en especial la zona de las costillas parecía haber sufrido el paso de un regimiento de borricos, y también la cara —bostezar me daba auténtico pavor, no fuera a descoyuntárseme la mandíbula—.

Atardecía la primera vez que abandoné el camarote del capitán y, pasito a pasito, salí a la tolda. Un rico embate de aire salado me dio en la cara; arreciaba la brisa y las velas reventaban de orgullo, surcábamos el océano a buena marcha. «El señor almirante ha cambiado la derrota —me había informado el amigo Dientescerdo—. No vamos al oeste como en su primer viaje a las Indias, sino al suroeste, rumbo a la cuarta del poniente hacia el lebeche». Y esta decisión se había demostrado muy acertada, pues los alisios nos llevaban de la mano.

Las cubiertas de la Marigalante se hallaban atestadas de marineros, pero también de soldados, funcionarios y familias de colonos, incluidas mujeres e hijos; apenas se podía caminar entre gente, baúles y petates.

Nada más salir del camarote cayeron sobre mí todas las miradas.

Era evidente que me consideraban veneno para la travesía; en buena lógica me creían poseído por el demonio del Gran Mal. Si entonces no me cortaron sus ojos ya no habrá nada sobre este mundo que pueda cortarme.

<h1 style="text-align:center">2</h1>

Todos los barcos huelen igual, hasta los más refinados y lujosos: a mar y a mierda, a sudor de marinero; a cuadra, si es que viajan animales en el sollado, como era el caso. Aun cuando al barco se le retira y termina sus días desguazado, hasta los tablones huelen a carabela vieja.

Estas naves con las que el señor Colón quería llegar al otro lado del mundo resultaban poco más que una bañera —tenían la culpa cuarenta y tres varas de eslora—; un tonel que flotaba de la más milagrosa manera, atestado de cargamentos, bestias y cristianos.

La intimidad brillaba por su ausencia, y las comodidades quedaban todas atrás el día de partida, en el puerto. No había camarotes excepto para el capitán, que disponía de uno en el castillo de popa, y una cámara para los marineros más importantes, que aquí usaban los gentileshombres. Hiciera frío o calor, el pasaje dormía al raso, bajo las estrellas: el hedor hacía difícil pernoctar a cubierto. Y el humano ser no era precisamente silencioso: alborotaban las noches eructos, ventosidades y toses, susurros, ayes y gemidos. Por no mencionar la sinfonía de piafares, mugidos y balidos de los animales que viajaban en la nave; de cuerdas, de chasquidos, los gritos de la marinería en el gobierno del oleaje.

No solo se dormía. Era en cubierta donde se hacía la vida, pues no había sitio al que ir. En las cubiertas se comía y se cagaba. Y para cagar, vive Dios que uno arriesgaba la vida, pues se amarraba una soga por la cintura y había de asomar el culo por la borda.

Entre aquella maraña de gente arracimada que veía pasar los días, la marinería tenía prioridad de paso. Así ocurre en todas las travesías, los marineros van y vienen, suben y bajan.

Los soldados, que luego serían imprescindibles en tierra, durante la travesía fueron un estorbo. Ocupaban un espacio precioso, agotaban los alimentos y el agua, disfrutaban de demasiadas horas sin nada que hacer; se pasaban el día jugando a dados, a naipes. Por darles ocupación, sus superiores les ordenaban limpiar las armaduras hasta hacerlas brillar. A medida que pasaban las semanas crecían los nervios a bordo; y aun así, es de ley señalar que las peleas escasearon, pues eran castigadas con el látigo. Estos soldados, aun recios como caballos, estaban desacostumbrados a los rigores de la mar: los más débiles de estómago solían vomitar la escasa comida que se había repartido durante el día —esto provocaba infinito desconsuelo entre el resto del pasaje, que pensaba que alimentar así a estos inútiles suponía desperdiciar las raciones—.

Por cierto que la mar es corrosiva; todo lo corrompe. Al cabo de unos días de viaje, los alimentos aparecieron agusanados, los gorgojos campaban a sus anchas entre la fruta; no había sopa que no saliera aderezada con unos cuantos bichos —los más curtidos lo celebraron, decían que le daba sabor—. Unos días después de la partida se ordenó comer de noche, cuando ya no había luz que permitiera vislumbrar los gusanos que paseaban sobre la ración.

Es por esto que era tan importante encontrar tierra lo antes posible: había que abandonar el barco más pronto que tarde; alejarse de la mar, que pudre alimentos y maderas, y vuelve locos a los hombres.

## 3

Se ocultaba el sol. Acababan de repartir las raciones.

—Señor despensero —voceó el contramaestre desde la toldilla, para recordar—: El fuego.

—¡Extinguido, señor! —respondió un hombrecillo desde el otro lado de la nave. Y apagó el fogón donde acababa de calentar la comida. No hay nada tan peligroso en alta mar como un incendio, así que esta hoguera se adecuaba en una caja de arena, allá en un extremo de la cubierta principal; y se apagaba en cuanto iba a llegar la noche.

—Señor De Torres —sonó al fondo la voz de Colón—. Mande templar velas.

—A la orden. ¡Templad velas!

Y corrieron las órdenes de subalterno a subalterno hasta que se pusieron a ello los marineros, bajo la atención del piloto.

Mientras a mi alrededor se afanaban todos por dar cuenta de la provisión diaria, yo me acodé en la tolda, por estribor, a contemplar el horizonte salado.

Era de ver aquella cantidad ingente de naves a la luz del atardecer: diez y seis barcos flanqueándonos por ambos lados, navegando en escuadra y cuidando de mantenerse a la vista unos de otros. Y en cada uno de ellos tanto movimiento como en el nuestro; tantos pasajeros y miserias como en el nuestro; y tantos sueños, también.

Por el rabillo del ojo advertí que una presencia pretendía colocarse a mi lado, y estaba a punto de volverme cuando descubrí junto a mí al señor don Christoval Colón, que también se acodó en la borda.

—Una vez, en las aguas de Guinea, vi tres sirenas —dijo.

No sabía yo si estaba tomándome el pelo o hablaba en serio.

—Salieron de lo alto de la mar —añadió señalando con el dedo—. Pero no eran tan hermosas como las pintan. En alguna manera tenían cara de hombre. Así, como… ¿eh? Feas.

Yo ya había escuchado que Colon era fantasioso; y, como todos los hombres de espíritu débil, gustaba de contar cosas curiosas, exagerándolas, para conseguir el aprecio del auditorio. Con el tiempo comprobé que era por lo demás inocentón, pese a haber recorrido mucho mundo; él mismo me confesaría días después que creía a pie firme que el ave fénix nacía en Arabia.

—Acabo de mandar templar velas —dijo después—; me parece que va a llover.

Confieso que, a mí, que he tratado con reyes y sultanes, aquella figura me imponía. Emanaba algo indescriptible, acaso una *autoritas*.

Se le hacía muy presente el peso de este viaje, aquella responsabilidad formidable que había cargado sobre sus hombros. Con el oro traído de las Indias, Christoval Colón había vencido las reticencias de sus majestades, que ahora ponían a su disposición una flota magnífica, pertrechada por valor de diez y ocho millones de maravedíes. Navíos equipados con bastimentos, caballería y armas; provisiones necesarias; plantas, semillas, animales domésticos, herramientas; con la intención, nada menos, de fundar una colonia minera y agrícola en las Indias.

Aun exhausto, y a pesar de los ataques de gota que sufría a menudo, Colón se había negado a que me sacaran de su camarote, empeñado en pernoctar en la cámara donde dormían los gentileshombres solo porque yo pudiera restablecerme.

Tuve la ocurrencia de dirigirme a él en dialecto genovés:

—*Os agradezco lo que habéis hecho por mí, don Christoval: permitirme embarcar, aposentarme en vuestro camarote, poner un sirviente a mis órdenes… Todo, en fin. Me llamo Fernando. Fernando Corregidor y Valiente.*

Al escuchar aquellas palabras, Colón afectó sorpresa, no tanto por encontrar cristiano que hablara genovés cuanto por hallarlo en estas latitudes remotas —había aprendido yo la dicha lengua a lo largo de mis viajes en compañía del que por muchos años fuera ayudante y amigo, a quien yo llamaba Diônysos a pesar de que nunca supe su nombre verdadero—.

Christoval Colón me respondió en aquel castellano suyo, inseparable del acento portugués.

—Confío en que estéis más repuesto, señor.

Jamás le escuché hablar en otra lengua que no fuera castellano. Tampoco escribió nunca en otra cosa, incluso cuando mandaba carta a los más próximos, hermanos incluidos, tan de Génova como él.

Rebuscó entre los pliegues de su camisola y extrajo una pequeña Biblia que puso en mis manos.

—Se me había ocurrido que quizás quisierais encontrar consuelo en las palabras de Dios. Leed la Biblia; os hará bien.

—¿Tan desconsolado os parezco, almirante?

Sonrió. Y dijo:

—Hay un pasaje en verdad muy interesante: el Génesis. Es una de las partes que más disfruto.

4

Vi por dónde iba; ambos recordábamos muy bien mis palabras en la playa.

—El Paraíso —musité mirando el libro.

—El tema me apasiona. También a Racú —dijo como si recordara de pronto—. Lo nombrasteis el día que os presentasteis en la playa, para embarcar.

Así había sido, en efecto. Tal dije sabiendo que Colón y mi viejo enemigo habían visitado juntos al armero Normando Quevedo antes de partir en su primer viaje hacia las Indias.

—¿Y a vos, amigo Fernando? —preguntó—. ¿Os interesa el Paraíso?

—No especialmente, señor.

Me contemplaba de soslayo, creyendo que yo mentía.

Desde nuestra posición elevada vimos cómo abajo, en la cubierta, dos hombres hacían el amago de comenzar una pelea. Al paso del señor alcalde de agua uno de ellos se había creído perjudicado en el reparto, y protestaba a voz en cuello. Poco duró la trifulca; enseguida se acercó el alguacil de a bordo y puso paz. La sola mención del látigo obra milagros en el corazón de los pasajeros.

—Unos días más —dijo con la voz amarga de quien sabe de lo que habla— y ni siquiera el látigo será capaz de contenerlos. Matarán por un trago de agua sucia.

Cada vez se veían más cerca aquellos feos nubarrones cuando un súbito silencio llamó mi atención. Me giré. Habían callado todas las almas que abarrotaban la cubierta; los marineros habían abandonado sus quehaceres; el barco entero se hallaba detenido, y todas las miradas convergían en un mismo punto. Poco a poco fueron poniéndose en pie hombres y mujeres, estaban todos boquiabiertos, fascinados por la visión que se desarrollaba ante ellos: allá en el pequeño cañón situado sobre la borda de babor que llaman «falconete» acababa de posarse una golondrina.

—No puede ser —murmuré—. ¿Una condenada golondrina en alta mar?

A mi lado, el señor Colón callaba ante el milagro, admirado como el resto de nosotros.

Pregunté:

—¿Tan cerca estamos de las Indias, pues? No han pasado tantos días desde que dejamos atrás la del Fierro, ¿no es verdad?

—No tantos, por cierto.

Y giró la cabeza para dirigir hacia mí aquellos ojos vivaces.

—¿Creéis en las señales del destino, señor? Yo sí.

Comenzó a chispear.

Resonaron los murmullos de complacencia entre la multitud de pasajeros. Tomaron todos sus sombreros, extendieron las manos haciendo cuenco y se afanaron por recoger el agua de lluvia. Al tacto de las gotas en sus caras se relamían como perros, sorbían el aire llenos de desesperación.

—Venid, Fernando —dijo haciendo gesto de que le siguiera.

## 5

Por culpa mía olía a enfermo en el camarote del señor Colón. Eran ya muchos los días que yo llevaba allí metido, convaleciendo de la brutal paliza.

—Siento el estado en que os tengo vuestro cuarto, almirante.

No respondió; acudió hasta la repisa y buscó entre el montón de libros. Allí atesoraba los pliegos que habían marcado su vida, y que gustaba de consultar a menudo, al punto de escribir en sus márgenes cientos y cientos de anotaciones. *Geografía*, de Ptolomeo; las crónicas de Marco Polo, *Historia natural*, de Plinio; pero por encima de estos andaba siempre encandilado con la *Historia rerum ubique gestarum*, de Eneas Piccolomini, el papa Pío II.

Fuera arreciaba; el pasaje celebraba la lluvia, cantaban y reían, bebiendo al fin hasta hartarse.

Colón abrió uno de aquellos ejemplares, la niña de sus ojos, una edición del *Imago Mundi*, de Pierre d'Ailly, impresa en Lovaina en el 83, y me mostró una página.

Reconocí la figura.

—El Árbol perdido del Bien y del Mal —dije—, el Árbol del Paraíso.

En la ilustración aparecía el árbol mítico, recogiendo agua de la niebla y extendiendo sus ramas y frutos a través de códices capitulares. Tendía sus hojas a los sedientos.

—Ofrece sus frutos a los que quieren saber —dijo el almirante.

—Pero —repuse yo— está prohibido comer de él.

Se encogió de hombros.

—Cosa nuestra, si comemos o no. Por lo general, aquellos que quieren *saber* no se echan atrás ante ninguna prohibición. Si vos —dijo— supierais la ubicación del dicho Paraíso, ¿la compartiríais conmigo?

—Si la supiera, sí.

—En el nombre de la Santa Trinidad —replicó un tanto indignado—. Os he salvado la vida dejándoos embarcar, creo yo.

—Y yo estoy de acuerdo, señor don Christoval, por eso digo que compartiría con vos la situación del Paraíso, si la supiera.

—¿Qué os ocurre?, ¿estáis mareado?

—¿Mareado? —respondí yo—. No, ¿por?

Acto seguido caí al suelo, inconsciente.

# DE LOS DEMONIOS EN LA MAR

## 1

La mar es el entorno más peligroso al que puede enfrentarse el ser humano. ¿O acaso si uno se halla en un bosque le atacan los árboles o los helechos? En la mar, por lazos del demonio, todo supone una amenaza: si la mar está calma no hay viento que te transporte hasta lugar seguro; si está bravía corres peligro de ver zozobrar tu nave. Si hace sol se cuartean los labios, la sangre se te convierte en sal; si hace frío la humedad te devora desde dentro.

Y por encima de todos estos males, claro, están las tormentas.

La noche que siguió a la aparición de la golondrina sobrevino a la expedición una tormenta espantosa que estremeció el ánimo de los que viajábamos a bordo. Llovió a cántaros, cayeron por todas partes rayos terribles; las olas sacudían las naves como si fueran hojas.

Se ordenó recoger velas y reforzar los nudos de los cabos; todo el pasaje acabó refugiándose abajo, en el sollado. Compartieron espacio con bestias y fardos.

A cubierto en el camarote del señor Colón, el amigo Dientescerdo se encontraba sentado junto a mí en el camastro, sobrecogido, y me practicaba una de sus curas: aplicaba vinagre sobre los golpes, y aceite de pardela en las heridas.

Durante esos días de travesía, yo había sido visitado con regularidad por el señor Dientescerdo. Apenas habíamos cruzado unas palabras —era él parco en el hablar, pues tengo la impresión de que procuraba no dejar ver los dientes—, pero debo señalar que nunca me desatendió.

—Persigo a Conrado Racú —confesé llegado un momento.

Me observó, muy prudente, y evitó hacer cualquier comentario.

—¿Sabes lo que es un espejo de dos caras? —pregunté, y el señor Dientescerdo pareció no comprender. Respondí yo mismo a la pregunta—: *Eso* es Conrado Racú.

Dientescerdo tragó saliva, temeroso de preguntar más, pero después añadió en medio de un suspiro:

—Ningún grande imperio se forja sin traidores.

—No debes preguntarme sobre él —añadí—, por tu propia seguridad; y solo debes saber esto: es un hombre peligroso y es un mal hombre. Nada más. ¿Comprendes, canario?

—Comprendo, mi señor.

—No me llames así, no soy tu señor.

—Yo os sirvo.

—Sí, bueno, ya hablaremos de eso; habré de pagarte por tus servicios, has perdido mucho tiempo en mis cuidados.

Pareció quedar confuso. Acaso nadie le hubiera pagado nunca a cambio de una tarea.

—No me líes —rezongué yo—. Ninguna pregunta sobre Racú. Basta que sepas que estoy aquí porque quiero dar con él. ¿Bien?

—Bien —respondió, y reanudó su dedicación a mis golpes y moretones.

De cuando en cuando entraba la luz de un relámpago a través de los ventanucos, o rompía un trueno y su fragor lo ensordecía todo. ¡Broooom!

Por lo bajo, y disimulando el terror que le hacía estremecerse, dijo:

—No me cabe en la cabeza que los hombres nos aventuremos en la mar.

Y tenía razón, por cierto; era impensable. Al mar se le tenía un temor reverencial, pues al hecho de ser una fuerza poderosísima había que añadirle que era imprevisible y caprichoso. El naufragio podías eludirlo una vez, dos, pero si uno insistía en viajar por mar a la fuerza habría de sucumbir en una de aquellas. Si por razón de comercio o transporte los hombres se aventuraban en la mar lo hacían bordeando las costas, poniéndose al pairo por la noche; no había marino que se alejase a más de seis horas de navegación. En medio de una tormenta solo cabía acogerse a la clemencia divina, al favor de la Virgen, o invocar a san Pedro y su barca milagrosa. No era raro que, en noches como aquella, la marinería arrojase un hombre al agua, víctima expiatoria, con la esperanza de que aquel sacrificio acallase las iras del mar furioso.

Si todavía no había caído sobre mí este dudoso honor, yo era muy consciente, había sido por la protección que el señor Colón me concedía.

2

¡Broom! La puerta del camarote se abrió e irrumpió el vendaval de lluvia junto con unos hombres: el capitán De Torres y Antón de Escalante, maestre de la nave; los seguía el médico, Álvarez Chanca. El último en pasar al interior fue el propio señor don Christoval Colón, y cerró la puerta tras él.

Venían los cuatro empapados, solo de haber cruzado la cubierta; se sacudieron las ropas mojadas, con muchos aspavientos. El señor Escalante, sobre todo, parecía muy contrariado.

—¡Si no se ven los faroles es porque se han alejado os digo, recoño! La expedición se ha desperdigado, mañana deberíamos volver a Cádiz.

—La lluvia hace de cortina —templó el capitán Antonio de Torres—. Por eso no vemos los faroles de las otras naves.

Christoval Colón ojeaba unas cartas marinas en su mesa; no los miró cuando intervino:

—Tanto da si se han dispersado, señor Escalante. Entregué a los

226

pilotos cartas cerradas, con derrotas e instrucciones para llegar a las Indias si es que nos separábamos, de modo que calmaos. Nadie va a volver a Cádiz.

A la presencia de estos gentileshombres, Dientescerdo tomó la bandeja con el agua, el paño y los botes de ungüento y se levantó del camastro.

—Servido.

—¿Te vas? —pregunté—. Fuera llueve como en el Infierno.

Ni rechistó, muy prudente. Pasó entre aquellos gentileshombres, abrió la puerta y salió al vendaval por no estorbarlos con la incómoda cercanía de un villano.

Una ola espantosa chocó contra la nave, crujieron las maderas y el barco vino a escorarse hacia babor. Tuvieron todos que agarrarse a algo para mantener el equilibrio. Escuchamos los gritos del pasaje, bajo cubierta. Solo don Christoval Colón permaneció inalterable enfrascado en sus cartas marinas.

Me observaban con recelo el capitán De Torres y el maestre, hasta el médico. Quien más y quien menos había dado pábulo al rumor que se había adueñado del barco: aquel tipo tan extraño que embarcó a última hora estaba poseído por el Gran Mal; mala cosa cuando el demonio se embarca.

Hasta al maestre le incomodaba mi presencia, a pesar de ser un marino bregado.

—Este viaje —murmuró sin quitarme la vista de encima— va a terminar matándonos a todos.

Dicho esto, agarró la puerta y salió muy ofuscado. Colón y el capitán De Torres cruzaron una mirada y callaron. La nave recuperaba poco a poco la horizontalidad.

Sin acercarse, el médico Diego Álvarez Chanca echó una ojeada a mis heridas.

—Vuestro criado ha seguido bien mis instrucciones; os veo mucho más recuperado.

—No es mi criado —respondí.

—Se ha convertido en vuestro «coxis», en todo caso.

—¿Mi coxis?

—Una cola. No sé si sabéis —comentó a la concurrencia— que todos los hombres tenemos una, aunque se halla inhibida; en el niño no nacido mide un sexto de su tamaño. Examiné una vez a un acemilero que no había llegado a perder dicho apéndice, y había nacido con la cola de un gorrino. Mucho deseaba quitarse de encima aquel rabo, y no podía.

Sonrió el médico, burlón, pinchándome por ver qué decía yo; y aún añadió:

—De los siete indios que el almirante Colón llevó a Castilla para enseñárselos a sus majestades solo tres han salvado la vida; y de estos, uno de ellos murió esta tarde, de viruelas. Vos, en cambio, señor, ahí estáis, recuperándoos de vuestras heridas, aun enfermo del Gran Mal. La gente de a bordo dice que os posee el demonio.

—¿Y vos, señor físico?, ¿lo creéis?

Se rio.

—Yo creo que no hace falta la mano del diablo para hundir cualquier barco.

De Torres agarró una botella de la repisa, mordió el corcho y la destapó.

—Brindo por eso —dijo, riendo también, y bebió un trago largo. Ya me había parecido prudente y hábil para el cargo; venía como una suerte de veedor general y hombre de confianza de Colón.

La voz del almirante vino a sorprendernos con una ocurrencia:

—Señor De Torres, en cuanto pase la tormenta ordene doblar la ración de agua a todo el pasaje.

Nos giramos hacia su silueta en la penumbra; apenas éramos capaces de vernos las caras, a la exigua luz de una vela que había sobre la mesa.

—¿Lo cree vuesa merced prudente, don Christoval?

—Lo creo. No hará falta toda esa agua, llegaremos en una semana.

Y después, la luz de un relámpago se coló por el ventanuco. ¡Bromm!, sonó enseguida su gemelo, el trueno, de lo más teatral.

—¿Una semana? —preguntó alguien—. ¿A las Indias?

—A las Indias —insistió él.

—¿Tan seguro estáis? El primer viaje duró muchos más días.

—Las Indias son ya mías, caballeros, y ellas saben mejor que nadie quién es su legítimo dueño. Me llaman, y yo las escucho; están muy cerca. No más allá de siete días a partir de hoy y llegaremos a tierra.

Me observó el doctor Chanca, socarrón, y tomando la botella que le tendía el capitán De Torres, comentó:

—Si es que aquí el diablo no se entromete con alguna mala arte.

## DE CÓMO LLEGO POR FIN A LAS INDIAS. LA MARIGALANTE EN LA MARIGALANTE

# 1

os designios del diablo son inescrutables. Los pilotos habían contado ochocientas leguas desde la isla de Fierro y mil y ciento desde Cádiz. El primer domingo después de Todos los Santos, a tres días de noviembre y muy cerca de romper el alba, con toda la cubierta sumida aún en un profundo sueño, la voz de un piloto atravesó nuestra nao de parte a parte:

—¡Albriçias! —gritó—. ¡Albriçias, que tenemos tierra!

Me despabilé de golpe, como los demás; arriba, en la cofa, un marinero señalaba hacia el horizonte, chillando de alegría. Corrimos hacia la borda, legañosos, abriéndonos paso a codazos para no quedar atrás.

Al principio no parecía más que una mancha por proa, pero al cabo distinguimos una isla de montañas altas; y en seguida apareció otra, con extensos llanos de arboleda.

La Marigalante entera se encendió en gritos de júbilo; era tanta la alegría que fui el único al que no abrazaron. No faltó quien dio en tocar música de vihuelas, y, aunque me sentía desligado del pasaje, yo mismo estuve en un tris de bailar viendo a Dientescerdo que daba vueltas con una moza. Era imposible no contagiarse de sus gritos de contento.

«¡Tenemos tierra!», anunciaban a los de la nave contigua, y era emocionante escuchar cómo allí prorrumpía también un griterío de júbilo. «¡Albriçias!», gritaban entonces aquellos, hacia la tercera. Una alegría pura saltaba de corazón a corazón igual que prendía este alborozo de nave en nave, corriéndose como un reguero de pólvora.

Era mucho el alivio que sentíamos. Se dijo el Salve Regina; y también otras prosas, por darle gracias a Dios. El almirante mandó repartir vino y raciones buenas; las trifulcas del viaje se deshicieron al sol que nacía en el horizonte.

En medio de aquel festejo, observé que en lo alto del castillo de proa sobresalía la figura solitaria del señor don Christoval Colón.

Se pasaba el día disimulando su pasado humilde; era inseguro, y, acaso por esto, a veces se conducía con cierta violencia; como ya señalé, no despuntaba por su vasta cultura, ni siquiera era demasiado listo; solo una cosa le distinguía de todos los que estábamos abajo en cubierta, una cosa solamente: la perseverancia. El tesón colosal con que había empeñado su vida hasta el punto de perder muchas cosas por el camino. Aquella inquebrantable insistencia le había llevado a cumplir un sueño imposible.

Nadie se acercó a abrazarle, ya he dicho que a todos nos imponía. Tampoco nos echó de menos: allí estaba, solo, en lo alto del castillo, a la vista de sus Indias por fin, pero juro que nunca en toda mi vida he visto un hombre más dichoso.

## 2

Hasta seis islas llegamos a contar en el horizonte; el almirante decidió enfilar hacia la segunda que habíamos visto.

Ninguno se movió de la borda; permanecíamos mirando el espectáculo, y a más de uno y de dos le cayeron lagrimones por la cara, esa mañana.

A medida que nos acercamos, la dicha isla se fue dibujando hasta ofrecer una gran planicie verde en la bruma añil de la mañana. Cuantas maravillas los hombres soñaron allá en la árida y fría península, brotaban y crecían aquí, a tiro de piedra de nuestras naves: verdes espesuras —«tan verdes que ningún fuego podría quemarlas», decía el doctor Chanca—, playas de arena blanca recortada sobre agua vivísima, árboles y plantas desconocidas. Sobre nuestras viejas cabezas se elevaron bandadas de aves, algunas grandes como gallinas, pero con plumas de lucidos colores. No parecía noviembre, aquella era una tierra sin invierno.

Observé en derredor, hacia soldados y colonos.

Habían llegado a su destino; qué grandísima felicidad. Por primera vez atendí a la verdad labrada en sus caras: aparentaban el doble de su edad; las mujeres, como los hombres, tenían la piel curtida del campo, faltaban dientes y faltaba salud. Eran los mismos rostros desesperados que antes observara en la Gran Canaria, y que vi también en Cádiz, y en Nápoles, en tantos y tantos puertos como he visitado. Quiénes, sino gentes sin nada, desesperados, aceptan viajar hacia un mundo desconocido. Qué enorme cantidad de ilusión reflejada en tantos ojos. Podía leer en ellos cómo olvidaban el miedo mientras se preguntaban por su futuro, aferrándose a los sueños que les habían hecho embarcar. Al ver aquel vergel habían ya olvidado sus desgracias. Habían llegado. Ya nunca más volverían a ser quienes eran, hoy comenzaba la nueva vida para ellos.

—De ser indio, yo también hubiera elegido esconderme.

Me sorprendió esta reflexión en Dientescerdo. Ambos, acodados en la borda, tratábamos de distinguir vida entre aquella arboleda, más entregados a la expectativa que a otra cosa. Ni rastro de Racú, desde luego. Nada se movía en tierra, ni bestias ni gentes.

—¿Crees que los indios de esa isla nos tienen miedo, canario?

—Dicen que en el primero de estos viajes nos creyeron dioses venidos del Cielo. Si tal pensaron con tres barcos, imaginad al ver estos diez y siete. Estarán cagándose vivos.

—¿Eso creíais vosotros?

—¿Qué? —preguntó sin comprender a quién me refería.

—Cuando llegaron las naves castellanas a Canaria. ¿Los *canarii* tuvisteis miedo?

Una nube le pasó por la mirada, y después de un momento en que parecía pensárselo, respondió:

—Sí.

Terció el doctor Álvarez Chanca, a nuestras espaldas.

—Son mansos —dijo.

Traía las lentes puestas y un cuaderno de cuartillas donde gustaba de anotar sus impresiones del viaje.

—El señor Colón informó a sus majestades de que estos indios son muy mansos y no conocen la codicia. Andan desnudos en la pura inocencia de Adán y no quieren el oro. Lo regalan a cambio de baratijas, espejitos y navajas pequeñas.

Hizo un mohín entre la burla y el asombro.

—Parece que lo que les gusta en verdad son... los cascabeles.

—¿Y por qué no? —repliqué encogiéndome de hombros—. El oro vale lo que vale porque hemos decidido en común que así sea, pero en esencia no es más que algo que brilla, del mismo tenor que esas baratijas. Acaso en una selva, un cascabel sea mejor objeto que un burdo pedazo de metal dorado.

El señor Dientescerdo se alongó para escupir. Cayó el lapo entre las ondas del mar.

—Pues que me den a mí el oro, y se queden ellos con los cristalitos.

## 3

A la tarde, el señor Colón bajó a tierra con algunos escogidos, para desconsuelo de aquellos que nos vimos obligados a permanecer en el barco. Fue él mismo quien, en la playa, clavó en la arena la cruz del Salvador, tomando la isla por posesión en nombre de sus majestades.

Le dio a la isla el nombre de La Marigalante, como nuestra nave capitana. Aquel acto orgulloso, con los hombres y mujeres asomados a cubierta mirando las banderas reales, la galanura de los capitanes y el escribano, tuvo una solemnidad y una pompa que hizo disfrutar mucho al pasaje.

Se me ocurrió preguntar en alto si debe ser tomada una tierra que ya pertenece a otros.

—En tanto no conozcan a Cristo, Fernando Corregidor, su tierra y sus bienes pueden ser tomados —había pontificado el señor Colón, sentado a la mesa de su camarote y anotando las nuevas islas y sus nombres en la carta náutica—. El papa y los reyes así lo han establecido, por hacerse garantes de la salvación de sus almas. Es la nuestra una encomienda piadosa, y si es cierto que hemos venido a conseguir mucho oro, aún es mayor la recompensa que nos aguarda en el Cielo.

—¿Por salvar a los indígenas?

—No, no hablo solo de los salvajes —respondió Colón—. ¿Habéis leído la Biblia que os regalé?

—Poco, la verdad.

Contemplaba la puerta del camarote; fuera, se arremolinaba el pasaje en la borda.

—Hace nada iban a matarse entre ellos por un sorbo de agua. Hoy, son las personas más felices del mundo. El del hombre —añadió— es un espíritu miserable, ¿no creéis?

Asomé a la puerta. Observé a las gentes ilusionadas que contemplaban el futuro en aquel horizonte verde.

—Hoy parecen menos miserables —dije.

—Pues a eso me refiero. Sueños, señor. La gente mejora cuando cumple sus sueños. ¿Qué mejor redención para lavar nuestros pecados que beneficiar al mundo para que consiga algunos de sus anhelos?

Me senté en la cama.

—¿Y el vuestro, señor Colón?

—¿Qué?

—Vuestro espíritu. ¿Es también miserable?

Respondió dándome la espalda, y se rio contemplando el exterior:

—Ah, el más miserable de todos cuantos conozco, amigo Fernando.

Se puso serio poco a poco.

—Lucho cada día, cada momento, contra mi carácter mezquino. Soberbia es mi segundo apellido. Y ambición.

—¿Cómo es que conseguís, pues, vencer en esta batalla?

Iba a avanzar para salir del camarote cuando detuvo un momento el paso, y dijo:

—No venzo, mi querido señor. Casi nunca venzo. He ahí mi tormento.

# DEL NAUFRAGIO DE LA SANTA MARÍA
# Y DE CÓMO EL PARAÍSO VA
# TRANSFORMÁNDOSE EN INFIERNO

## 1

 arecíamos nosotros los inmóviles, y que eran las islas las que nos navegaban: el almirante había dado orden de parar lo justo y darse prisa; ansiaba llegar al fuerte Natividad. Mucho le pesaba la prudencia y el recuerdo del naufragio ocurrido un año antes. De aquel primer viaje de Colón solo habían vuelto dos barcos.

Estábamos en su camarote. Rielaba el sol del mediodía y muchos se echaban la siesta. De la cubierta nos llegaban amortiguadas las voces de la marinería y los berridos de las bestias: becerras, cabras, ovejas y hasta caballos llevábamos, que poblarían los nuevos territorios. Colón se había aficionado a jugar conmigo al alquerque de doce, pues decía haber encontrado en mí un contrincante a su altura —con todo, no me ganaba una, y eso le hacía muy mala sangre. No pensaba en demasía las jugadas, era impulsivo y se dejaba llevar por esas inclinaciones primeras que casi siempre nos conducen a un mal camino. Todo lo que tenía de mal perdedor, sin embargo, lo compensaba con aquel tesón suyo, y con la misma facilidad con que perdía se venía arriba y me proponía otra partida—. Así echábamos el señor Colón y yo algunos ratos: en silencio, mascando nuestras cosas por dentro.

Mucho me han preguntado por él, con el transcurrir de los años.

Era hombre muy enigmático, poco dado a compartir cosas personales. De su origen nada dijo, jamás admitió ser genovés. Solo escribía en castellano y un poco en latín; esto provocaba inevitables recelos a su alrededor, respecto de su procedencia; misterio que él gustaba de alimentar. De él he escuchado que fue natural de la Liguria, que es señorío de Génova, pero otros dicen que nació en Savona, y también en una pequeña villa dicha Nervi. Unos le hacían catalán, otros gallego; y hasta portugués, por culpa de aquel acento suyo.

A mi entender, toda esta ansia suya de guardar secreto se debía a dos razones:

Una, que el señor don Christoval Colón trataba de ocultar su procedencia humildísima —el suyo era linaje de tejedores y taberneros; primo de sastres, vecino de queseros y zapateros—. Mala cosa para quien busca medrar en palacio.

Y dos, que era judío o de ascendencia judía, cosa harto peligrosa en estos días nuestros. Me consta que la familia Colombo fue una familia de judíos catalanes instalada en Génova. Es cosa muy razonable que este apellido Colombo hubiera sido Colom un día, y que igual que se transformó al emigrar a Génova, buscara recuperar su origen al volver a Castilla; y de «Colombo» —paloma— acabó en «Colón» —colono—.

Como señalo, nunca aclaró estos aspectos; y si es que algo dijo, poco se le podía creer: a mi parecer era no solo amigo de inventos, sino un embustero incorregible.

En el camarote se oía solo el sonido de las fichas, cuando saltaba una a comer la contraria, ¡chac!

—¿Cómo lo hicisteis? —pregunté.

## 2

Iba a explicarme la jugada cuando me expresé mejor:

—Hace un año convencisteis a los reyes, armasteis una expedición, llegasteis hasta las Indias, y no contento con esto allí levantasteis un fuerte.

237

Se rio.

—Encalló la Santa María —dijo—, por eso levanté un fuerte; porque naufragamos. Un incidente tan estúpido como solo la desgracia sabe serlo.

Ocurrió la noche del 25 de diciembre, día del nacimiento de Cristo. Tenían fondeada la dicha Santa María en la isla llamada La Española y era de mucha calma la madrugada, por lo que todos se habían echado a dormir en cubierta. El maestre dejó el gobierno al grumete, pese a que el almirante había insistido en que dichos imberbes nunca tocaran el timón. Cuando la nave embarrancó con inexorable lentitud en un banco de arena, al muchacho solo se le ocurrió dar gritos; ya era tarde.

—No quiero ni imaginar la tragedia que supuso —comenté yo— perder una de las tres naves habiendo llegado hasta tan lejos.

—Toda cosa es menos mala si uno la encara con bravura, amigo Corregidor.

Si algo puede decirse del almirante Colón es que era hombre de fe. Fe no solo en el Altísimo, digo; estaba convencido de que su destino estaba escrito con letras mayores. Creía que cada cosa que le ocurría, ya fuera buena, mala o malísima, debía tener un porqué en su camino. «Si sucede, conviene», decía a menudo.

En pocas horas, con ayuda de los nativos, en aquella noche de Navidad consiguieron descargar las cubiertas de la nao semihundida, salvar la madera y los útiles de la nave.

—Gracias a aquellos restos pudimos construir en la isla de La Española una fortaleza toda empalizada en derredor.

—El fuerte Natividad —deduje yo.

—Así llamado por la noche en que ocurrió todo, sí. Moved ficha, Fernando, que os veo como dormido. ¿Acaso no descansáis a gusto en mi condenado camarote? Servíos un poco de vino. Es portugués, me gusta más que el español —rio—, pero eso digámoslo bajito.

Me levanté a servirme de una botella de base baja y ancha que ocultaba tras dos libros.

—Pero —objeté yo— al perder la Santa María…, ¿cómo se planeó el viaje de vuelta? No todos los hombres cabrían, os quedaban solo dos naves.

—Y tanto que no cabían; aquel fue un momento duro. De los marineros, cuarenta quedaron en aquel fuerte Natividad. Algunos por su voluntad, pues tenían encomienda de encontrar oro; pero otros obligados, en efecto, por no caber en la Niña y en la Pintá.

Tragué un buche garganta abajo. Poco podían saber aquellos que se habían quedado en aquel fuerte que entre ellos se hallaba escondido un lobo: Conrado Racú.

El señor Colón confiaba, pues, que aquellos cuarenta hombres que había dejado atrás habrían ya encontrado varias minas de oro, o al menos dibujado buenas cartas de la isla.

—Estaréis deseando llegar —dije yo— para transmitirles el consuelo de vuestra vuelta, narrarles el recibimiento de los reyes, los honores que los aguardan.

Aquí refunfuñó; muy incómodo de pronto.

—Algo os ha contado la marinería, claro.

—¿Perdón? —respondí perplejo.

—No los abandoné —dijo indignado—, si es eso lo que os han dicho las malísimas lenguas.

—Dios me libre, mi señor almirante.

Lo cierto es que ni me lo habían contado ni se me había pasado por la cabeza, pero a veces ladra el perro sin que le acusen de haber robado un hueso.

—No quedaron de la mano de Dios en aquel fuerte —insistió—; por san Fernando doy fe de que les dejé mantenimientos de pan y vino para más de un año y simientes para sembrar. Y la barca de la nave y mucha artillería.

—Señor Colón…

—¿Qué más podrían necesitar, si quedaron allí mis mejores hombres? Un calafate y un carpintero; un lombardero, que sabe bien de ingenios —fue contando con los dedos—, y un tonelero, y un físico y un sastre. Decidme, ¿eso es abandonarlos?

—Juguemos, mi señor capitán.

—¡Soy almirante, coño!

Y se levantó para echarse a caminar por el camarote como un animal enjaulado.

Le di un par de minutos, a fin de que se calmara, y, viendo que la cosa no funcionaba, también yo me levanté; acudí hasta la puerta y la cerré, para hablar en confianza.

—Bien, ¿qué os preocupa, señor Colón?

## 3

Aún tardó unos instantes en decidirse a bajar la guardia.

Cruzó las manos a la espalda y tomó aire buscando las palabras; le resultaba difícil darle luz a todo aquello.

—Mucho hablé a sus majestades de la mansedumbre de los indios, de su bondad innata y su cobardía; ni siquiera saben lo que es un arma.

Asentí; y él suspiró antes de proseguir:

—Quizás…

Aquí al fin vino la confesión que tanto le mortificaba:

—Quizás no sean todos *tan* mansos.

—¿Eh? —repliqué yo.

—Más o menos —dijo él.

—¿Más?, ¿o menos, señor almirante?

—Más menos que más —respondió.

Tomé asiento de nuevo, para dejarle libre el espacio y que caminara a gusto, pero acababa de contagiarme esta inquietud suya.

Colón había vendido a medio mundo las gratas posibilidades de estas tierras nuevas, en donde todo era paz y riquezas; y quizás se había guardado un detallito sin importancia.

—Cuando ya volvíamos de regreso —continuó—, encontramos una isla que llaman Caniba; y en ella unos indios que eran diferentes de los otros que habíamos visto. No eran…

—… *tan* mansos —concluí yo.

—Ni tan cobardes ni tan desarmados. Bajo el pretexto de regalarnos oro nos atrajeron hasta la playa, desembarcaron unos cuantos de mis hombres.

Se le había ensombrecido la mirada, encontré verdadero miedo en sus ojos.

—Nos emboscaron; eran más de cincuenta, y nosotros siete; nos atacaron con sus flechas. Aunque alguno de ellos se llevó una buena tajada, tuvimos que escapar por no entrar en una escabechina. Nos habrían…

Miré las fichas en el tablero de juego.

—Matado.

—Peor —replicó de inmediato.

Y levanté la vista hacia él. Trataban de sonreír aquellos labios finos, se le había descompuesto el gesto.

—Los indios caniba son comedores de hombres.

He aquí el porqué se forzaban tanto las velas de nuestros barcos: era vital, literalmente vital, llegar cuanto antes al fuerte Natividad.

# 4

Trato de hacer memoria respecto de cuándo fue la vez primera que se nos mostró la oscuridad; y me resulta difícil, pues la propia mente cubre de brumas aquello que le causó terror. Lo cierto es que, día a día, fue asomando a la luz lo que todos los paraísos guardan a su sombra: un espantoso infierno.

En el camino hacia La Española habíamos dejado atrás la isla de la Dominica y la Marigalante. Nos adentrábamos en aquella mar de vergeles, bordeando ensenadas de inacabable verdor.

A 4 de noviembre llegamos a una isla que Colón bautizó Santa María de Guadalupe; y los indios, según supimos luego, llamaban Turuqueira.

Una carabela de avanzadilla costeaba la dicha isla, pero se fue pasando el día sin que encontrara fondo bastante para nuestras naves. Detrás íbamos el grueso de la flota, los fuertes vientos hacían dificultoso nuestro avance: era aquel mucho barco para gobernarlo.

Había algo en el ambiente; una sorda intranquilidad estaba contagiándose como un mal. Flotaba sobre nosotros el presagio de que algo malo estaba a punto de ocurrir.

Christoval Colón había mandado otear a ver si se veían gentes en tierra. Desde la borda, nuestros cien ojos escudriñaron la selva. Hombres y mujeres venteábamos el aire como canes de caza, con ganas pese al recelo, tratando de atrapar las fragancias que nos traía la brisa, su promesa de flores y de frutos. Mas las vastas playas de la orilla se nos aparecían muy sin nadie; quizás Dios había creado aquel vergel para que no lo habitase hombre ninguno.

—Qué cosa —musitó el doctor Chanca, a mi lado—, no hay un solo ruido.

Aunque nadie hablaba del asunto, todos sospechaban, como yo, que desde la maleza había ojos que nos observaban, ocultos.

## 5

Al fin hallamos buen puerto, en una ensenada. Recalamos, y se decidió que bajaran a tierra un puñado de soldados.

Llevábamos demasiados días en aquella bañera, sin que se nos permitiese tocar aún la apetecida hierba. Por eso supliqué al doctor Chanca que, pese a mi debilidad, mediase para dejarme tomar parte con él en la expedición a tierra. Diego Álvarez Chanca llevaba su propia crónica del viaje y, habiéndole parecido al almirante que sus cuartillas lo relataban todo con fina observación, Colón solía invitarle a bajar en la retaguardia, a distancia de los soldados.

Obtenido al fin mi permiso, quiso acompañarme a tierra el amigo Dientescerdo.

—Mejor que no vengas —le dije.

Se me quedó mirando tal que si le hubiera pedido que me comprara un sombrero.

—¡No os voy a dejar solo, señor, en vuestro estado lamentable!

—Canario, puede haber indios y pueden ser peligrosos —dije tratando de hacerle entrar en razón—. Escucha: estoy muy agradecido por tus cuidados, pero nada te ata a mí. Te libero de tus compromisos conmigo, ¿entiendes?

No hubo forma de convencerlo, y todavía añadió:

—Me he propuesto serviros hasta que estéis recuperado, y juro por mi sangre que no voy a cejar en este empeño.

Quedé contemplándolo muy sorprendido, y él añadió sonriendo:

—Jamás en toda mi vida hice nada bueno.

No hubo más palabras. Nos dispusimos a desembarcar, ignorantes del espanto que nos esperaba en tierra.

## DE LOS TERRORES QUE HABITAN EN LA
## ISLA DE SANTA MARÍA DE GUADALUPE

1

l pisar aquella arena dorada, no me pareció diferente de cualquier otra que hubiera pisado antes, pongamos en la Praia de Patos. La sensación de ser uno de los pocos que la había hollado era poderosa, sin embargo.

Me dio por pensar que, allí, quizás caminara yo sin saberlo sobre antiguas huellas de Conrado Racú, y compartiéramos aquella playa, pero en dos tiempos diferentes.

Dientescerdo no pudo evitar caer de rodillas, y se acercó presto el doctor, creyendo que le había contagiado mi mucha debilidad. No era tal: sus manos se habían querido enterrar en la arena.

Rio el doctor Chanca.

—Probad a besarla. Seguro os sabe mejor que ninguna boca de mujer.

Dientescerdo agachó la cara a cuatro patas, y dio un beso a la tierra firme.

Yo nada dije, pero confieso que me vinieron a la mente los ojos cálidos de Daida.

Se podía cortar a espada aquel silencio sepulcral. No había signos de vida.

Avanzamos tras los soldados el doctor Chanca, Dientescerdo y yo mismo, hacia la espesura que nacía al borde de la playa.

# 2

Al entrar en aquella selva, me sorprendió la altura de los árboles, las muchas y desconocidas plantas que nos rodeaban.

Como yo, el doctor Álvarez Chanca observaba con asombro las raras frutas, las hojas como de laurel con olor a clavo, los coloridos papagayos.

Me había sido imposible hacer amigos a bordo, más allá del doctor, en quien encontré una especie de indiferencia irónica, al modo del poeta Marcial, pues era breve y corrosivo de palabra, mas siempre atinado. Nos había unido una suerte de afinidad.

Luchaba nuestra curiosidad contra el miedo, y también el hambre. Dientescerdo probó unas bayas carnosas, de grata apariencia. De inmediato se le hincharon los labios y enrojeció de ardor. No se le iba la quemazón por mucho que se pasaba la mano por la lengua como un canecillo quitándose los restos.

—'o 'iene 'racia! —replicó a nuestras risas, con los labios engordados.

Nos interrumpieron los gritos de los soldados a lo lejos. Habían divisado un poblado, al parecer. Compartimos una mirada inquieta, el doctor y yo. Avanzamos selva adentro.

Al llegar a la anunciada aldea, nos esperaba un soldado.

—Andad con cuidado, señores, estamos revisando las casas.

Olía a humo y a comida rancia. No había un alma a la vista, la aldea parecía abandonada.

Nos rodeaban en círculo unas veinte chozas, construidas con troncos, y techadas con grandes hojas. Los árboles que rodeaban el pueblo eran tan altos que apenas dejaban ver el cielo, hundiéndolo todo en sombras de tal forma que parecía ser tarde cuando era todavía la mañana. Hallamos por todas partes figuras talladas en madera, del tamaño de un hombre; personificaban viejos dioses quizás, desconocidos para nosotros, dispuestos aquí y allá para guardar el poblado.

Preguntó el doctor, llevado por su curiosidad científica:

—¿Podemos echar un ojo?

—No os alejéis mucho —concedió el soldado.

Ya estaba yo entrando en la casucha que tenía más cerca, con la mano apoyada en el mango de mi espada.

## 3

Hedía a bestia encerrada; me vi obligado a ir aventando una nube de moscas. La choza era redonda, construida con troncos altos sostenidos por vigas cortas.

Detrás de mí entró con recelo el doctor.

Alzamos las cabezas a la oscuridad que caía sobre nosotros: la techumbre era aguda, cruzada de muchas puntas, al modo de una tienda de campaña. Pendían tres o cuatro camas colgadizas, hechas como de cuerdas de algodón y raíces semejantes al esparto.

Abrí un atado, salieron rodando vasijas, jarros, orzas y cántaros. Admiré el acabado; pese a ser primario estaba todo hecho con grande industria.

Una de aquellas vasijas tenía forma extraña. La tomé entre mis manos, pero al ver lo que era la dejé caer y me limpié en el jubón.

—Me cago en Satanás.

Del interior de aquel cráneo humano, abierto por arriba, se desparramó un líquido parduzco.

Se agachó el doctor a examinarlo.

—Asombroso. Lo han tallado para convertirlo en-en una suerte de cuenco.

Vi colgando algo en la penumbra.

—Abrid esa cortinilla, doctor, haced el favor, que entre luz.

Así lo hizo; nos apartamos con espanto.

El tajo de luz vino a iluminar un brazo humano que colgaba, cortado a la altura del hombro y envuelto en moscas. El tiempo lo había secado, amoratándole el color y haciéndole perder toda su sangre. Por no remover los estómagos prefiero no contar cómo aparecían los dedos.

Aún buscaba las palabras cuando escuché que, fuera, sonaba una arcada. El doctor y yo salimos de la cabaña.

Unas varas más allá vomitaba Dientescerdo. A su lado había volcado un caldero, y sobre la hierba se había extendido su contenido: carnes de papagayo, de ánade, y unos trozos como de vaca pero que en absoluto eran de vaca.

Escuchamos una voz detrás y saltamos al sonido como resortes.

—El pueblo está lleno de restos como ese.

Era el capitán De Torres, que volvía con sus soldados desde el otro lado de la aldea abandonada.

—Son comedores de hombres, señores. Roen carne humana.

Dientescerdo estaba aún pálido, apoyado contra un árbol y desencajado: había probado un trozo de aquel guiso.

De Torres señaló con el mentón.

—No hay nadie en el poblado. Estos indios putos han dejado atrás a sus prisioneros. Doctor Chanca, ¿podríais ver por ellos?

Descubrimos a unas cuantas varas una jaula hecha para humanos. Dentro se hacinaba el fruto de una rapiña: varias mujeres y muchachos desnudos, atormentados por las moscas, tan acabados y sometidos que no reaccionaban a nuestra presencia.

Asintió el doctor, afectado todavía, y acudió enseguida hasta la dicha jaula.

El capitán De Torres clavó los ojos en mí y en Dientescerdo.

—Oídme bien, señores. —Señaló los restos de carne—. Nada de esto debe salir de aquí. Ya informaré yo a don Christoval. Ni una palabra al resto de los pasajeros ni a la marinería, bajo pena máxima.

Vive Cristo que tampoco es que tuviéramos ganas ningunas de charlar sobre lo que habíamos visto.

# 4

Ya en la Marigalante, los soldados ayudaron a embarcar al grupo de indígenas que decidimos traer con nosotros, mujeres y muchachos rescatados de aquel horror. Fue necesaria mucha gente y cierta industria, porque los prisioneros apenas eran capaces de tenerse en pie. El almirante Colón y el doctor Chanca hablaron con ellos mediante la ayuda de los intérpretes indios.

Prohibió el señor Colón que nadie más les hablase, ni aun por señas. La moral de los hombres y mujeres de aquellas naves nuestras era delicada como un vidrio veneciano, siempre a punto de quebrarse. Estos colonos venían a asentarse en una tierra desconocida, a criar allí a sus hijos. Se les habían prometido maravillas y riqueza, no muerte.

El almirante deseaba con mucha gana irse de allí, por dejar atrás a los indios comedores de hombres y por llegar de una vez a Natividad. En cuanto pudo ser, emprendimos rumbo de nuevo.

## 5

A la noche me hallaba sentado en la toldilla de popa, mirando las estrellas. No había tenido estómago para cenar. El doctor Álvarez Chanca vino hasta mí; tampoco él había podido comer nada. Había perdido su natural socarronería, lo encontré demacrado.

—¿Habéis conseguido alguna información de esa pobre gente? —pregunté.

—Alguna.

Me habló de su conversación con los prisioneros.

—Son taynos, cautivos de los indios llamados caniba. Por lo que he entendido, de cuando en cuando esos hijos de su reputa madre salen de caza con sus canoas y asaltan otras islas, para llevarse consigo hombres, mujeres y niños.

—¿Como esclavos?

—No solo. Ojalá.

Jugaba la luna con la mar. Se habían detenido los barcos al caer el sol y sus faroles lejanos brillaban a nuestro alrededor, como un cielo de estrellas aquí abajo, espejo del de arriba.

—¿Veis a esa mujer y al muchacho? —Señaló al grupo de prisioneros rescatados que habían tomado acomodo en la tolda, apartados de colonos y soldados.

Sí que me había fijado en la mujer y el muchacho. Buscaban estar siempre juntos, tomados de la mano. El chico, que tendría unos catorce, se comportaba con ella como un gentilhombre. Le apartaba los obstáculos que pudiera encontrar al andar; había buscado unos atados de algodón para disponérselos a modo de almohadones. Ella era espigada, bonita de rostro, no llegaría a los veinte y estaba en estado de preñez, quizás de unos cuatro meses. Tenía los ojos como dos azabaches de Santiago. No miraba nunca, ni al muchacho ni a nadie; parecía perdida en algún otro mundo que no era el nuestro. A saber los horrores que habrían vivido.

Tragó saliva el doctor Chanca para narrármelos.

—Los caniba consideran que solo es buena la carne de hombre. No comen niños ni mujeres.

Pero esto, por increíble que parezca, no significaba nada bueno para ellos.

—En el caso de los niños apresados —prosiguió el doctor—, los caniba simplemente esperan, los muy salvajes. Aguardan años y años, los tienen como esclavos. Hasta que acaban convirtiéndose en hombres, y entonces, solo entonces...

Miré al chico, que dormía con la cabeza en los pies de su amada, bajo las muchas estrellas.

El doctor Chanca bajó la voz más todavía, pues ya antes me hablaba en susurros:

—Como consideran que cuando hayan de comérselo su carne será así más sabrosa, le... mutilan la natura. Ese muchacho ha sido castrado. Todos ellos, Fernando.

No quería escuchar más. Pero si esta tortura de años y mutilaciones pudiera parecer insufrible, el doctor me obligaba ya a oír el otro espanto: el de ellas.

—A las mujeres las mantienen de concubinas. No tienen reparo en preñarlas constantemente. Pero los caniba solo dejan vivir a los hijos de sus mujeres.

Se tapó la boca, como si quisiera impedir que salieran las palabras.

—Puedo suponer —dije— lo que hacen con los bebés de las esclavas, doctor, ya lo vimos en el poblado.

—Ella —balbuceó el médico señalando a la tayna embarazada— lleva tres años prisionera. Ha perdido dos hijos en este modo, Fernando, maldito sea el diablo. ¡Dos!

La chica acariciaba la cabeza del muchacho dormido; tenía los ojos abiertos, seguía atendiendo solo a aquel mundo invisible en que habitaba, lejos de nosotros.

—El almirante Colón —repuse yo—. ¿Piensa hacer algo respecto de esos animales caniba?

—Lo que le ha preocupado es que los guerreros caniba ya no están en la isla. Han cogido sus canoas y han salido de caza, no sabemos hace cuánto tiempo. ¿Comprendéis?

Bien comprendía yo. Era más urgente que nunca llegar a nuestro destino.

—Los comedores de hombres han podido llegar a La Española, al fuerte Natividad.

# 6

Hinchadas de nuevo las velas de nuestros barcos, dejamos atrás la condenada isla de Guadalupe, Monserrate, Santa María de la Redonda —pues redonda le pareció al señor Colón—, La Antigua y San Martín, La Santa Cruz, Santa Úrsula y Las Once Mil Vírgenes —aquellas mismas que cruzaron los mares de la cristiandad para proteger su virtud—, San Juan Bautista. A todas les ponía Colón otro nombre que el que les daban los nativos; y, como Dios, el almirante iba nombrando el mundo.

Una mañana, poco antes de amanecer, mientras todos dormían todavía, me despertó algo indefinido, tal vez un aviso de las estrellas.

Abrí los ojos, muerto de sueño, y allí estaba ella, la joven india, de pie en la cubierta. El muchacho dormía.

La tayna estaba contemplándolo. La suya fue una mirada larga, pareció querer memorizar su rostro.

Entonces, sin pensárselo mucho más, la desgraciada se encaramó a la borda y saltó.

Hubo gritos, alboroto, corrí hacia la borda dispuesto a lanzarme al vacío. Y si no me tiré a la mar de cabeza tras ella fue porque el amigo Dientescerdo y el doctor Chanca me detuvieron. Forcejeamos, imploré que me soltaran; no hubo manera.

Nadie más hizo nada por evitar que me lanzara al agua, solo ellos. El resto del pasaje me contemplaba en silencio, detenidos, rezando para que yo, aquel demonio que se había colado a bordo, pusiera fin a su vida.

A mi lado pasó una sombra: el muchacho mutilado saltó también, detrás de la india. Cayó al agua.

Cerré los ojos y pensé en los de la chica, tan negros como el azabache de Santiago, dirigidos siempre hacia un mundo en que los demás no podíamos entrar.

Nada pudo hacerse por la tayna, y tampoco volvió a verse al muchacho. Habían desaparecido juntos bajo las aguas.

Poco a poco regresó la calma a la cubierta. Volvieron hombres y mujeres a acostarse en el suelo, a taparse con sus mantas mugrientas, comidos de pulgas.

Viéndome ya tranquilo, el doctor Chanca palmeó mi hombro, e hizo un gesto al señor Dientescerdo para que me dejara a solas.

Quedé con los ojos clavados en la superficie negra de aquel océano indio.

Y después me giré hacia la toldilla de popa. Allí encontré al señor don Christoval Colón, tan desencajado como yo, tan preocupado como yo.

—¿Compartiréis conmigo la ubicación del Árbol? —preguntó muy grave.

—Señor, yo no…

—Mañana, Fernando —interrumpió—, arribaremos a La Española y pondré rumbo al fuerte Natividad.

251

## DE LOS PLANES ABSURDOS QUE LE RONDAN A UNO POR LA CABEZA

1

abíamos recorrido quinientas leguas desde la isla de los caniba hasta llegar a La Española. No arribamos por la zona que Colón ya conocía, sino por la provincia llamada Xamana, en la parte más oriental de la isla, de tierra baja y llana.

Resultó que La Española es isla de tanta amplitud que caben en ella ríos, selvas, rasos y montañas. Nos costó el día bordearla hasta que llegamos a un puerto bautizado Monte Cristi, a solo doce leguas del fuerte Natividad. Caía ya la tarde y los bajales de la costa eran aquellos de nefasto recuerdo de la nao Santamaría, por lo que no tuvimos más remedio que esperar y hacer noche.

Allá a lo lejos, sobre una loma, se divisaba ya la torre del fuerte Natividad. No advertimos movimiento, sin embargo. Se temió que los cuarenta hombres que habían quedado allí estuvieran enfermos, cobijados en la dicha estructura.

—Señor capitán —dijo Colón—, mande lanzar dos salvas para anunciarnos.

Así se hizo. La nave capitana Marigalante lanzó dos disparos, a fin de saludar a los hombres del fuerte.

La expedición entera aguardó la réplica. Mas no hubo otras detonaciones en el fuerte, ni gritos de alegría ante nuestra llegada; solo respondieron las tinieblas y el silencio.

El almirante estaba de inquieto humor. Contento por haber llegado, y nervioso por la falta de noticias.

—Por la mañana bajaremos a tierra —dijo—. Ordene prepararlo todo, señor De Torres.

Removí sollado con cubierta para conseguir que el señor Colón me dejase bajar a mí también. «No puede ser —respondió—. Es muy probable que los indios comedores de hombres estén en esta isla, es demasiado peligroso». «Sé cuidarme solo, mi señor almirante», dije yo, y él concluyó con estas palabras: «Lo que no quiero es perder un solo segundo de mi tiempo preguntándome dónde estáis, Fernando, o qué estáis haciendo o si se os han comido ya el culo. La respuesta sigue siendo no». Y añadió: «A no ser que compartáis conmigo esa información que tanto nos interesa a Racú, a vos y a mí». «Os he insistido muchas veces en que no tengo la más remota idea», contesté; y él concluyó con un lacónico: «¿Entonces a qué bajar? Mañana os quedaréis en la nave».

Asomados a la borda Dientescerdo y yo, nos sorprendió la noche. Le vino un escalofrío, y comenté:

—Qué tiritona más fea. ¿Estás bien?

—Estoy cansado, nada más —respondió.

A la azulada luz de la luna yo trataba de hallar algún detalle entre los árboles oscuros, la presencia de otros hombres, amigos o enemigos. Nos habíamos vuelto todos más hábiles con los ojos, de tanto otear la espesura, y no se nos escapaban ya los movimientos, como antes. Estábamos convirtiéndonos en indios.

—Mirad —señaló el porquero—, aquello de ahí son perros. Dice el doctor que los pobrecitos no saben ladrar. Habrá que echarles un perro canario, para que aprendan.

Si yo contemplaba la fortaleza no era buscando perros de las Indias, sino la figura de un hombre. Deseaba con ahínco pisar el suelo mismo de Racú; me volvía loco saber que mis narices olían el aire que él llevaba oliendo casi un año. El maldito llevaba ya muchos meses enfangando aquel paraíso. Pocas horas me quedaban para cruzarme con él cara a cara; y saberlo me devolvía las fuerzas.

# 2

Una noche más y pocos en el barco pudimos pegar ojo. No se descansaba bien en la tierra prometida, el paraíso estaba al alcance de la mano, pero, como suele decirse, siempre parece que esté más verde al otro lado.

Mi cabeza arregló uno de esos planes absurdos que por la noche nos parecen la mar de adecuados. Era el mío escaparme y bajar a tierra nadando la distancia que me separaba de la isla.

No dije nada a nadie, mas me lo adivinó mi sirviente canario.

—¿Bajar a tierra nadando?, ¿vos solo y cargado como una mula con ese petate lleno de mierda? ¡Se os ha secado el entendimiento!

Le ordené hablar más bajo.

—Creedme, mi señor Fernando —musitó él entre los dientes de cerdo—, que es un error enorme.

—Créeme que lo cometeré igualmente.

Me siguió por cubierta, emperrado en que todavía no estaba yo fuerte y si sobrevivía a las olas, después habría de enfrentarme a las bestias, a los indios, a Racú y a la puta que los parió a todos. No iba a ser capaz de durar mucho por mi cuenta.

Para mi sorpresa supo mejorar mi plan.

—Conozco el barco y sus costumbres. Mientras vos os pasabais la travesía engordando el culo, yo he mirado mucho y me he fijado en todo y en todos.

—¿Adónde quieres ir a parar, condenado?

—Sé a quién sobornar, señor Fernando. ¿Para qué nadar si Dios inventó las barcas?

Mientras el almirante pasaba la noche supervisando las corazas, adargas y tablachutas de la guarnición que iba a descender a tierra por la mañana, nosotros fuimos pagando cuantos favores y enseres hubimos menester.

Era cercano ya el amanecer cuando el señor Dientescerdo me lo tenía todo dispuesto.

—Antes de irme tengo que hacer una cosa —le dije.

# 3

Christoval Colón se hallaba solo en su camarote, escribiendo en aquel diario donde anotaba cada detalle acontecido durante el día.

—¿Puedo pasar? —pregunté desde la puerta.

—Podéis si no es para dar por saco con vuestra idea de bajar a tierra.

Reí y me adentré en la estancia. Olía a humedad y a sudor; apestaba el virrey de las Indias, igual que todos nosotros.

—Me permitisteis subir a bordo —dije ante su mesa— porque en la playa de La Luz os nombré a Racú. Y creísteis que yo disponía de buena información al respecto.

Dejó la pluma en el tintero.

—Cerrad la puerta y sentaos —dijo.

Así lo hice. Agobiaba el calor dentro del camarote, reinaba una atmósfera densa, acuosa. Colón tomó una cuartilla y en ella se puso a dibujar unas líneas. Aún tardó unos instantes en comenzar a hablar, con la voz queda.

—Conocí a Conrado Racú hace unos años, en las islas de la Madera. Se presentó ante mí, conocedor de que me hallaba buscando financiación para viajar hasta las Indias cruzando el Mare Tenebrarum. Me enseñó un pergamino.

No era difícil deducir que el pergamino del que hablaba era el *Herbarium* de Posidonio.

Mientras yo contemplaba el dibujo que iba apareciendo, él proseguía:

—Conrado Racú decía que aquella ilustración escondía un mensaje secreto, y se afanaba por encontrar a alguien que lo descifrara. A esta tarea tenía dedicada la existencia.

—Apuesto —dije yo— a que encontró a la experta que acabó descifrándolo.

Embebido como estaba en su ilustración no pareció escucharme.

—¿Sabíais que muchos autores clásicos afirmaban que el viejo

Paraíso se encuentra en las Afortunadas? Incluso yo mismo lo creí durante algunos años.

—¿En las islas de Canaria? —pregunté intrigado.

Colón volteó el dibujo hacia mí, para que pudiera contemplarlo. Había dibujado un árbol de formas características.

—Racú y yo volvimos a encontrarnos en la Gran Canaria, hace un año. Se había enterado de mi expedición para llegar a las Indias. Llegamos a ser muy cercanos, durante cierto tiempo. A lo largo de esos meses —continuó el almirante—, le vi haciendo dibujos de toda índole: animales, plantas, retratos. Sobre ellos componía triángulos y formas geométricas, como si quisiera delimitarlos.

—No se puede delimitar el mundo.

El almirante se encogió de hombros.

—La cabeza de este dicho caballero era una maquinaria notable, pocas veces he encontrado hombre tan inteligente.

—Una maquinaria estropeada —respondí—. Es muy posible que estuviese loco.

—Sin duda. Pero más que estropeada… Dejadme matizar: la maquinaria que regía su cabeza era *inadecuada*. Cuando él y yo charlábamos tenía la sensación de que Racú vivía la vida como si…, como si fuera un tigre encerrado en un estanque para patos.

Dio un golpe sobre la mesa y dijo sonriendo:

—En el nombre de la Santa Trinidad, ¿cómo diantre puede desenvolverse un tigre en un estanque para patos? El tigre trata de relacionarse; habla con los patos, trata de construir esto y aquello, pretende convertir el estanque en un lugar mejor. Pero no obtiene más que graznidos: es imposible que ellos le entiendan. ¿Qué hace? Es inevitable: un día se come a un pato. No le sirven para otra cosa.

Noté que, a medida que avanzaba, se iba añadiendo al suyo un tono de desprecio.

—Y cuando cesa el hambre porque ya ha comido, el condenado tigre trata de nuevo de relacionarse con aquellos estúpidos, necios patos, porque está atrapado en aquel estanque asqueroso. ¿Y qué obtiene? Graznidos. Graznidos otra vez. ¿Y cómo recontraleches, decidme, señor, por el santo Job, cómo consigue uno hacer avanzar el mundo si a su lado no escucha más que graznidos?

—Cualquiera diría, señor Colón, que cuando nombráis al bendito tigre no habláis de Racú, sino de vos.

Quedó primero sorprendido, después sonrió; pero antes de que respondiera, me adelanté para preguntar:

—En este símil vuestro, contadme, Christoval: ¿cómo reaccionan dos tigres cuando se encuentran en ese estanque de mierda?

Dio en ir hacia atrás para repantigarse en la silla y vino a encogerse de hombros.

—En el estanque de mierda no caben dos tigres.

Asentí, comprendiendo al cabo. Señalé el dibujo del árbol.

—Vos no creéis que el dicho árbol esté en las islas de Canaria.

—No —respondió Colón con toda frialdad.

—Creéis, como Racú, que está en las Indias.

—Sí.

Me dio la impresión de estar jugando de nuevo una partida con él, de aquellas que Colón siempre perdía. Entonces, sin embargo, me pareció que en cada una de esas ocasiones se había dejado ganar; y que casi siempre, quién lo iba a decir, era yo quien hablaba y él quien escuchaba.

# 4

Advertí que nos mecíamos al compás que marcaba el barco, lenta, muy lentamente. Colón dijo:

—Hablamos vos y yo, no hace mucho, de los sueños. Conrado Racú tenía un sueño.

—Encontrar el Árbol prohibido de la Ciencia del Bien y del Mal —repliqué yo, enseguida.

Colón negó con la cabeza.

—No solamente, señor. No solamente. —Hizo una pausa, como si de repente hubiera caído en algo, y tras esos segundos breves, dijo—: ¿Qué pensáis hacer cuando lo encontréis?

—¿Hacer?

—No me hagáis el eco —dijo riendo—, ¿repetiréis todas mis preguntas? Hacer, sí, ¿qué haréis con Racú?

Observé las hojas del árbol que había dibujado. Me pareció una buena pregunta, y pertinente, pero difícil de contestar.

—Solo soy un ejecutor de la voluntad de otros; un siervo que cumple órdenes. Conrado Racú servía a los mismos que sirvo yo, pero su aquiescencia se ha... torcido. Mi objeto es encauzarlo.

—Dudo que el Conrado que yo conocí se deje encauzar como un niño, pero... Y si no desea enderezarse, ¿qué haréis entonces?

«Traerlo conmigo de vuelta o matarlo», respondí para mis adentros de manera inmediata, solo que, esta vez, mucho me guardé de hablar.

Sonrieron los labios finos de Colón; me escrutaba con aquellos ojos judíos.

—Decidme, Fernando, ya que hablamos de sueños: ¿qué sueño es el que pensáis satisfacer vos cuando encontréis a Racú?

Me revolví incómodo; y viendo él mi inquietud, no se detuvo y preguntó con toda la malicia, divertido:

—¿Os ha servido Racú como excusa para proponeros a vos mismo un destino?

# 5

Cuando salí del camarote cerré la puerta tras de mí, sobrecogido, lo reconozco, por una sensación ambivalente. Un tipo curioso, el amigo Colón.

Ya nunca más volveríamos a vernos.

Sorteando bultos de colonos y soldados dormidos, me encaminaba hacia donde esperaba el señor Dientescerdo para abandonar la nave, cuando me topé con el doctor Álvarez Chanca. Atendía de rodillas a uno de los colonos, una mujer que había enfermado de fiebres.

—¿Os vais? —me dijo riéndose.

Me dejó muy sorprendido que adivinara mis intenciones; y cuando ya iba a mentirle, añadió:

—Sé que no acataréis la orden de Colón, Fernando: no sois hombre de mirar el escenario. Lo vuestro es salir a escena.

Asentí sin querer profundizar más; y él dijo:

—Os deseo suerte. Tened cuidado, ya sabéis lo que podéis encontrar en tierra.

—Lo mismo para vos, doctor —respondí entregándole mi mano—. Gracias por todo.

Chanca fue uno de los pocos que sobrevivió a estos viajes locos a las Indias putas, y pasado un año consiguió volver a casa, allá en Sevilla. Sus cartas y crónicas se celebraron mucho, pues demostró ser tan buen cronista como físico, y aún publicaría otros ensayos muy elogiados: un tratado médico titulado *Para curar el mal del costado*, y la crítica *Comentum novum in parabolas divi Arnaldi de Vilabona*, que tuve el placer de que me dedicara tiempo después, pues Diego Álvarez Chanca llegó a convertirse en buen amigo mío.

Mas restaban muchos años aún, para aquello. De momento me despedía de él en la cubierta de la Marigalante.

Acudí al otro lado de la nave; allí me esperaba mi *coxis*.

6

Cuando al fin me aupaba en la barquichuela, volví la vista atrás. Allí dejaba a la Marigalante, que tan bien se había portado conmigo durante el viaje. Y como siempre que abandono un barco, creía que esta sería la última vez que ella y yo nos veríamos.

De noche cerrada, remamos hacia la costa procurando no hacer ruido. Recuerdo viajar aquellas varas que nos separaban de la isla con la cara gacha oculta bajo el peto; estaba fresca la madrugada. A mi lado iba el señor Dientescerdo, tan angustiado como yo, y cada vez más tembloroso.

—Te has puesto malo —susurré—. Deberías quedarte en la nao.

—Solo es falta de sueño —respondió tiritando.

Una vez en la orilla, adentramos la barca hacia la arena para que no se la llevara la marea, y nos plantamos ante la amenazante muralla de selva que se erguía ante nosotros.

Mis pasos se hundían en la arena india, era mucho el peso de la espada y el trueno de mano, que cargaba a la espalda junto con una buena guarnición de pólvora, amén de bastantes proyectiles. Si me hubieran prendido fuego en el culo habría salido volando hasta aterrizar en el cabo de Gata.

Antes la obligación que la devoción: me puse a orinar. Era ya más clara la color del pis. «Estáis curándoos por dentro, Fernando —susurró una imaginaria Constanza—. Por fortuna para ti, *corpus sapit*».

—Quédate aquí —le insistí— y espera a que desembarque la tropa. Pídele perdón al señor Colón por haberle desobedecido.

—¿Quedarme solo en esta playa de noche? A vos no os rige la cabeza.

No podíamos vernos las caras, pues todavía estaba muy oscuro, pero escuchaba cómo le castañeteaban los dientes.

Encaré la espesura.

—Por Dios —dije para mí—. Vamos, pues.

Allí dentro, en alguna parte, estaba Conrado Racú.

# DE CÓMO, AL BORDE DE LA MUERTE, SOY
# TAN CRETINO COMO PARA CELEBRAR
# LA ALEGRÍA DE ESTAR VIVO

## 1

No se oía ni un silbido, en el amanecer de la isla de La Española, ni un susurro; todo se desarrollaba en un silencio quieto, tallado en madera verde.

Mientras atravesábamos aquella selva ni siquiera se agitaban las hojas; la brisa la debían cegar los árboles tan altos, allí arriba. Picaba el calor, aun siendo tan de mañana.

—¿Creéis que haya bestias salvajes? —preguntó el señor Dientescerdo—. ¡O más de esos indios putos caniba!

—Sssh, habla bajo; nos oyen y por eso callan —respondí de mal humor—. Habrá de todo; y tiburones en la copa de los árboles, también.

Contábamos en nuestro poder con un tosco plano dibujado por Colón y que yo le había escamoteado; señalaba el lugar que ocupaba el fuerte Natividad, mas en aquella selva era difícil orientarse. Según avanzábamos, el planterío nos estorbaba las piernas y hería los brazos. Cada una de aquellas hierbas luchaba por ahogar a la otra, por enroscarle sus raíces hasta quitarle el agua, por subir más alto y ocultarle el calor del sol. Estábamos rodeados de lentísimos depredadores.

Al rato, cual canto de libertad, oímos un correr de agua.

—El río —susurró Dientescerdo—. El río que aparece en el plano.

Lo era, por ventura. Y mucho nos serviría, de buena guía; ahora ya teníamos una referencia con la que orientarnos.

Seguimos aquel curso de aguas, a contracorriente —teníamos que subir, pues el fuerte Natividad se encontraba en un alto—. La tierra de la orilla era un barrizal oscuro sembrado de piedras, habitadas por larvas y culebrillas. Mis borceguíes me hacían mal servicio en aquel fango.

—Señor Fernando.

Me agarró del brazo, y creí que me lo dejaba sin sangre.

—Suelta. Que me sueltes, condenado, ya los he visto.

Me llegué primero, pues estaba más adelantado; mas no hizo falta ofrecerme voluntario: el babieca de Dientescerdo había quedado parado en el sitio.

Habíamos encontrado dos hombres desnudos, flotando en la orilla con la boca pegada a tierra. Por un momento temí que uno de ellos fuera Conrado Racú.

Volteé el que me quedaba más cerca. El agua se lo había comido y ya no tenía ojos; una podredumbre se le salía de los dos agujeros. Llevaba una soga al cuello.

—Señor Fernando —me hizo notar el porquero.

El cadáver tenía los pies atados con un esparto. Sin duda sus captores habían querido vetarle así el poder nadar.

El otro flotaba algo más lejos, en un regatillo de dos o tres palmos. Llevaba los brazos amarrados a un madero, extendidos sobre él a modo de cruz, en un mal remedo de Cristo. De haber creído yo, y de haber sabido el porquero, nos habríamos santiguado.

—Ayúdame aquí, canario.

Tirando de la dicha soga, entre Dientescerdo y yo lo arrastramos hasta la orilla.

—¿Será uno de los hombres del fuerte?

Iba él a darle la vuelta, pero estaba ya tan enfermo de fiebres que apenas le quedaban fuerzas. Lo hice yo.

De aquel cadáver no podía saberse si era indio o castellano, pues también aparecía desfigurado por el agua. Con mucho esfuerzo llegaba a distinguirse qué eran ojos y qué era boca, pues las caras todas no eran sino una amalgama blanda.

—Eran indios —dije yo para tranquilizarlo.

—¿Por qué lo decís?

—No tenían barba.

Era crucial este detalle, pues jamás se vio a ningún indio barbado.

—Quizás… —alegó él— quizás eran ¡castellanos imbereberes!

—Imberbes, coño. Quizás, sí.

Venciendo la natural repugnancia hube de examinar la pasta que era aquel rostro. Me pregunté si semejante despojo pudiera ser Racú.

—Reza lo que sepas si es que quieres, y sigamos.

Entonces, como si la isla se hubiera encabronado, se levantó el viento. No era un viento como los de nuestra tierra, sino una bocanada que hablaba en susurros.

Sin aviso, empezó a llover.

Las once mil vírgenes, con santa Úrsula a la cabeza, estaban llorando por la desgracia de los hombres, abandonados de Dios. Las gotas herían como piedras de granizo, y creaban una atmósfera vaporosa, tal que si nos moviésemos entre velos de agua; apenas podían distinguirse nuestras figuras.

Resolvimos ponernos a resguardo; Dientescerdo me tomó la mano.

—¿Qué haces, carajo?

—T-tengo miedo —balbuceó.

No hubo manera, se había agarrado como una lapa. Caía el agua con tanta violencia que el fango nos llegaba ya a los tobillos; el río crecía a ojos vista. Caminamos, tratando de alejarnos de la orilla, pero iba en nuestra contra aquel viento cargado de lluvia; daba un paso y enterraba el pie en el cenagal, cada movimiento suponía un esfuerzo titánico.

Tan pronto como vino, la lluvia se fue.

El sol volvió a asomar, y los velos de agua se elevaron en una nube ante nuestros ojos, yendo a enredarse con las copas de los árboles. El acontecimiento fue muy celebrado por los pájaros.

Con vergüenza se vio Dientescerdo cogido de mi mano; la soltó como a un gusarapo y se puso a gritar hacia las copas de los árboles:

—¡Ahora trináis, malditos de vuestra madre!

Parecían miles, las aves empeñadas en cortejarse, en ser felices. El universo suspiraba de alivio; arriba, el cielo se mostraba de nuevo azul y rompí a reír. Mi compañero canario me observó, confuso; estaba pálido como una tumba y tiritaba de fiebre, le cruzaban las ojeras dos manchas violáceas. Yo apenas conseguía respirar entre tanta risa, empapado, lleno de barro; el peso del petate, a mi espalda, me había convertido en una enorme tortuga, imposibilitada para darse la vuelta y ponerse en pie.

Rio él también, tapándose la boca con una mano para impedir que se le salieran los dientes de cerdo. Cantaban los pájaros al fin, la naturaleza entera celebraba, y nosotros con ella.

Entonces descubrimos dos bultos que bajaban traídos por la corriente crecida. El sol llenaba el río de estrellas luminiscentes, saltaban en el exterior del agua como luciérnagas. Y en medio de los brillos, como en una horrible repetición imaginada por Satanás, flotaban otros dos cadáveres crucificados, muertos hacía ya un tiempo y putrefactos, solo que en esta ocasión vestían ropas castellanas y tenían barbas.

## DE CÓMO ENCUENTRO AL FIN
## EL FUERTE NATIVIDAD

### 1

obre la colina, la primera expedición de Colón había cortado todos los árboles hasta dejar una explanada. Clavada en ella divisamos una empalizada de troncos, restos de nave y viejos maderos carcomidos: el fuerte Natividad.

Hallamos destrozados algunos de los dichos troncos, quemados otros: eran signos inequívocos de batalla. El fuerte estaba rodeado de un foso, su única y escasa custodia, amén de la escuálida empalizada. Una chapucería, en verdad; lo habían pergeñado en la confianza de que nunca serían atacados.

—No pienso entrar ahí —dijo el amigo Dientescerdo temblando.

De poco me valdría ahora mi trueno de mano, tan mojado, así que aferré la estoqueadora y avancé unos pasos; quedó el canario atrás, muy receloso.

Al cruzar la empalizada se abrió ante mis ojos un espectáculo desolador. Medio fuerte había ardido; las casuchas se hallaban ennegrecidas, y hundidos sobre ellas lo que fueron los techos. Aquí y allá, arbustos quemados apuntaban como garras al cielo.

Yo sabía el nombre del que Colón había dejado a cargo del fuerte.

—¡Señor Diego de Arana! —grité. Mi eco se expandió por las cercanías hasta perderse— ¡Ah del fuerte!

Aquello estaba desierto, no se veía un alma. Tampoco cadáveres.

Entré en la estructura, levantando atados de hojas de palma secas. La torre central había ardido. «Quienes se refugiaron ahí dentro murieron abrasados», pensé. Mas tampoco en la torre hallé cadáver alguno. En vez de ello, aparecían aquí y allá ropajes cristianos, rasgados o quemados, esparcidos sobre la tierra como macabros pájaros de alas extendidas.

Lo que quiera que pasó allí había sucedido hace ya tiempo, pues asomaban brotes verdes en la tierra negra. Al no encontrar cadáveres, deduje que o bien no había habido muertos y los cuarenta castellanos habían abandonado el fuerte…

—O que quien atacó la fortaleza —musité— se llevó consigo los cuerpos.

Escuché el grito de Dientescerdo más allá de la empalizada. Apresté mi espada y corrí hacia el exterior.

## 2

Al otro lado del muro encontré al canario de rodillas, boquiabierto. Se le había caído la dentadura y colgaba de sus labios una baba; estaba aterrado.

Los cadáveres de los colonos vencidos se hallaban a pocas varas del fuerte, tendidos en la pradera boca arriba, ocultos por la hierba alta.

Avancé hasta internarme en aquella mar de muertos. Conté un número de once colonos, de los treinta y nueve que dejó el señor Colón en el fuerte.

Qué triste recompensa habían disfrutado aquellos a los que Colón había prometido seguridad y privilegios: Diego de Arana, natural de Córdoba; Pedro Gutiérrez, repostero de estrado del rey, criado del despensero mayor; Rodrigo de Escobedo, natural de Segovia; tantos otros. Soñaron que los aguardaban maravillas: arenas de oro en las playas, animales de carne sabrosísima que ni los reyes cataran y frutas salvajinas que nacerían de la tierra con solo escupir en ella. Riquezas, comodidades, esclavos, una vida desahogada. Una nueva existencia para ser otros hombres, y vivir otra vida. Ya nunca más ser los que fueron.

Después de tanta búsqueda y tanta monserga, Conrado Racú pudiera estar muerto; acaso él fuera uno de aquellos restos podridos.

Yo era muy consciente de que el señor Colón y sus hombres estaban prontos a llegar; mis pensamientos se redujeron todos a uno, por tanto: examinar cuanto antes aquellos cadáveres, según lo aprendido de Constanza Calenda. Traté de mantenerme frío y leer en los restos como cuando en Nápoles leía en las antigüedades clásicas.

Me reafirmé en que había transcurrido un tiempo desde la matanza, cerca de un mes: no eran solo larvas ni gusanos los que comían de aquellos cuerpos, sino también innúmeros escarabajos de colores brillantes, y arañas y mariposas. La color de las pieles era oscura, y, en algún caso, estaba tan avanzada la putrefacción que las carnes se habían vuelto repugnante fluido. No hallé signos de que hubieran sido devorados por comedores de hombres; todas las heridas eran de filo o de fuego. Se les habían robado las botas, las armas; muchos de ellos exhibían la boca abierta en una mueca horrenda: les habían arrancado los dientes de oro.

Pasé un buen rato examinando rostros.

—¿Está él ahí? —preguntó desde cierta distancia el señor Dientescerdo.

Me puse en pie. Acabé encogiéndome de hombros; ¿cómo saberlo?

Sin contar los once cadáveres del fuerte y los cuatro del río, habían de quedar en la isla unos veintitantos hombres del primer viaje, de cuyo destino nada se sabía. Quise pensar que uno de ellos era mi tan codiciada presa.

—Estás ardiendo en fiebre —le dije—. ¿Tienes fuerzas para seguir?

Para seguir no sé, pero no las tuvo para contestar, y solo dijo que sí con la cabeza.

—Vámonos de aquí, canario —musité.

## DEL FIEL DIENTESCERDO

## 1

ómo pesaba aquella soledad verde, aquel miedo atroz en la búsqueda de un rastro de Racú. Dientescerdo iba delante, abriendo paso entre la maleza con un hacha de mano. A su espalda, pobre de él, cargaba mi petate. A un par de pasos iba yo siguiéndole, presto a cortar con mi espada cualquier puta cosa que se moviera. «Si os atrapan y os veis muy a las malas —nos había dicho en cierto momento el capitán De Torres—, que no os cojan vivo»; y por Judas Iscariote que, antes de morir, habría de llevarme a alguno de ellos por delante, y que fuera abriendo camino hasta el Infierno.

—Dame eso, estás que no te tienes —le dije quitándole el petate de la espalda.

—Estoy perfectamente, señor —replicó resistiéndose.

—Anda, trae.

Se dejó al fin y pareció algo aliviado de no cargar con tanto peso. Estaba pálido; le caían por la cara goterones de sudor y le iban haciendo churretes sobre la mugre.

—Si os cansáis —dijo muy mansamente—, lo llevo yo dentro de un rato.

Durante un tiempo caminamos sin cruzar palabra, pues no queríamos llamar la atención, pero al cabo, y a tenor del concierto de resoplidos, castañeteos, hachazos y quejidos, acabamos por comprender que media isla sabría ya de nuestra presencia.

Nos detuvimos un rato para llenar las cantimploras a la vera de un riachuelo, y que el pobre porquero pudiera descansar. Temblaba de fiebre.

—Qué lejos estamos de casa, señor Fernando —comentó mi fiel acompañante.

En los ojos de Dientescerdo anidaba un gran terror; el mismo, supongo, que en los míos. Tratábamos de apartar la mente de la brutalidad que habíamos presenciado.

—No sé tu nombre todavía —dije—. ¿Cómo te llamas?

La pregunta le dejó descolocado.

—Dientescerdo —respondió.

—No te pienso llamar eso, carajo. Tu nombre canario.

El porquero nada dijo; tomó mi cantimplora y se arrodilló para volver a rellenarla.

—Bencomo —respondió.

—¿Qué ocurrió, Bencomo? —dije señalándome los dientes.

Durante algunos segundos mantuvo la cantimplora bajo el agua, sin expresar cosa alguna con el rostro.

—Con la llegada de los conquistadores apareció mi cara verdadera, señor Fernando. Soy un cobarde.

Hizo un relato vago, evitando entrar en detalles, pero por lo que pude sacar de aquí y de allí entendí que pronto había elegido bando, el amigo Bencomo Dientescerdo, cuando dio comienzo la conquista; y este bando no resultó ser el de su gente. Buen conocedor de las tierras canarias, se convirtió en un guía para los castellanos y pasó a ser su sirviente.

—Si se fraguaba una batalla en tal risco —relató entre temblores febriles—, yo daba detalles de entradas que fueran beneficiosas a los conquistadores; si se planeaba una emboscada, advertía de ella a los conquistadores; si a los conquistadores les era menester buscar comida, yo los conducía a campos de trigo aborígenes para que fueran saqueados, a establos en donde pudieran apropiarse de las bestias canarias.

Sus congéneres acabaron por darle la espalda, se convirtió en un proscrito entre los suyos. Me contó que en cierta ocasión, pacificada ya la isla, lo capturaron los *canarii*.

—Podían haberme matado —dijo cerrando mi cantimplora, y sonrió—, lo merecía. Pero mis hermanos canarios decidieron que sería peor castigo sacarme los dientes.

Miré hacia el cielo, a través de un hueco entre las copas. Las nubes flotaban interminables.

—¿Y ahora? —pregunté—. Acabada la guerra ya no sirves a los militares.

El dinero manchado de sangre con que le habían pagado los castellanos lo había malgastado montando una granja de cerdos, de los que ninguno sobrevivió a una fiebre.

—El resto de mi paga fue a parar a tabernas y burdeles —respondió poniéndose en pie con esfuerzo.

—Es por eso que embarcaste en esta expedición.

—Sigo siendo un proscrito entre los míos, señor Fernando; y ni siquiera los castellanos, aquellos que durante la guerra se sirvieron de mí, me perdonaron que hubiera vendido a los de mi raza. No tengo amigos en tierra canaria, ni futuro. Quizás en las Indias haya un destino para mí, todo sea que sobreviva a estas fiebres putas.

Muy claras se me aparecieron entonces aquellas palabras que dijo una vez y que yo no había comprendido en toda su magnitud: «No se forja ningún grande imperio sin traidores». Mas no soy yo dado a juzgar, pues de aplicarse juicio sobre mí siempre salgo mal parado, y consideré que el pobre porquero tenía algo a su favor.

—A la vista se adivinan dos cosas, amigo canario —le dije—. Apestas y eres un cobarde, en verdad; traicionaste a tu pueblo, a tus amigos, a las mujeres y niños por quienes debías haber dado la vida…

—Curiosa forma de animarme, señor.

—Sssh, déjame seguir. Los traicionaste, pero has conseguido algo precioso y que pocos han logrado.

—¿Dejarme los dientes por el camino?

Sonreí.

—Sobreviviste. Después de una guerra contra un enemigo

imposible de vencer, estás vivo. Tú estás vivo, y todos los héroes, muertos.

Me observaba con aquellos ojos tan negros. Soy incapaz de decir si estas palabras hicieron mella en él.

—¿Seguimos camino? —pregunté.

Y me devolvió la cantimplora. Iba a tomarla cuando dije:

—Gracias, Benco…

Me detuve.

Algo debió ver en mí, pues quedó muy extrañado. Yo había palidecido, en verdad.

—¿Os ocurre algo? —preguntó—. ¿Un ataque?

Levanté mi trueno de mano y apunté con él hacia su barriga.

—Echa un paso hacia detrás.

## 2

También él quedó muy pálido, levantó las manos sin comprender nada.

—Atrás, hijo de perra —insistí.

Hizo lo que le ordenaba, hasta que terminó topando contra un árbol. Temblaba él de fiebres y yo de rabia, mucho tuve que luchar por no descerrajarle un tiro allí mismo, y creo que si no lo hice fue por no montar semejante estruendo.

Al cabo de unos instantes cambió por resignación la sorpresa que reflejaba en la cara, y agachó la vista.

—¿Lo acabáis de descubrir?

—Hace un momento —dije sin dejar de apuntarle—. Eres un hijo de Satanás, ¿qué puta mierda de juego es el que te traes conmigo? Llevas días cuidándome como el más fiel sirviente y ahora descubro que te falta media oreja.

Le faltaba, en efecto, como al maldito que pagó a la Montebianco en Nápoles.

Se ocultó la media oreja con el pelo, otra vez; sonrió febril, y comenzó a hablar en idioma *canarii* sin darse cuenta.

271

—¡En cristiano! —grité—, ¡me cago en el infierno, que no te entiendo!

—Digo… que mucho habéis tardado en descubrirme, con lo listo que sois. Porque os tengo por alguien muy listo, señor Fernan…

—Déjate de cháchara y canta, babieca malparido. Eres tú la puta *sombra* que Conrado Racú dejó hace un año para que vigilara.

—El señor Racú era muy consciente de que alguien descubriría su falsa muerte, y me pagó hace un año cuando nos conocimos en la Gran Canaria, antes de partir él hacia las Indias en el primero de los viajes de Colón. A mí, para vigilaros, me tocaba viajar a Nápoles; muy buen destino me pareció el tener que viajar hasta allí, vive Dios. Y muy malo cuando me vi siguiéndoos a vos de vuelta hasta mi propia isla; ved qué mala burla.

Acerqué el trueno de mano y lo pegué contra su ombligo.

—Convénceme para que no te saque las tripas por la espalda con esto, Belcebú. ¡Dime que no fuiste tú quien le dio la botella con veneno al cretino del barco para que la pusiera sobre mi tablón! ¡Dime que no quisiste envenenarme!

Evitaba mi mirada, llevaba la camisa empapada en sudor.

—Fui yo, señor —confesó en un murmullo—. Entonces llevaba largo el pelo; no reparasteis en mí, pues era un marinero más de tantos, pero hice el viaje entero cerca de vos, desde Cádiz.

¿Cómo reparar en un marinero? ¿Cómo advertir que a un sirviente le falta media puta oreja, si es poca cosa más que un mueble?

—¡Pero entonces…! No entiendo nada. ¿Por qué cuidarme durante este viaje, coño? ¿Por qué no me mataste estos días, en la primera ocasión que tuviste?, si estaba desvanecido, si no podía haber presa más fácil que yo.

—El niño —respondió al fin.

Quedé quieto. Y ante mi estupor añadió:

—Vi cómo salvabais de los esclavistas al niño, en la costa del Real de Las Palmas.

—El niño —repetí recordando al pequeño Airam—. ¿Lo conocías?, ¿es alguien importante para ti?

—Ni lo conozco ni es importante para mí. Me disponía a abalanzarme sobre vos para cortaros el cuello entre aquellas piedras, cuando lo vi a unas varas de distancia. Lo salvasteis porque sois un valien...

—No me saques brillo —murmuré—. Te voy a matar.

—Lo entiendo, señor —respondió el traidor muy mansamente.

—Te voy a matar y después te arrancaré la piel y se la llevaré a Racú.

—Lo entiendo, señor.

—¡Deja de decir eso, condenado, o tendrás que buscar un gorrino indio para hacerte una puta dentadura nueva! —Y apreté mi trueno de mano contra su boca.

Él temblaba de miedo, con los ojos negrísimos transmutados en gris.

—Si la Montebianco os hubiera quitado de en medio o yo mismo hubiera conseguido envenenaros en el barco..., no habríais estado allí para salvar a aquel niño. Uno no sabe... —Se detuvo.

—¡Qué! No te calles ahora, coño, di lo que sea.

—Al veros salvar a aquel niño tuve una suerte rara, la vida nunca da esta oportunidad.

—¿Qué oportunidad?

—Ver qué pasaría por no haberos matado.

Tragué saliva.

Fui yo el que retrocedí esta vez. Por lazos del demonio, se habían torcido las cosas de tal modo que aquella *sombra* malparida, la que Racú había dejado atrás para acabar con quien le persiguiera, se había convertido en mi amigo.


3


—Acércame el petate.

—¿Qué?

—Que me acerques el condenado petate, y ándate con ojo con lo que haces que te abro en dos de un disparo.

Se movió muy cauteloso; hizo lo que le ordenaba. Dejó el petate a mis pies.

—Vuélvete ahí, al árbol —dije apuntándole—, siéntate en el suelo.

—Prefiero morir de pie, si no os importa.

—Que te sientes, cojones; no te voy a matar, aunque lo merezcas.

Tardó unos segundos en asimilarlo, y finalmente acabó sentándose. No había bajado las manos en ningún momento, seguía mirándome lleno de miedo.

Mientras yo sujetaba el trueno con una mano, apuntándole, con la otra me cargué el petate a la espalda como pude.

—Te voy a dejar aquí. Si me sigues, te mato a la primera oportunidad, ¿me comprendes?

—Señor Fernando, no vale la pena.

—¿Qué?

—Racú. No vale tanto. Que os enfrentéis solo a la selva, a los canibas, que os perdáis, que muráis de sed y de hambre en este infierno o que finalmente os mate Conrado Racú. Nada de eso vale la pena. No vayáis.

Razón no le faltaba, al cenizo cabrito, pero la decisión estaba tomada ya hace mucho: desde el instante en que susurré a Colón en la orilla del puerto de La Luz el nombre de «Conrado Racú»; y aun antes, cuando hacía mis pesquisas persiguiendo el rastro de un pergamino, y hasta cuando, en aquella alcoba, el rey Ferrante me ordenó esta cruzada. La decisión la tomé a lo largo de cada una de aquellas solitarias noches en Nápoles, cuando me acostaba temprano por no verme a oscuras y solo; la tomé cuando di en retirarme de mis aventuras en los espionajes palaciegos. La decisión la tomé cuando acepté convertirme de nuevo en quien fui un día.

Eché a caminar de espaldas, sin dejar de apuntarle.

—No me sigas. Lo digo en serio. Juro por Dios que si me sigues te vuelo la cabeza de un disparo.

Allí quedó Bencomo Dientescerdo, el traidor, temblando de miedo; las fiebres se lo llevarían al otro mundo en unas horas, si es que tenía suerte.

Me interné en la espesura y avancé a ciegas como un poseso, con aquel nudo cerrándose sobre mi estómago, tan afín ya a mí. El miedo formaba parte íntima de mi ser, y era ya mío en tanta medida como yo suyo.

## 4

No había recorrido ni cien pasos cuando un alarido espantoso resonó cerca; escaparon volando cientos, miles de pájaros. Reconocí la voz del canario.

Por un momento me dije de continuar por mi camino, con grito y todo, dejarle atrás definitivamente. ¿Qué me importaba a mí si lo había mordido una serpiente en el culo, si se había topado con un jabalí o con los comedores de hombres? ¿Qué podía importarme la suerte de aquel despojo que primero había intentado matarme y después me había salvado mil veces la puta vida, y limpiado el culo y alimentado y velado a lo largo de este viaje maldito?

«La madre que me parió», murmuré; envainé la espada y agarré el trueno de mano, desanduve el camino a la carrera.

Otro grito de terror sobrecogió la selva entera: «¡Mi señor! —gritó Dientescerdo llamándome—. ¡Mi señor don Fernando, auxilio!». Yo iba a saltos entre los arbustos, aplastado por el peso del petate, jadeando, rendido por las muchas semanas de viaje, pesaban los kilos y los años; me protegía la cara con el trueno haciendo de parapeto, e iba apartando ramas y esquivando árboles.

Irrumpí en el claro donde había dejado a la condenada cola.

Pero ya no hallé al señor Dientescerdo.

Encontré, eso sí, a dos indios que me cortaban el paso en actitud poco amistosa; enarbolaban dos palos y enseñaban los dientes tal que dos perros sarnosos. Llevaban el pelo tan luengo como las mujeres, iban desnudos, y lucían su cuerpo todo adornado con pinturas, aquí y allá, de color rojo y también negro.

Les apunté con el trueno.

—Al primero que se mueva le abro un agujero.

Gruñeron enseñando aún más los dientes. Visto de cerca uno de ellos, no le eché ni catorce años, era solo un muchacho. Estaba nervioso, deseando actuar ante la mirada del otro, en cuyos rasgos muy parecidos creí reconocer a su padre. La familia que caza hombres unida permanece unida.

—Hablo en serio, rastrapajos —insistí no muy convencido de que pudieran comprender mi lengua, y comencé a retroceder.

El más joven e insensato de los dos dio un paso al frente para atacarme.

¿Qué carajo le pasa por la cabeza al destino, que había barajado las cartas de nuestra vida para unirnos allí? Aquel chico y yo habíamos nacido a miles de leguas; pertenecíamos a dos razas tan alejadas que nunca supimos la una de la otra. Durante toda nuestra vida vivimos en dos mundos opuestos, pero cada cosa que hicimos, cada mínimo acto que decidimos acabó por conducirnos hasta allí, en aquel punto y tiempo exacto. Sin que ni uno ni otro lo supiéramos, desde el día de nuestro nacimiento estuvimos destinados a morir o a matar al otro, allí, en aquel condenado momento.

Se me echaba encima el mozalbete, aferrando el solo palo, gritaba de rabia y de orgullo. Y detrás, por un segundo, un segundo solo, acerté a ver en su padre, cómo no, un atisbo de preocupación por la vida de su hijo.

Levanté el trueno y disparé al aire. ¡Booooom! Resonó tal estampido que toda la selva tembló. Se taparon los indios las orejas. El claro se había llenado de humo; nos habíamos convertido en niebla.

Me disponía a correr cuando algo gritó el padre del muchacho. Acaso le dijera que fuera valiente y acabara conmigo, que demostrara que era un hombre. En la neblina sentí los pasos del chico corriendo hacia mí; tiré el trueno y desenvainé la espada, mas ya era tarde. La embestida de aquel toro joven dio con los dos en el suelo, perdí mi arma.

Forcejeamos, nos revolcamos por la hojarasca. Era fuerte como un condenado mulo, pese a su corta edad; o quizás por eso mismo. Advertí que sangraba por los oídos, a causa sin duda del estampido de mi trueno. Me enseñaba aquellos dientes amarillos tratando de estrangularme con su palo; jamás he visto tanta furia en un guerrero, nunca tantas ganas en un hijo por demostrar la valía a su padre.

«Dios mío, sal a mi encuentro», suplicaba yo, que nunca he creído en su favor; que he comprobado ciento y mil veces que Él cuando provee, si es que lo hace, es poco y tarde. «Provee, Señor mío Jesucristo, para variar —imploraba para mis adentros sujetando a aquella bestia—. ¡Ayúdame! Y de paso, si te viene bien, haz un milagro y métele un rayo por el culo a este salvaje que está a punto de troncharme el cuello».

Mas… ¿mencioné antes quizás que el destino obra siempre como un marrullero?

Contemplando aquellos ojos indios inyectados en rabia, acerté a ver el universo dentro de sus pupilas. Qué sensación de plenitud, por todos los diablos del Infierno. A aquellas mismas manos que forcejeaban con él para impedir que me matara vino *el hormigueo*. «¡No, no, no! —pensé—. Dios todopoderoso, no me jodas así».

Iba a sufrir uno de mis ataques. El Gran Mal obraba en mí sus primeros síntomas.

Y en verdad lo sufrí, bajo el peso de aquel joven enloquecido. Al poco perdí el control de mi cuerpo, vinieron los espasmos y las convulsiones. «La lengua —me dije—. No te muerdas la lengua o te la despedazarás». Y cuando ya sentía que el muchacho estaba estrangulándome con su palo, noté que se me iba la consciencia. «Hasta aquí llegaste, Fernando», pensé, por encima de aquella negrura que me tragaba, y supliqué a Dios que, al menos, me comieran mientras estaba inconsciente.

# DE CÓMO, AL FIN, ENCUENTRO
# A CONRADO RACÚ

## 1

l tiempo se movía a ráfagas.

Escuchaba una voz machacona, en el duermevela.

—*¿Quién te enseñó que estabas desnudo?* —decía—. *¿Quién te enseñó que estabas desnudo?*

La fiebre me empapaba de sudor; bajaba por las sienes y me entraba en los labios. Mi lengua estaba tiesa, seca, con un herrumbroso sabor a sangre: sin duda me la había mordido en el último de mis ataques. Quise alzar un brazo, abrir los párpados, pero cada miembro de mi cuerpo trataba de sobrevivir por su cuenta, sin querer nada con el resto.

En algún sitio cercano sonaban machacones unos tambores: bombombom, bombombom, bombombom...

Abrí los ojos y contemplé una costura con forma de pirámide invertida.

Era un techo circular y endeble, apuntalado a la manera de las tiendas de campaña y todo él cruzado de hojas de palma, bien entrelazadas con cuerdas de esparto. Entre los agujeros de las hojas se entreveraba la luz.

Bombombom, bombombom, bombombom...

Me hallaba tumbado en un camastro colgante, con el cuerpo cubierto de follaje de nauseabundo hedor, dentro de una suerte de

278

entoldado. Me volteé a duras penas, mis brazos obedecían con dificultad. A mi lado vi un cuenco de barro con una papilla.

Cerré los ojos. Mi cabeza ardía en la peor de las resacas.

Cuando los abrí de nuevo, lo descubrí.

Llevaba los párpados tiznados con alguna mezcla de hollín y sangre, resbalaban mugrientos chorretones sobre su rostro; los largos cabellos crecían sin conocer el peine. Los ojos brillaban como no brillan los de ningún cristiano; quizás porque en las negras pupilas de aquel indio no hubiera rastro de ese sentir traicionero que llamamos «compasión». Me sonreía con agrado, sin embargo, y esta complacencia me resultó aterradora. Era el padre del muchacho que me había atacado.

Con una mano vino a señalarse las pinturas del pecho; marcaban los músculos de su torso y sus cicatrices.

—*Turuquuá* —dijo.

Me descubrí tiritando de miedo: no había forma de saber si me acababa de decir «hola» o su nombre o que pretendía sacarme el corazón.

Al tratar de incorporarme se volteó aquella red colgada y di con mis huesos en el suelo. El enorme indio se alarmó y prorrumpió en voces; enseguida entró en la tienda el zagalillo salvaje que me había atacado en el claro, y aun otro más. Exhibían la boca y el torso manchados de mucha sangre, como si acabasen de devorar a alguna bestia… o algo peor.

A pesar de que traté de resistirme, entre ambos me alzaron con presteza. Ya creía que iban a darme una dentellada cuando advertí que nada más querían sino ayudarme a levantar, cosa que me dejó muy perplejo; y en verdad necesitaba sostenerme en ellos para mantenerme en pie.

El muchacho me evitaba la mirada, y también su padre, movidos para mi sorpresa por una curiosa vergüenza. Creí haber perdido el tino: ¿acaso me trataban con singular reverencia?

Hedían a sudor revenido, a vómito y a mierda, mas pronto me di cuenta de que era yo el que así olía.

—Por Dios santo —musité, alarmado. Me preguntaba cuánto tiempo había estado allí tendido.

Al comprobar que más o menos podía tenerme se retiraron, pero siempre con cuidado de volver si es que diera signos de debilidad.

El padre le dio un pescozón al muchacho, y le instó con viveza para que me dijera algo. El chico dio un paso hacia mí, agachando la cara. Me señaló la garganta, marcada todavía con el recuerdo de su palo.

—Perdón —dijo; lo que agradó mucho a su padre. Y lo dijo en castellano.

El aire se me hacía irrespirable. Busqué angustiado mis cosas; aquellos salvajes las habían sacado una por una y andaban desparramadas por el suelo, pero no habían osado robarme nada. Mis pliegos y documentos habían amarilleado, a causa de la humedad; algunas de sus palabras eran ya ilegibles. Faltaba, eso sí, el magnífico trueno de mano que tan necesario podía serme.

Lo que encontré entonces, medio enterrado, entre las vasijas indias y frutas envueltas en hojas, me dejó perplejo.

## 2

Cuando yo no albergaba ya esperanza alguna, quiso Dios dejar señales suyas en lugares olvidados, donde no parecía llegar su mano: abandonado entre las pertenencias de estos indios había encontrado un pergamino muy deteriorado. Allí podían adivinarse todavía los textos en arameo, las líneas que simulaban ramas, y los frutos como estrellas. Que me ahorquen si no tenía entre mis manos el pergamino de Posidonio que Racú le robara al librero gaditano.

—Conradorracú —dijo una voz a mi espalda, y todo mi ser se estremeció, como si me hubieran mojado el alma con agua helada.

Bien hubiera podido yo marcharme entonces; ya tenía lo que había despertado mi sed al principio de este camino: en mis manos se encontraba el pergamino de Posidonio de Apamea. Hubiera podido dar la vuelta entonces, aferrando aquel trozo de piel seca, y olvidarme de toda inquietud.

Mas hacía tiempo que se había trocado el objetivo de mi misión. Fui incapaz de decir cuándo, a lo largo de la lectura de aquellas cartas y notas, se había convertido Racú en el objeto de mi interés. ¿O es que acaso la búsqueda de Racú, por ser mi espejo, se había convertido en la búsqueda de mí mismo? Yo deliraba: ¿buscarme, decía?, ¿cómo no encontrar a quien uno es, tan cerca, tan a mano? ¡Si estoy aquí!, me decía observándome.

El pergamino obraba ya en mi poder. Hubiera podido marcharme entonces. Me giré, sin embargo, incapaz de articular palabra, y el jefe indio repitió señalando el pergamino:

—Conradorracú.

—Sí, Racú —respondí—, Conrado Racú. El hombre que traía esto consigo. ¿Lo has visto?, ¿sabes de él?

Racú estaba o había estado allí, había tenido que ver con aquellos hombres. Yo maldecía sus pasos, cada uno de sus movimientos, que me habían conducido hasta el otro lado del mundo. Me llevaban los demonios a través de violentas fantasías en las que lo encontraba al fin, y lo conducía a rastras hasta Toledo para presentárselo a sus majestades y que diera cuenta de sus traiciones.

—Dónde —dije. Señalé hacia la puerta—. Indícame, llévame hasta él. ¿Sabes dónde puedo encontrarlo?

El indio abrió los ojos como huevos hinchados.

—*Mabuyá* —respondió atemorizado.

—Sí, sí, *maboya*, me lo imagino. Pero llévame hasta él, te lo suplico.

Pareció pensárselo un instante. Contempló el exterior que se adivinaba tras la entrada y escuché cómo, fuera, se levantaba la brisa en las ramas de los árboles. Acaso aquel indio entendiera que esto hubiera sido una señal dedicada a él, pues se puso en marcha para conducirme.

3

Al salir nos rodeó una nube de moscas. Eran tantas que debía taparme la boca para no andar masticándolas a mi paso.

Me hallaba en medio de un poblado. Sentados todos al sol, los indios se ocupaban en pequeñas faenas domésticas: machacar grano, hilar algodón, trabajar tierra mojada para hacer barro. Del primero al último usaban bandas de colores que les ceñían las pantorrillas, apretadas al punto de que las hinchaban, lo que debían considerar hermoso. Apenas llevaban ropa que tapase sus partes pudendas; las mujeres iban con los senos expuestos y solo algunas, quizás las más principales, llevaban una falda de paño.

Al descubrirme allí callaron todos y quedaron muy quietos, observándome.

Me apoyé en un árbol y hube de contener las arcadas: a mi lado, unas estacas marcaban el límite que circundaba la tienda, a modo de tapia de un jardín. En lo alto de las estacas, aquellos malditos habían clavado unas cabezas humanas. Eran cabezas barbadas, cabezas de castellanos; sin duda las de los hombres que faltaban del fuerte Natividad. También estaban allí sus armas, amontonadas al pie de las estacas. Había armaduras, espadas clavadas en el suelo, escudos, estandartes, alabardas enhiestas. Algunas de aquellas cabezas parecían más antiguas que otras, estaban a medio descomponer. Otras, sin embargo, parecían estar tan llenas de vida que por un momento creí que fueran a suplicarme que las descolgara de aquel martirio.

Comprendí que aquellos entre los que me encontraba eran los temidos indios caniba que habían partido de la isla Turuqueira; los comedores de hombres.

—Hijos de perra. Menuda fiesta la que tenéis montada aquí.

No pareció que los caniba entendiesen ni una palabra; acaso les importaba un condenado coño lo que yo dijera, pues para ellos era como si hablara la gallina del almuerzo.

El jefe dio un paso atrás, temeroso, y señaló hacia el otro extremo del campamento. Había en sus ojos una inquietud, como si él mismo temiera acercarse hasta allí.

—Conradorracú —dijo.

Noté humedad en la suela de mi bota: estaba empapada. Bajo mis pies se hallaba un largo rastro de lo que parecía sangre; avanzaba con leves brillos bajo el sol, hasta rodear un grupo de tiendas y perderse al fondo. Entreverada entre las raíces y la tierra, aquella sangre parecía un cebo dejado a propósito para guiarme por el laberinto.

—¿Está ahí? —pregunté.

El indio señaló al rastro y fue retrocediendo.

—*Mabuyá*.

Reculó, no sea que le pidiera acompañarme.

—¡Racú! —llamé en alto.

No hubo respuesta.

Avancé. De haber tenido mi espada la habría hecho anteceder a mis pasos cautelosos.

—¡Conrado Racú! —grité en alto—, ¡date preso, en el nombre del rey y de la reina!

Bajo mis botas sonaron como pan duro las cosas que alfombraban el suelo. Crac, craaac, crac. Me hallé caminando sobre huesecillos, no quise descubrir si de animales o de hombres, mas eran cientos, miles. Habían ido aumentando a medida que me acercaba a aquel tinglado, parecido a un trono elevado frente a una enorme red de pescar, tendida entre dos árboles.

Había yo tenido que recorrer medio mundo, y alejarme de la civilización desde Nápoles hasta Cádiz, y de allí a la Gran Canaria, y atravesar el océano para acabar perdido en la selva. Había batallado contra matones, comedores de hombres y frailes del Santo Oficio; contra palizas y fiebres; contra mis propios años, pues mi cuerpo se había convertido en mi enemigo; todo para llegar allí, a aquel hombre. Después de tantas búsquedas, de tantos pesares y sufrimientos, le había encontrado al fin.

# 4

Conrado Racú, el cruel *omicida* que fue espía y traidor, mercenario y aventurero, había terminado sus días sentado en aquel trono fabricado con huesos humanos.

Se hallaba ante mí, a pocas varas. Unas ancianas embadurnaban de sangre su cuerpo, de nariz a pies, mientras él, impasible y dignísimo, se dejaba hacer con la mirada clavada en el infinito; igual que un rey poderoso que pensara en los grandes misterios de su destino.

—Date… Date preso —dije de nuevo, tragando aquella emoción negra y sin demasiado convencimiento.

Clavó sobre mí los ojos.

Tras una frente despejada apenas le quedaban cabellos, ralos en las sienes y muy largos. Las cejas, en cambio, grises y desordenadas, parecían dos cepillos. Era de esa constitución que parece llevar dentro un hombre gordo que siempre pugna por salir, desaforado; más tarde le vería comer sin tino para después caer en un abatimiento culpable, que le llevaba a guardar vigilia durante días, sin probar bocado. Ahora parecía haber perdido por partes esta batalla, pues, aunque estaba flaco, una oronda barriga otorgaba una apariencia poco gentil a su figura. Iba vestido con una manta como la que usaban los indios, y llevaba colgados al cuello gran cantidad de amuletos caniba, entre ellos una quijada humana.

—Has recorrido un largo camino —dijo sonriendo, y como si este acontecimiento fuera inevitable desde un principio—. Muy largo.

—De milagro, llegué —respondí—. No hace ni un año pagaste a una *sombra* para que matara a todo el que te buscase.

—No debí pagarle bastante, a lo que veo. —Esto le provocó mucha curiosidad—: Dime, ¿por qué no estás muerto?

Recordé la mirada descompuesta de Dientescerdo en el bosque.

—La *sombra* me perdonó la vida.

Pensé que volvería a reír, pero quedó muy serio y como ido, vuelto a un pozo dentro de sí.

—Qué cosa más notable: la muerte te rehúye —dijo pensativo. Luego, señalando a los caniba que nos rodeaban, añadió—: También aquí, ahora, debías estar muerto.

—¿Cómo es que estoy vivo, sin embargo?

Le hizo gracia la pregunta. Se dirigió hacia una de las ancianas en su idioma y pareció ordenarle algo.

Ella bajó los escalones de aquel trono alzado y se acercó hasta mí.

—*¿Mabuyá?* —preguntó.

Me encogí de hombros sin saber qué respuesta darle, receloso de que se me abalanzara de pronto.

La anciana, sin embargo, comenzó a andar hacia atrás con los pies torcidos; realizaba gestos extraños con el cuello y los brazos. Se tiró al suelo con asombrosa agilidad e hizo que se estremecía, su cuerpo imitaba convulsiones.

Al fin me di cuenta: «Dios todopoderoso, ¿qué locura es esta? —musité—. Imita mis movimientos cuando soy presa del Gran Mal».

Se detuvo, inquiriéndome con aquellos grandes ojos negros, pero fue Racú quien habló:

—La tuya no siempre fue una enfermedad temida. Para los clásicos, el hoy llamado «Gran Mal» se consideraba señal de favor divino. Según aseguraban magnos viajeros como Ciriaco d'Ancona, los egipcios consideraban ese padecimiento como una enfermedad sagrada, que abría un camino a los mortales hacia el mundo de los dioses. Y, de hecho, ¿acaso no tuvieron acceso a visiones algunos de los que la padecieron, que los hicieron más grandiosos? Plutarco describió cómo Julio César estaba sujeto al Mal; también este padecimiento hizo a Saulo de Tarso convertirse en san Pablo. A estos enfermos se los respetaba entonces y se los temía. Igual que hoy hacen estas perspicaces gentes, mis queridos caniba.

# DE EL MÁS TERRIBLE DEMONIO

## 1

 raíz de ese encuentro se me acrecentó la fiebre. Recuerdo retazos de aquel momento primero, y a ellos se superpone su sonrisa. Una sonrisa que estremecía mi espíritu —no hay ninguna semejante a la de Conrado Racú—.

Ante él, desarmado y débil, todavía encontré fuerzas para añadir:

—Seguí tus pasos; di con el librero a quien le habías robado el pergamino y con la *sayyida*, que te lo tradujo. Sé que andabas detrás del *árbol*. El Árbol prohibido de la Ciencia del Bien y del Mal.

Un ligero matiz cambió en el fondo de la oscuridad de sus ojos, pero nada dijo, por dejarme hablar.

—Di con Colón —añadí— y te seguí por medio mundo y a lo largo de estas condenadas selvas. He venido a llevarte conmigo o a quitarte la vida si te niegas.

Ahora sí se rio con ganas.

—A quitarme la vida, ¿eh? ¿La vida nada más? Pudiendo quitarme cosas tan valiosas como, qué sé yo, las manos, la vista…, ¡o la libertad!, vienes a quitarme la vida: mi enemigo es hombre de pocas miras. Dime, ¿tienes nombre?

—Me llamo Fernando… —Y mencioné los apellidos que yo llevaba cuando trabajaba para Fernando e Ysabel.

Habían terminado las ancianas su labor y Racú se hallaba embadurnado de sangre; era todo él la imagen bastarda de un diablo repugnante. Hizo retirarse a las viejas con un gesto de la mano y se puso en pie.

—Antes de matarme, cuéntame, ¿cómo va el mundo? Llevo aquí, ¿cuánto?, ¿un año?

—Casi. El tiempo suficiente para que Colón armara otra escuadra y haya vuelto: he venido con él. Ha traído consigo más de mil hombres a fin de tomar posesión de estas tierras.

Lo tenía ya a pocas varas de mí; había quedado sobrecogido por mi información.

—¿Es eso cierto? ¿Más de mil?

Agachó la cara y musitó:

—Van a morir todos, aquí.

Reparé de nuevo en las cabezas clavadas en las estacas, y, bajo ellas, las armas amontonadas.

—Muchos de tu mano, imagino: ya vi lo que hiciste en el fuerte Natividad.

—No seas ridículo —dijo recuperando la sonrisa; pero no quiso añadir más.

## 2

Conrado Racú alzó un gesto con la pereza de un emperador y me volví al escuchar el crujido de las pisadas. El muchacho indio que estuvo a punto de acabar conmigo traía consigo la espada que yo había perdido luchando contra él. Le entregó el arma a Conrado con cuidado de evitar mi mirada, igual que si temiera alguna represalia mía. Nada más ponerla en sus manos, volvió atrás y se reintegró en el grupo que nos rodeaba.

—Trajiste esto contigo, me han dicho —comentó Racú, sopesándola en un balanceo—. Y otras muchas armas.

Contemplar a Conrado Racú provisto de semejante estoque era cosa que encogería al más pintado. Quedé muy quieto.

—Quizás —añadió él— te sea más cómodo acabar conmigo usando tu espada.

Y sin más me la pasó; la cogí en el aire. Los caniba se revolvieron nerviosos, prestos a saltar sobre mi persona, pero unas palabras de su rey Racú les hicieron detenerse y callar.

Tenía a Racú ante mí, desarmado; jamás hombre alguno estuvo tan a merced de otro. Me temblaba la estoqueadora, a pesar de que la llevaba agarrada con las dos manos.

—Acaba —dijo sin asomo de miedo—. Es un arma buena, esa que sostienes. No me digas más… Obra del maestro Quevedo, ¿a que sí? Le compré una parecida, hará mil años. —Señaló su corazón—. Hinca la espada, vamos; no puede ser más fácil; es como deslizar una hoja por un queso.

—Cállate, Racú.

A mi alrededor se había detenido el tiempo, nos observaban los caniba, expectantes.

—Nada tienes que temer de ellos —añadió—, les he ordenado que te permitan marchar aunque acabes conmigo, de modo que… ¿a qué esperas, Fernandillo? Resoplas como un toro entrado en carnes, tus movimientos son lentos y torpes. ¿Para matarme han enviado a un viejo?

—He dicho que te calles, carajo, no me dejas pensar.

—¿Pensar? Habías venido a esto, ¿no es cierto? Estás ya malo de fiebres, Fernando. Vas a morir aquí. Vas a morir, pero todavía puedes cumplir tu misión: acaba conmigo.

En verdad me sentía desfallecer. Estaba a punto de matarlo; eso decían mis ojos furiosos y mis dientes apretados. Estaba a punto. A punto. A punto hasta que, apenas en un susurro, como paladeando las palabras, Conrado Racú dijo:

—Todavía puedes cumplir aquello que te trajo hasta aquí. Yo era el destino de tu viaje, ¿no es así, Fernando? ¿No era yo el destino de tu viaje?

Fueron esas palabras, no otras. Esas solas, las que, como por ensalmo, hicieron que yo bajara el arma poco a poco, hasta apoyar la punta de la espada en el suelo. Esas palabras, las que igual que un sortilegio, le libraron de morir atravesado.

Y él, que sabía bien lo que había dicho, sonrió.

—Ah… Quizás no. Quizás era otro tu destino.

Sorprendió a mi cuerpo un frío terrible, a pesar de que estaba empapado en sudor, y tan débil que fui incapaz de sostenerme: apoyado en la espada, me dejé caer de rodillas.

Fue Conrado Racú quien se acercó.

—Vente conmigo —dijo—, hay una cosa que quiero enseñarte.

—No puedo moverme —respondí.

Conrado Racú se arrodilló junto a mí. Tomó mi mano sonriendo.

—Fernando —murmuró como quien cuenta un secreto—, yo no iba detrás del *árbol*.

Levanté los ojos para enfrentarle, sin comprender, y él, sonriendo, añadió:

—Yo la buscaba a *Ella*. A *la serpiente*.

## DE EL CUERPO Y LA SANGRE DE DIOS

# 1

Los pájaros cruzaban sobre nuestras cabezas, peleando entre ellos por alguna rapiña; los había muy verdes, y se confundían con hojas que echasen a volar.

El maldito de Racú caminaba delante, seguido por mi espada; cedía la hierba a su caminar, como rendida a sus pisadas; la sangre que pintaba su piel se había ido craquelando al modo de un lienzo barato, e iba dejando un rastro rojo entre las plantas que atravesaba.

—¿Se han hecho ya sus majestades con el trono de Nápoles? —preguntó—. ¿Y Portugal? Mucho le habrá amargado al *príncipe perfeito* la vuelta de Colón a la península. ¿Cuál de los cuatro candidatos fue elegido papa?

Le iba yo a la zaga, arrastrando mis molidos huesos y sin dejar de apuntarle; ardía de fiebre al mismo tiempo que me congelaba de frío.

—El rey Ferrante no ha muerto todavía —dije respondiendo a su pregunta primera—: La tercera pregunta casi responde a la segunda: Rodrigo Borja.

—Un papa valenciano. Habrá repartido el mundo a favor de Ysabel y Fernando. Cuidado aquí, no tropieces, hay un tronco en mitad del camino.

—Así habría de ser, mas todavía está la cosa bullente. —Pasé por encima del dicho tronco—. Hasta que no se dirima un nuevo tratado, Portogal tiene prohibido navegar barcos hacia el oeste.

Se detuvo de pronto y me obligó a parar en seco.

—Mira —dijo.

Nos cruzamos con una india caniba de unos diez y seis años, a la que seguían otro hombre y dos niños; caminaban en dirección a un claro en donde se dejaron sentar a reposar los cuerpos cansados. Había allí más gente. Conté unos diez o doce indios repartidos por aquel exiguo espacio; mujeres y niños, casi todos.

Sus pechos y brazos, su frente, nariz y mejillas, estaban cubiertos de espantosas pústulas, la piel comida de llagas y costras; los niños, sobre todo, aparecían devorados en la cara, el cuello y los brazos. En sus ojos leí los pasados días de angustia: el dolor y los vómitos primero, las erupciones convertidas en manchas, y las manchas en bultos.

No me era desconocida aquella peste, pues en mis muchos viajes había tenido la desgracia de ver a los más fornidos marinos atacados por las pústulas terribles.

—Viruelas —dijo Racú.

Aquellos caniba habían abandonado el campamento para apartarse de los suyos.

—Nosotros —añadió— les trajimos en nuestros cuerpos este demonio escondido, esta peste irrefrenable. Los indios ni la conocían ni tenían ninguna protección ante ella. Mis compañeros y yo trajimos la muerte al paraíso.

Apenas a unas varas de distancia y tendida sobre la hierba, la joven india descolgó la cabeza y exhaló un aliento. Me detuve en contemplar a uno de los devoradores de hombres que acudía junto a ella. Se arrodilló a su lado y cerró sus ojos con exquisito cuidado. Lo vi temblar.

Desde los ojos hasta las mejillas se corrió con las manos la suciedad; juro que lágrimas reales resbalaban por ellas, a la vista de aquel terrible padecimiento. Cómo lloraba.

¿Era posible que, a pesar de no estar bautizados, aquellos salvajes tuvieran un alma como la mía? Porque en tal caso serían capaces de querer y sentir como cualquiera de nosotros. Qué curiosa me pareció de pronto la naturaleza humana, hábil para dibujar líneas maestras tan dispares: hombres que devoran hombres y que lloran a la vista del sufrimiento de los suyos.

Entre aquellos a quienes yo había tomado por durmientes conté al menos seis cadáveres. Me dio como vergüenza contemplar a los que todavía estaban vivos y aparté de mi mente el negro futuro que veía tan claro para ellos, no fueran a adivinarlo en mis ojos. Iban a morir casi todos.

—Grandísimo cabrón —dijo Racú.

Temí que se refiriera a mí, pero cuando me giré para contemplarle vi que miraba al cielo de soslayo. Parecía sonreír, pero había un deje amargo en la expresión de su rostro.

Repitió:

—Grandísimo cabrón.

Estalló un trueno de pronto y rompió a llover con tanta fuerza que aquella cortina de agua nos empapó de cabeza a pies en un segundo.

Conrado Racú asintió bajo el torrente de agua. Rio la humorada de los cielos y agachó la cabeza lleno de amargura.

—Amén, la madre que te parió —dijo rendido—. Amén.

Me hizo seña para que nos apartáramos. Volvimos a la selva.

—De modo que Portogal tiene prohibido navegar barcos hacia el oeste —dijo con media sonrisa, y recuperó nuestra conversación—. Bueno. Irán al sur, o al suroeste. El mundo es inmenso, Fernandillo, tú y yo lo sabemos; caben portugueses y españoles con holgura.

Luego, con una cierta pesadumbre que tintó de oscuro sus ojos, añadió:

—Por desgracia.

## 2

Habíamos salido a un páramo yermo, extensísimo; allí era todo horizonte. Yo apenas me veía capaz de sostener la espada, de hilar dos frases, y él no paraba de parlotear.

—La indolencia —lamentaba Racú delante de mí— es madre

de todos los vicios: pocos aguantarían un tiempo tan largo de espera sin un trabajo que ocupe sus manos.

—¿De qué hablas, Racú?

—Treinta y nueve hombres aguardando un año sin saber a qué; es más de lo que puede resistir un cristiano.

Comprendí que se refería a los hombres que Colón había dejado aquí, a la espera de que él volviera, y que ahora estaban todos muertos.

—Antes me acusaste de su muerte —dijo Racú—, pero yo no tengo deudas en esa cuenta, señor. En esa no. Fui un mero espectador; solo tuve que sentarme a ver el desenlace.

Esto último lo susurró, con el aire de un loco:

—Claro es que, nada más marcharse el almirante, aquellos hombres cayeron en todos los placeres del vientre. No eran lo que se dice *espíritus educados.*

Al principio, aquellos cuarenta castellanos que Colón había dejado atrás se mostraron respetuosos con los indios, trabajaban juntos y la vida entre unos y otros era pacífica. Incluso, pasados los meses y llegada la soledad, recibieron de los indios algunas mujeres.

Se fue oscureciendo el cielo a medida que Racú hablaba: el techo del mundo se avergonzaba de este recuerdo del que había sido testigo.

—Todo aquello que sucedió era de esperar. Por mi parte solo me senté a aguardar su corrupción. Entre los nuestros hubo, por desgracia, quienes no se contentaron con llevarse dos indias, ni aun tres; deseaban siempre hembras nuevas y de cuando en cuando entraban a los poblados de los pacíficos taynos y tomaban por la fuerza más mujeres. Los indios aguantaron las escaramuzas; aguantaron tantas vilezas que era de admirar, doy fe.

Por encima del relato de Racú sonó un trueno lejano, sobre una montaña que asomaba al fondo.

—Aguantaron hasta que ya no pudieron más.

Giró hacia mí su rostro, contraído en un gesto atemorizado. La piel de la cara y brazos desvelaba sufrimientos pasados: pústulas de viruela; y en el cuello, la cicatriz pálida de una soga.

—Entonces, los indios se cobraron su venganza.

Comprendí, asombrado.

—No fueron los caniba —murmuré para mí—, sino los taynos quienes quemaron el fuerte y mataron a los castellanos.

Rio.

—Los mansos taynos, sí. Me adentré en la selva y me alejé un poco; lo suficiente. He de decir que me satisficieron los gritos de mis compatriotas. Gritos de cerdos bien criados. Aquella noche, después de la matanza hubo fiesta y tambores. Carajo, ¿quién podría culparlos? Todos tenemos un aguante.

Y poco a poco fue perdiendo la sonrisa hasta quedar muy serio. La suya era la cara de la muerte.

—Hazme caso, Fernandillo, ocurrirá de nuevo; siempre es así cuando se juntan dos hombres. ¿Esos más de mil infelices que dices que han llegado? Están perdidos.

Suspiró y volvió a su rostro esta sonrisa que siempre lo acompañaba.

—Ah, pero no estés triste —dijo—, no es mala cosa. La selva saca de nosotros una suerte de alma nueva; cruel casi siempre, pero más verdadera que la que dejamos atrás. Los que sobrevivan —añadió poniéndose en pie— serán mejores.

Señaló hacia el pico.

—Hacia allí, y todo recto a partir del árbol muerto.

## 3

A partir del dicho árbol, que era en realidad una caprichosa construcción en piedra con esta forma, todo era colina cuesta arriba. Me caían las gotas de fiebre por la cara.

—No es momento para detenerse, Fernandillo. Hemos llegado muy lejos.

Comenzamos a ascender la colina, agarrándonos de las ramas de los árboles y de los arbustos. La selva se hizo más espesa, al punto de que apenas se podía caminar sin llevarse un poco de naturaleza por delante. Resoplábamos los dos viejos mulos.

Una imagen se me vino a la mente, espeluznante, y no pude evitar darle forma en mis labios:

—Ahora vives con los caniba.

—«Vives» es un término aventurado. Quizás sería mejor decir que juntos sobrevivimos, ellos y yo.

Vino aquí la pregunta que me quemaba por dentro.

—Racú, ¿has…, has comido carne humana?

Se giró hacia mí.

—¿Tú no?

Viendo que me era imposible continuar, se me acercó y alcé mi espada para detenerle. Racú la desdeñó como si fuera de madera, indolente. Hizo que le pasara el brazo por encima y tiró de mí colina arriba.

—Los juzgas —dijo— porque se comen a sus enemigos. Carajo; para ellos, comérselos es un acto de respeto.

—Ah, bien. Debemos estarles agradecidos entonces, cuando se nos zampan.

—¿No comen los cristianos del cuerpo y la sangre de su Dios, por renovarse?

—Racú, tú no tienes buena la cabeza.

Se detuvo para enfrentarme, y pareció solemne de pronto.

—No devoran a sus enemigos porque sean malvados; esperaba de ti mayor inteligencia. Devoran a los fuertes para comerse su jodido espíritu.

Tuve miedo. Juro por la sangre de nuestro Señor que jamás he sentido un terror semejante: yo recordaba bien el consejo que me había dado en Cádiz mi viejo maestro Malpartida. «Conrado es, a su manera invertida, un idealista —me había dicho—. Los idealistas son rígidos: fuerzan al mundo a encajar en la idea que tienen de cómo debe funcionar todo. Esas ideas de Racú, esto es lo peor, son de naturaleza muy particular, Fernando, ten cuidado, pues me consta que Racú tiene cierta ascendencia sobre los hombres y tengo para mí que sus ideas podrían corromperte como una torcida enfermedad».

Miré el rostro pétreo de Racú; las facciones se habían acomodado a su alma enferma y se hallaban hinchadas, corrompidas.

—Estás loco, condenado de ti —le dije—. Siempre lo estuviste.

—Muy loco, eso es verdad. —Sonrió.

Y después dijo:

—Hemos llegado.

## 4

Dos pasos más y accedimos al alto de aquella colina. Me sorprendió que mientras atrás el cielo aparecía encapotado, aquí se formaba un claro sobre nuestras cabezas, y caían con mansedumbre los tajos de luz, como si flotaran.

Vomité; y la pasta de frutas de los caniba cayó a medio digerir sobre las pálidas flores del Paraíso. Quedé a cuatro patas, jadeando.

Nos hallábamos ante una insondable llanura que se perdía en el horizonte. No creí posible que una distancia como aquella cupiera en lo alto de una colina; y menos en medio de una isla. Creí estar soñando.

—Resulta increíble, ¿no te parece? —dijo Racú—. Que este páramo asolado fuera un paraíso hace miles de años.

Miré en derredor, receloso, mientras él continuaba.

—De aquí los expulsó —dijo sombrío—. Qué terror nos tiene, a nosotros, pobres criaturas débiles.

—De qué hablas ahora.

—¿De qué hablo? *Echó Dios fuera al hombre* —dijo declamando—, *y puso al oriente del huerto de Edén querubines, y una espada encendida que se revolvía por todos lados, para guardar el camino del árbol de la vida.* Puso sus huestes de ángeles armados a guardar el Paraíso, Fernando, solo para que no volviéramos. Qué cobardías ocultará el aparentemente Todopoderoso. Nos teme, te digo. Quién sabe por qué hubo de retorcerse así, en cuanto sus criaturas aferraron la libertad.

Intenté dar vueltas en la cabeza a tan terrible concepto, pero apenas era capaz de hilar los pensamientos.

—La libertad —musité.

—Eso es —respondió Racú—. Date cuenta de la deuda que tenemos con la serpiente: fuimos creados esclavos, esa es nuestra naturaleza más primigenia; pero ella nos estimó como criaturas libres cuando para Él solo éramos rebaño, una diversión cortesana en sus manos. Juguetes. La serpiente nos dijo que comiéramos del fruto que Él quiso negarnos. Ah, y cómo se indignó Él cuando lo comimos, pues nos prefería con los ojos cerrados, obedientes hasta la esclavitud.

Traté de darme la vuelta en el suelo; quería sentarme para encararle.

—¿Crees que Él nos entregaba a la oscuridad, Racú?, ¿y que la serpiente quiso salvarnos?

—¿No es evidente? —replicó—. Sus juguetes comieron del fruto y, de pronto, sus juguetes abríamos los ojos, mirábamos el mundo con conocimiento. Podíamos incluso juzgar al Padre. Decirle: «Esto no lo hiciste bien, Señor. Eres cruel. Tu obra es corrupta y malvada. Permitiste que los seres se devoren unos a otros, que la muerte gane a la vida, que toda felicidad sea caduca; y que toda belleza, la de los palacios que construimos, la de los jardines y estatuas, la de nuestros propios cuerpos, sea devorada por el tiempo. Permitiste la muerte de todo cuanto amamos».

No supe qué decir. Me faltaban fuerzas para rebatirle, pero me pregunté si, en el caso de haberlas tenido, habría encontrado argumentos en contra.

A mi espalda, sonrió su voz:

—El Árbol —dijo.

Distinguí, a media legua, la figura de una mujer desnuda; y él añadió:

—Has llegado; he ahí tu destino.

Me froté los ojos y volví a mirar. Era una mujer, sin duda.

Sonó detrás la voz de Racú.

—Sí, Fernando; lo es. Los indios dicen que lleva ahí miles de años. Estuvo antes de aparecer ellos, y estará cuando ellos ya no estén.

La mujer nos observaba en la distancia.

—No sé qué se supone que debo hacer —murmuré.

Racú se encogió de hombros, riéndose.

—Lleva ahí toda la vida, esperando por ti. Come del fruto.

Contemplé la figura femenina recortada en la inmensidad, detenida tal que si, en efecto, hubiera brotado un arbolillo en medio de la nada.

—¿Y tú? —pregunté.

—Yo ya comí de él, en su momento. Ve, Fernando. No esperes por mí, debes ir solo.

A duras penas conseguí ponerme en pie.

Tomé aire, enfrentando el camino. La fiebre y el miedo me hacían tiritar.

Bastó un solo paso, el primero, y ya estaba caminando hacia ella.

# DE EL ÁRBOL PROHIBIDO
# DEL CONOCIMIENTO

## 1

l verde me llegaba por las rodillas y me resultó difícil avanzar hasta que di con los restos de un senderito que parecía conducir hasta la mujer. Aquí y allá salpicaban la hierba racimos de pétalos rojos, pequeñas flores con estambres, quién sabe si las mismas dibujadas por Posidonio. «*Nardo escogido, lentisco, cardamomo y pimienta*».

En aquella mujer que me esperaba creí por un instante ver la representación que Posidonio copió supuestamente del libro del arcángel Raziel: una mitad del árbol joven, verde, esplendoroso de racimos; y el otro medio muerto, con raíces sangrantes.

Al llegar hasta la mujer me detuve.

No era joven ni doncella.

Me recordó a ciertas estatuas muy toscas, anteriores a los griegos: los pechos y las caderas desbordaban fertilidad; tenía derribadas las carnes como las de una hembra que hubiese parido mil veces, y era más bien pequeña. Una larguísima trenza se enroscaba alrededor de su cabeza, y su piel evocaba la madera oscura, toda ella era tal como el tronco de un árbol.

—¿Sois real? —pregunté.

Sonrió como solo sonríen los bebés, sin sombra de malicia.

—Tanto como tú —dijo—. ¿Eres tú real, Fernando?

Me asombró que estuviese al tanto de mi nombre; mas si ella era *el Árbol* no era descabellado que abarcase todo conocimiento.

—Tengo por muy cierta mi existencia, mi señora; pero dudo de la vuestra.

A nuestro alrededor la brisa ondeaba la hierba de la gran pradera; recordaba a una vela hinchada en la mar. Al contemplarla en medio de tal inmensidad, se apoderó de mí una tristeza infantil.

—Estáis muy sola, señora.

—Dios prohibió a los hombres mi contacto. Y, de todos modos, si es que se acercan, tan pronto como obtienen mi fruto se marchan. Tú, Fernando, también te irás.

Los párpados le hacían bolsas bajo los ojos y, sobre ellos, a pesar de esta risa suya, encontré sus pupilas un punto melancólicas.

Descubrí rejuvenecidas mis manos; habían desaparecido las cicatrices y los callos, las líneas marcadas a fuego por el tiempo. Volvía a tener aquellas manos mías que, con quince años, fabricaban pólvora para Malpartida.

—Fernando, ¿sabes lo que es el fruto del Árbol prohibido del Conocimiento?

Iba a responder cuando ella lo hizo por mí.

—El fruto —dijo— es *la palabra*. Cada uno tiene la suya propia. A cada persona le corresponde una.

Mis ideas se volvían borrosas; los recuerdos de mi vida se perdían, como si todavía no hubieran ocurrido los hechos que los provocaron.

La mujer expresó con el gesto una melancolía, tal que si anduviera recordando; y, evocando el pasado, dijo:

—Qué admirable era, tan llena de curiosidad. Al principio ninguno de los dos sabían nada, tal como vosotros cuando nacéis; juntos les dimos un nombre a todas las cosas. Pero *ella*...

Fue girando lentamente la cabeza, igual que si persiguiera con la mirada a alguien que corre por la llanura.

—Estuvo preparada un poco antes que él. Las mujeres, tú bien lo sabes, Fernando, suelen adelantarse un poquito. La palabra que le di ya era suya mucho antes de pedírmela, en cuanto deseó el fruto.

Yo le advertí: «El conocimiento siempre se cobra un precio, muchacha. Si te doy el fruto, solo con dolor podrás dar a luz a tus hijos». Y, fíjate, aun así lo quiso.

Me asombré al descubrir algunas lágrimas temblorosas en sus pupilas. Era mucho más vieja de lo que me había parecido; tan vieja como la misma tierra.

—Hace tanto que se fueron… —añadió.

Acercó su boca a la mía como si fuese a besarme; mas no lo hizo, solo se quedó muy cerca.

—¿Quieres —preguntó— saber qué palabra le di a *ella*?

Sus pupilas eran dos pozos y olía a especias y flores, a cardamomo, a nardo y lentisco.

—Sí —respondí.

Era ella la canaria Daida y la espía Montebianco, era Racú y era Mayorga el Viejo, y el fraile Torquemada y el niño rey Airam. Era yo. Era el mundo.

Plegando los labios, el árbol susurró en mi boca:

—Fue… «Rebélate».

Me eché a temblar; recuerdo unas ganas terribles de derramar lágrimas.

La mujer acarició mi rostro.

—Estás yéndote ya —dijo.

Temí estar cerca de desmayarme.

Me urgía hacerle la pregunta, la misma que le habían hecho todos antes de mí.

—Señora, ¿me daréis el fruto?

La cara entera se le arrugó en una mueca de dolor.

—Es llegado el momento, sí, de que los hombres vuelvan a comer del fruto del conocimiento. La frontera de la tierra se ha roto.

Nunca más *terra incognita*. De aquí en adelante la tierra se iría volviendo *cognita* y la imaginación sería sustituida por las mediciones constatadas de eficientes cartógrafos; los mapas sembrados de monstruos marinos serían retirados a un cajón. El ser humano estaba, por primera vez, creando el mundo a partir de la experiencia, y no desde sus sueños. Asistíamos al nacimiento de un tiempo nuevo: se acababan los viajes inventados y los enigmas, mas también los paraísos perdidos.

—Si te digo tu palabra, Fernando —advirtió con gravedad—, serán abiertos tus ojos, y conocerás tu destino, como Dios lo conoce.

Viendo que me era imposible hablar, por asentir besé sus labios; y esto le hizo mucha gracia. Negó con la cabeza como quien reprende a un niño.

—Ven —dijo.

El árbol acercó sus labios a los míos y, muy despacio, me susurró en ellos *mi palabra*.

Me estremecí de dolor. Mis pupilas abarcaron el universo entero. Adevertí cada una de las finas arrugas de su piel, los valles de su cuello y las montañas de sus hombros.

Pensé en la palabra que me acababa de revelar el árbol, y me estremecí llevado de una sensación indescriptible que era al mismo tiempo tristeza y alegría, miedo y placer.

Si aquel era mi destino, yo era incapaz de comprenderlo.

## DE TODOS LOS QUE SOMOS.
## DE TODOS LOS QUE SEREMOS

# 1

lgo caliente y húmedo me empapaba la mandíbula; abrí y cerré la boca varias veces; me dolía el pómulo. Mastiqué pequeñas migas con sabor a moho.

—*¿Quién te enseñó que estabas desnudo?* —murmuró una voz.

Al tratar de abrir los párpados noté uno de ellos pegado y me incorporé lleno de confusión. Había caído junto a un estanque, sentí empapado en limo el lado derecho de la cara; mucho me ardía toda ella por las dichosas fiebres. El agua verde me devolvió mi reflejo lamentable, arrodillado entre una nube de mosquitos.

A dos o tres varas de distancia estaba Conrado Racú; era él quien había hablado. Preparaba con frutas y flores una especie de mejunje.

—*¿Quién te enseñó que estabas desnudo?* —repetía para sí—. *¿Has comido del árbol del que yo te mandé que no comieses?*

Traté de hilar en qué forma habría podido él arrastrarme de vuelta al estanque desde la pradera del árbol. No me pareció posible. Por el rabo del demonio, ¿es que lo había soñado todo?

Tragué saliva, y dije, postrado aún:

—Fue tu voz la que escuché en la tienda del jefe indio.

Dirigió a mí los ojos y respondió:

—Se llama Turuquuá. El jefe, digo. Un gran tipo; y muy temido en todas las islas. Su comida preferida son las criadillas de castellano.

Todavía no sé si estas cosas las decía para mortificarme.

—Te creen un *mabuyá* —añadió—, un demonio, pero no están seguros. —Se limpió el sudor de la frente con el antebrazo—. Dime, ¿todavía quieres matarme?

Encontré diferente el tono de su voz, más grave.

—En el campamento… —dije en un hilo de voz—, allí te escuché decir esas mismas palabras. Estabas conmigo en aquella tienda.

—¿Yo? No digas tonterías.

—Conrado, ¿acaso fuiste *tú* —pregunté asombrado— el que me cuidó tras el ataque del Gran Mal?

Se puso en pie y vino hasta mí. Viéndole acercarse, yo temblaba de miedo, lo reconozco, de imaginar que aquel loco pudiera cortarme vivo, para lograr cinco raciones.

Agarré la espada e intenté ponerme en pie para enfrentarle, pero no pasé de quedar sobre las rodillas, de pura debilidad.

—Escupe —dijo Racú.

—¿Q-qué?

—Lo que te he puesto en la boca, Fernando; escúpelo.

Advertí de pronto que tenía razón, tenía en mi boca una suerte de pasta dulce. Me aterró la idea de que, aprovechando mi postración, me hubiera dado algún veneno. Tosí y escupí, y volví a escupir espantado, hasta la última de mis babas.

—No te he envenenado, coño —dijo—, ¿ves que eres ridículo? Ten.

Me mostraba una bola de migas, hecha de plantas aplastadas. Negué tapándome la boca y traté de arrastrarme para escapar de él, pero me agarró por la pierna.

—¡Es medicina, Fernando! Es medicina, no seas burro. Mastícala.

## 2

Se me hace muy incierto el tiempo que permanecí en aquella húmeda tierra convaleciendo de las fiebres. El espacio de un solo día era eterno hasta la noche, como cuando era niño y caminaba por las dunas gaditanas. Tampoco puedo decir si en aquel reposo fue Racú o fue otro el que me cuidó.

De aquel trance recuerdo que de cuando en cuando abría yo los ojos y le descubría allí, en aquel claro junto al estanque, departiendo con algunos caniba en su lengua imposible que Racú parecía hablar con soltura.

Pasaban días y pasaban noches, entre luces y sombras, sin orden, como si hubieran caído ellos también presa de las fiebres y hubieran perdido el tino. Yo dormía. Dormía casi todo el tiempo. Alguien me alimentaba. A mi lado distinguía una hoja de palma sobre la que una presencia desconocida había depositado varias de aquellas bolas de plantas y raíces aplastadas. Recuerdo que el masticarlas hacía mucho bien a mis fiebres. Dormía. Dormía casi todo el tiempo. Pasaban días y pasaban noches, entre luces y sombras. Me esforzaba en atrapar algo de mi sueño con el Árbol, que ya se iba —si es que un sueño había sido—. A veces me tocaba la boca, y notaba aún caliente *la palabra,* en mis labios. La palabra que me había regalado se había quedado conmigo, por más que yo no le encontrara un sentido todavía.

Dormía. Dormía casi todo el tiempo.

Una mañana, al abrir los ojos, encontré a Conrado Racú a mi lado de rodillas, recogiendo las bolas de plantas y metiéndolas en un zurrón.

—Levántate, Fernando —dijo—. Tienes que acompañarme a un sitio.

Me arrastré para agarrar mi espada.

—Tienes que acompañarme tú, más bien —repliqué.

—Anda, no digas bobadas.

Me sostuvo por las axilas y me ayudó a levantar, tirando de mí como un peso muerto.

—Conrado Racú —dije entre dientes, medio dormido—. Date preso.

—Vamos —respondió. Parecía llevar prisa.

# 3

Nos internábamos en la espesura. Mis ropas eran unas puras jerapellinas; de mis tan protegidas posesiones nada quedaba: mis armas o los libros habían desaparecido —quizás se los hubieran llevado consigo los caniba, pero no iba a ser yo quien saliera en su busca—. Solo quedaba mi espada; la hermosa espada del armero Normando Quevedo, con su inscripción labrada en griego: *La victoria más dura...* Aferraba yo el arma mientras Conrado Racú me ayudaba a caminar por entre aquella fronda salvaje, decidido a soltarle un espadazo al menor signo.

—Dónde me llevas —le dije.

—Todavía tienes que cumplir tu destino.

—¿Otra vez con eso?

—Otra vez, sí; parece que me importe a mí más que a ti. ¿No conoces ya la palabra? ¿O es que la has olvidado?

Pensé en ella, mientras atravesábamos aquel infierno verde.

—No la he olvidado, no.

—Pues convendrás conmigo en que eso es solo el principio.

—¿Y tú? —pregunté extenuado—. ¿No tienes que cumplir tu propio destino?

—En ello estaba, cornudo —dijo riéndose—, cuando llegaste desde el otro lado del mundo para importunarme.

Iba yo a replicar cuando escuchamos en la distancia una pequeña campana y Racú se detuvo. Nan nan, sonó. Nan nan...

—Qué es eso —pregunté—. ¿Las campanas cantan mi muerte?

—Fernandillo, no digas disparates —dijo él asiéndome de nuevo, y añadió, burlón—: Cuando dices esas cosas macabras me das miedo.

Me llevaba ya casi en volandas, yo apenas podía dar un paso, estaba bañado en sudor, advertía empapado el pelo de mi larga barba y sobre mi frente.

Anduvimos aquellas selvas criminales, donde hasta las raíces porfiaban por atraparnos. Allí reinaban dioses paganos que no conocemos; el hombre no es nada. A la Natura tanto le daba que sobreviviera yo o la última cucaracha de aquella fronda; le era suficiente con reproducirse en cualquiera de sus formas, por más que en el camino murieran otras.

—Qué papel —dije en un murmullo.

—¿Qué? No te he oído.

—¿Qué papel estabas jugando cuando dices que llegué a interrumpirte?, ¿el de viejo rey leño de los salvajes? ¿El de pequeño tirano de tu pequeño mundo de mierda?

Le hizo gracia.

—Fernando, no soy ningún imbécil. Y si hubiera cruzado el mundo solo para ser rey de estos desgraciados lo sería. —Apretó entre los dientes una florecilla, con una ferocidad burlona—. A fe que tendrías derecho a titularme así, Conrado I, el Imbécil.

Me encogí de hombros.

—Conrado el Sabio, entonces: vienes como Colón, como los demás: un santo que les trae la civilización a estos bárbaros, tan empapado de las glorias de la vieja Grecia y la vieja Roma como para *salvarlos*.

—Grecia y Roma… De todo aquello no queda nada, a lo más algún busto de mármol para adornar salones.

Recordé el *Hermaphroditós* de Michelangelo con cierta amargura y Racú me contempló desde arriba, acaso se burlaba de mi viejo entusiasmo de tasador de arte.

—En el pasado —añadió— no hay nada para mí, ni para ti tampoco. De donde venimos todo está podrido: les han salido costras a las estatuas, el terciopelo tiene polillas y los palacios están rellenos de carne y sangre muerta. Apestan Nápoles, Roma, Francia, Castilla. Dios bendito, acuérdate, allí no se puede respirar.

A través de las ventanas de su nariz, Conrado Racú absorbía el cielo entero a placer; me recordó a un lagarto antiguo y poderoso.

—Este vergel, en cambio… Huele el aire, Fernando; está limpio. Nada está inmóvil aquí, ni una sola raíz: si algo se pudre, enseguida es devorado; y antes de darte cuenta le crece vida. No hay aquí sitio para lo viejo, nadie espera por las calaveras podridas. Es una tierra preparada para un mundo nuevo.

Un temor resabiado me trajo las palabras que Malpartida me había dicho allá muy lejos, en lo que parecía ya otro tiempo: «A su manera invertida, Racú es un idealista».

—¿Y cómo será ese mundo, Conrado Racú?

—Como nosotros queramos que sea. Como nosotros hagamos que sea. Y será hermoso, sin duda.

Todavía no sé cómo conseguimos llegar hasta tan lejos: al apartar un arbusto me descubrí en un alto, habíamos accedido a la costa; mis ojos pudieron solazarse en la más gozosa vista. Se hallaba ante nosotros una construcción magnífica, mi corazón dio un brinco, lleno otra vez de esperanza. Caí de rodillas y me hinché a llorar.

# EL FINAL DE CONRADO RACÚ

## 1

bajo, una villita castellana se había enseñoreado de la playa y sus alrededores. «¿Pero cómo es posible tan elaborada construcción en tan poco tiempo? —me pregunté—, ¿o acaso llevo agonizando en esta espesura durante varios años?».

A esta villa recién nacida la habían rodeado de un muro de piedra, a la más inteligente manera, a fin de que sirviera de protección contra los naturales, pues sin duda mis compañeros de travesía habían conocido ya a los caniba, y sabían cómo se las gastan. Al fondo, en la ensenada, aguardaban las naves de Colón que habían venido desde tan lejos; la mar era un tablero de ajedrez salpicado de fichas. Decenas de barcas iban y venían desde la villa; parecían estar avituallando las naves para un nuevo viaje. En la playa vi alzado un magnífico fortín, a medio construir pero muy adelantado.

Conrado Racú, a mi lado, contemplaba el espectáculo con ojos descreídos; había una gran preocupación en su mirada.

Vino de repente una muchacha india, corriendo hasta nosotros, y al verle se aferró a su mano como si hubiera encontrado a alguien muy preciado. Racú le sonreía.

También yo sonreí, aunque con cierta melancolía.

—De modo que tu intención es construir un mundo nuevo para ellos.

—¿Construirlo? ¿Para qué, Fernando?, este mundo es perfecto como es. Lo que voy a hacer es *preservarlo* de vosotros.

—¿De nosotros?

—De ellos —dijo Racú señalando con la barbilla hacia el campamento castellano—, si es que te ofende que os meta en el mismo saco.

Me incorporé con pesadumbre contemplando a la joven india que se agarraba a él; todavía aferraba yo mi espada, y le enfrenté.

—Vendrán a por estos caniba. Querrán expandirse como hacen siempre y se llevarán por delante a todo el que se lo impida.

A esto replicó Racú, muy seguro:

—Intentaremos que no ocurra.

—Otros lo han intentado y siempre acabó de la misma forma. ¿No recuerdas la Gran Canaria? Ni lo han permitido antes ni lo permitirán ahora.

—Que vengan. Ya viste que recopilamos las armas de los del fuerte Natividad. —Acarició la melena de la muchacha, negrísima—. Les he enseñado a disparar los arcabuces, Fernando; les he enseñado a manejar las espadas y los puñales, las albardas. Los vestiré con armaduras y con cascos, para que luchen por su libertad. Enfrentaremos a todos los que vengan, y también a los que vengan después.

—Sabes, Racú, que es imposible sobrevivir a eso.

—¿No? —respondió sonriendo—. Que me maten entonces. Mejor. Habré dejado de ser mortal; harán de mí una jodida idea; una idea que inspirará a otros que vendrán después de mí y que no se detendrán hasta conseguir su objetivo. Porque los pueblos, Fernando, aunque no lo sepan, los pueblos caminan siempre hacia su libertad.

Juro por Dios vivo que no encontré sino oscuridad en el blanco de sus ojos, las pupilas estaban encendidas.

—Pero hasta que eso ocurra —dijo—, voy a matarlos a todos. Y me los voy a comer.

Parecía muy capaz, por cierto.

Yo pertenecía al viejo mundo, me daba cuenta. Y envuelto todavía en sus sedas, en sus telarañas, era allí su embajador. Mi mano se condujo firme y dibujó una curva suave. Elevé hacia él la punta de mi espada.

—Conrado Racú, date preso en nombre de don Fernando y doña Ysabel, rey y reina de Castilla, de León, de Toledo, de Seçilia y de medio jodido mundo. Vendrás conmigo a Cádiz y responderás por tus crímenes.

Le sacudió una expresión dolorosa; todavía le brillaba en los ojos un abismo de locura.

—Tú no vas a detenerme, Fernando.

—Lo puedo intentar.

—No me entiendes. No querrás detenerme, digo.

Brillaban tanto sus ojos que temí que me hubiera hecho suyo.

—Y no querrás —añadió— porque tu destino es otro.

Sin aviso, de la manera más súbita rompió a llover. En pocos segundos nos encontramos empapados. Caía sobre nosotros aquella agua, limpia en verdad, purísima. Todavía me hallaba ante él amenazándole con mi espada. La joven india me observaba sin comprender, y luego observaba el filo de mi arma, para observarle a él después.

Aquellos indios —podía verlo en sus ojos— le tenían grande amor, por cosa increíble que parezca en relación a una alimaña como Racú. Ante él, aquellas fieras comedoras de hombres se comportaban como cervatillos timoratos, sensibles hasta el extremo. Bien podían devorar a sus enemigos; pero también emocionarse usando delicadas palabras de poetas, según supe. Al alma la llamaban «el sol del pecho» y el amigo era «mi otro corazón».

Solo entonces advertí los restos de pústulas en el rostro de la muchacha; era ella una de las afortunadas que habían superado la enfermedad. Acaso lo había conseguido valiéndose de aquellas mismas bolas de plantas con que Racú había luchado contra mi fiebre. Acaso era él quien la había curado.

Un hombre es muchos hombres; un espantoso *omicida* es también un hijo, un padre, un amigo. Y si a eso se le añade el lento cambio que en nosotros operan los años, calcúlese cuántas personas diferentes podemos llegar a ser a lo largo de la condenada vida. Soy consciente de que Conrado Racú vivió momentos de la mayor bajeza. Le vieron ejercer una despiadada crueldad; a menudo horrorizaba su curiosidad enfermiza ante el sufrimiento humano, la indiferencia con que contemplaba el último aliento. Mas he aquí un gran misterio: ¿era Conrado Racú también este otro, capaz de salvar vidas? Un hombre es muchos hombres: el fiel, el traidor, el *omicida*, el rey de los caniba, su libertador.

La lluvia fue cesando poco a poco.

A mi alrededor bajó de las nubes un tajo de luz; iluminaba la colina como el escenario del más majestuoso corral de comedias. También en mi cabeza prendió una lumbre, al abrigar cierta conclusión. Sentí náuseas.

De haberle yo encontrado y matado en Nápoles, o en Cádiz o en la Gran Canaria, no hubiese matado solo a Conrado Racú, el criminal, y a todos los hombres que ya era, sino también a los que iba a ser en el futuro, impensables todavía.

De haberle matado en una de aquellas noches, yo y no otro, *yo* le hubiera negado el privilegio de la vida a aquella muchacha india, que él habría podido salvar un día; y a muchos otros caniba, quizás, que hoy estaban infectados pero que Racú iba a curar para que, en el futuro, dieran lugar a otras vidas; y estos, a tantas otras a su vez. Habría yo matado a todos aquellos que él pensaba liberar del yugo del viejo mundo.

Qué cosa tan grande: al mismo tiempo que matamos a un monstruo, matamos a todos los que el monstruo hubiera podido salvar. ¿Era este atisbo de luz —me pregunté— lo que la *sayyida* Buneder dijo haber visto en él? ¿Es posible que fuera esto?

Un olor llamó mi atención. Me revolví sobre mí mismo; olía a quemado. Divisé a no más de cien pasos una columna de humo erguida sobre la espesura, y al punto llegó hasta mis oídos la más celestial de las músicas:

—¡Fernando Corregidor! —llamaba una voz lejana—. ¡Fernando Corregidor!

Y acto seguido, para atraer la atención en muchas leguas a la redonda, alguien tocó el débil tañido de una campana. ¡Nan nan!

Quedé perplejo. Se trataba, sin duda, de una partida que recorría las inmediaciones de la recién creada villa, buscándome.

Hacía unos instantes ya que, acompañado de la muchacha que no se despegaba de su mano, Conrado Racú iba retrocediendo paso a paso, sonriendo, en dirección a la muralla de maleza que tenía a su espalda. A nuestro alrededor, la lluvia había levantado una neblina que iba cubriéndolo todo, como si difuminara el mundo.

—Adiós, Fernando —me dijo—. Deseo de corazón que llegues al final del camino que empezaste aquí.

Aquella ansiedad mía por enfrentarle, qué cosa tan asombrosa, había desaparecido. Él se retiraba hacia la niebla, caminando de espaldas, presto ya a confundirse con la espesura.

Me sobrevinieron de nuevo los temblores, perdí las fuerzas. Tuve que dejarme caer en el suelo, la cabeza me daba vueltas.

Una brisa cálida, venida de aquella niebla, me acarició el rostro y rodeó mi cuerpo hasta encontrar la piel del cuello, como lo haría una mujer.

—Racú —dije.

La niebla estaba a punto de engullirlo.

—¿Sí? —respondió.

—¿Cuál fue tu fruto?

—¿Qué?

—¿A ti qué palabra te dijo el árbol?

Nada respondió. Lo último que vi de Conrado Racú, antes de que se convirtiera en niebla, fue su sonrisa.

## DE LA YSABELA

### 1

e hallaba tan cansado que creí imposible moverme.

¡Nan nan!

—¡Fernando Corregidor! —llamaron de nuevo.

Intenté gritar y apenas fui capaz de alzar la cabeza, de exhalar un hilo de aire.

—¡Aquí! —grité en un susurro casi mudo.

¡Nan nan!

Me arrastré por la maleza en dirección a la columna de humo, hacia los gritos y al tañido de la campana, allí donde aguardaba mi única posibilidad de salvación.

El cuerpo apenas me obedecía, no podía tirar más de mí. El hambre y la sed, la fiebre y la debilidad eran casi dueñas de mis maltrechos huesos.

¡Nan nan!

—¡Fernando Corregidor!

Quedé tendido en la tierra boca abajo y exhausto, incapaz de gritar, de moverme; solo quería dormir. Dormir para siempre, quizás, y descansar al fin.

¡Nan nan!

Creí que se alejaban los tañidos: la partida de búsqueda se distanciaba cada vez más.

Todo yo no era más que el pálido remedo de lo que fui un día

—y nunca fui gran cosa—. «En tus manos encomiendo mi espíritu», murmuré tratando de mover a compasión al Señor.

Y, por primera vez en mi vida, me pareció que no era sordo el Creador. Sentí unos pasos acercándose, y cómo estos se detenían de pronto, alarmados. Corrieron hacia mí.

—¡Fernando, vive el Cielo! —dijo la voz de alguien que se arrodillaba junto a mí.

## 2

Pasaron quizás unos días hasta que me vi de nuevo consciente; no puedo estar seguro, pues cuando abría los ojos en ocasiones lucía el sol y otras estaba a oscuras.

Me hallaba acostado en el suelo, sobre una esterilla maloliente hecha de palmas, en un recinto y rodeado de otros cuerpos, de otra gente, castellanos que parecían tan convalecientes como yo. A través de una ventana entraban los sonidos de hombres trabajando, los carros y animales cargando mercancías.

Llegó a mis narices el olor almizclado de un perfume. Traté de incorporarme.

—No debéis levantaros —dijo una voz que me resultó familiar.

—Creí que nunca más volvería a ver esa cara tan fea.

El señor Dientescerdo se tapó la boca mientras sonreía, para no enseñar la dentadura. Quedé muy sorprendido, pues estaba lavado y oloroso. Vestía lindos ropajes; y hasta se había afeitado, y peinado aquella mata de pelo, con raya a un lado.

Vi a sus pies los restos de una frugal comida que me estaba destinada, y un tosco vaso hecho de madera. Le imploré agua y me dio de beber. Sabía a charca empozada y olía aún peor, pero me resultó la más fresca golosina.

Ayudó a que yo pudiera recostar de nuevo la cabeza; todavía estaba muy débil. Apenas tuve fuerzas para murmurar:

—Te escuché gritar.

—Llevo días aquí a vuestro lado y no he gritado, mi señor.

—No me llames así —rezongué yo—, no soy tu señor. Hablo de cuando nos separamos en la selva, babieca. Gritaste, estabas en peligro. Volví a por ti.

Agachó la mirada, avergonzado, y yo añadí:

—Huiste como un conejo. Y con más ventura que yo, por lo que veo —repuse a la vista de sus ropajes.

—Tuve suerte. Me encontraron los hombres del capitán De Torres. Y más suerte aún de superar las fiebres malditas; he estado muy malito. ¿Y vuestras cosas, Fernando? Los libros, las armas.

—Lo perdí todo en la selva. ¿Mi espada? La estoqueadora.

—Cuando os hallé no la llevabais con vos. Traíais solo este estuche de cuero, encajado al cinto.

Lo sentí por las piezas del armero Quevedo, pero aún más por los magníficos libros del librero Ibn Daud. Poco iban a durar entre las humedades de aquellas Indias corrosivas.

—¿Y esas ropas, Bencomo?

Le sorprendió que le llamara por su nombre verdadero, y no por el infame apodo.

—En mi huida a través de la selva caí en un río, y cuando salí de él…

Sonrió, y le brillaron los ojos de emoción. Solo entonces caí en la cuenta de que se había cambiado la dentadura horrenda, y ahora, en vez de exhibir dientes de cerdo, brillaban en su boca varias piezas refulgentes.

—… tenía los bolsillos llenos de oro. Pepitas como lentejas, mi señor Fernando. Soy rico. Soy asquerosa y putamente rico. Os he buscado desde entonces; todas las mañanas salía por los alrededores tocando la campana para que pudierais oírme en la distancia.

Confieso que me alegré de verle allí. A pesar de que ahora disponía de mucho dinero había estado cuidándome de nuevo, el condenado de él, sin apartarse un solo momento igual que si fuera un fiel criado.

Tomó mi mano.

—Celebro —dijo muy mansamente— que consiguierais salvar la vida.

—Yo también; y que te hayas lavado, la verdad, no seré yo quien se queje por eso. Todo sea que no me muera en este camastro de mierda. ¿Dónde estamos?

—En el hospital de La Ysabela.

A mi alrededor eran presa de aquellas fiebres salvajes varios cientos de enfermos del bando de los recién llegados: hombres, niños y mujeres, pues a nadie respeta la muerte. Se contaban por decenas los que habían entregado ya la vida.

—«La Ysabela» —repetí yo.

—Así, en honor a su majestad, ha llamado el señor Colón a esta villa, que tantos esfuerzos está costando levantar. Al fuerte Natividad lo dio por perdido, y allí se lo está comiendo la selva para siempre jamás. El almirante decidió fondear aquí y sentar cabeza.

## 3

Salí a la puerta de aquel recinto, sostenido por el señor Bencomo Dientescerdo.

La pequeña villa estaba escindida en dos por una ancha calle trazada a cordel; calle que era cortada después, transversalmente, por otras muchas costaneras.

Todo era nuevo, todo estaba por hacer. Se afanaban cientos de personas en llevar materiales de acá para allá; en levantar aquel huerto o trasladar aquellos animales. Cada uno de los pobladores construía su casita, provisional y endeble, en madera y paja. Vi también muchos otros indios, que no eran caniba, provenientes sin duda de un poblado cercano, y que mercadeaban comida a cambio de nuestras bagatelas; y hasta alguno había que colaboraba *et amore* en la obra, pues eran de grande corazón.

En piedra de cantería se había levantado ya una casa fuerte destinada al almirante, virrey y gobernador; y un almacén para los bastimentos y municiones de la armada; también una iglesia, donde reunirse a orar y evangelizar a los naturales, y un hospital; que era de ver tanta industria.

—Por el amor de Dios —dije—. ¿Qué día es hoy?

—Primer día de febrero, mi señor.

Quedé sobrecogido. Febrero del año de Nuestro Señor de mil y cuatrocientos y noventa y cuatro. Había yo estado, pues, varios meses en la selva, convaleciendo.

En este espacio de tiempo, el señor don Christoval Colón había llevado a cabo esta descomunal empresa, y donde antes no había sino arena y arboleda salvaje, hoy lucía una villa que se afanaba por ser próspera. ¿Pero cómo lo había logrado?

—Cómo —respondió Bencomo—, sino con la fuerza y entrega de las mil y quinientas almas que viajamos hasta aquí.

No bien desembarcaron —según me relató—, el señor Colón puso a trabajar a hombres y niños y mujeres, aun exhaustos y hambrientos; todos tuvieron que arrimar el hombro.

—No creáis que ha sido fácil, ha habido mucho soliviantado entre los gentileshombres, pues el almirante les ha solicitado que trabajen igual que trabajan los villanos, y aun que entreguen sus caballos si es menester, para cargar materiales y comida.

Yo conocía bien a esta ralea de alta alcurnia: Villalobos, Perafán de Riveras y Zúñigas, Abarcas, Carvajales y Maldonados; todos estos habían creído que, nada más llegar, las Indias serían suyas sin mover un dedo. En lugar de granjearse su apoyo, qué gravísimo error, Colón se había ganado su enemistad, pues los había rebajado hasta el nivel de los temerosos colonos. A su bando de encabronados se sumaba el de la soldadesca más abyecta, acostumbrada a batallar, pero también a mirar por sí mismos; incapaces de seguir la disciplina y rebeldes a toda forma de autoridad, pues los movía únicamente el ansia de fortuna; y esta nada más que sabían conseguirla a través de la rapiña.

—Ha sido horripilante, Fernando. Incluso el señor Colón estuvo semanas en cama, a punto de morir de fiebres.

Enfermos y humillados, hambrientos y rendidos de cansancio, condenados a trabajar en lugar de andar expoliando el oro de los ríos o folgando con las nativas, los de arriba y los de abajo conspiraban ya contra Christoval Colón para arrebatarle el mando de sus Indias.

—Parten mañana, mi señor —dijo el que fue mi cola canaria—. El capitán Antonio de Torres regresa a Cádiz con doce naves y muchos hombres, que no se quieren quedar.

—¿Mañana? —repliqué de golpe.

—Y si no se han marchado ya es porque el señor Colón aguardaba la vuelta de unas expediciones que mandó al interior, con Alonso de Ojeda y Ginés de Gorvalán al mando.

—¿Fernando Corregidor? —dijo una voz, más allá.

El infanzón que así hablaba se lamió una pupilla del labio y dos hombretones me levantaron en peso.

—¿Qué hacen vuesas mercedes? —repliqué—, ¿qué me quieren?

Debía escasear el papel en la villa, pues el infanzón hubo de recitar su orden de cabeza:

—Esta es la justicia que manda facer nuestro señor almirante: «Sea el señor Fernando Corregidor ahorcado de la garganta, los pies altos del suelo, hasta que le salga el ánima de las carnes y muera naturalmente».

Algo de ínfulas de comediante debía tener el cabrito, pues contempló al señor Bencomo antes de proseguir la sentencia:

—«Y el que ose quitarlo de allí sin mandato de la justicia sea puesto en su lugar».

## Y DE LOS AFORTUNADOS QUE
## VOLVIERON DE LAS INDIAS

1

abía ido atardeciendo en La Ysabela. Se apaciguaba poco a poco aquella ciudad en ciernes; ya se recogían las familias, regresaban los indios a su poblado cercano; el cambio de guardia daba paso al turno de noche.

La luz de la luna fue colándose a través de los maderos. Me veía encerrado, caminando como un león en su jaula y rodeado de barriles y sacos y cajas, en las tripas del barco encallado en tierra que hacía las funciones de cárcel. Se hallaba todo escorado a la derecha y, para no caer, debía uno agarrarse a maromas y barandillas.

No quedaba esperanza de salvación para mí, allí habría de aguardar hasta ser conducido a la horca donde, de un salto, terminarían mandándome de culo ante Satanás para darle cuenta de mis desmanes. Pocas horas restaban: en cuanto saliera el sol acabaría la aventura de mi vida.

Asomé las narices por el ventanuco. Qué paz, pensé a la vista de la floreciente villa, qué silencio; daba la impresión de que el mundo celebraba ya mi funeral.

Regresé al interior para ver si en la oscuridad del sollado encontraba la paz de espíritu que tanto necesitaba: estaba aterrado y febril. La fiebre, por cierto, acabó venciéndome y terminé por quedarme desvanecido.

Soy incapaz de decir a qué hora desperté, era de noche oscura todavía, y di un respingo al abrirse el portalón del almacén; allí se dibujó la figura de un soldado armado con lanza: di por cierto que era llegada la hora del patíbulo.

Me incorporé con tan poco arte que volqué un par de cajas y varios sacos: a punto estuve de perder el equilibrio y besar yo también el suelo.

A la busca de un último respiro de dignidad, hinché el pecho igual que haría un gallo.

—«Decid de mí que al menos no he sido una de esas ánimas tristes que viven *"sanza 'nfamia e sanza lodo"*».

—Deja de decir idioteces —replicó el soldado; y me hizo gesto para que me acercara—. Vamos —añadió en un susurro—, eres libre.

—¿Que soy qué?

Fui conducido a cubierta con maneras poco delicadas, el soldado tenía prisa por deshacerse de mi presencia; caminábamos los dos tan escorados como el barco encallado.

—Camina, coño.

—Pero no entiendo...

A empujones me hizo bajar la pasarela y allí, en la orilla de la playa aquella, con el agua por las pantorrillas, se me entregó a la encomienda de una figura misteriosa que aguardaba.

—Aquí tienes a esta escoria —dijo el soldado.

—Oiga, pollo.

—Ahora largo, antes de que nos vea alguien.

Resultó ser una mujer entrada en carnes, cubierta por capa y capucha; a la luz de la luna le brillaban dos chapones rojos en los mofletes.

—Vamos —me dijo.

—Pero quién eres tú, qué está pasando aquí.

El soldado me hizo avanzar de un puntapié en las posaderas.

—Largo he dicho, coño; fuera los dos.

La mujer echó a caminar.

—No podemos perder tiempo, venid conmigo.

La seguí. Todavía eché un vistazo atrás, por si el soldado se arrepentía en el último momento, pero este miró hacia otro lado como en el mal disimulo de una mala comedia y la mujer tiró de mi mano para emprender la marcha a la carrera.

La seguí, digo; y muy dichoso, por cierto. Tan dichoso como confuso. Estaba yo recuperando la libertad, por ventura. Ni siquiera caí en la cuenta de que aquella bien pudiera ser una trampa del señor almirante, que me estaba conduciendo a una muerte más caprichosa que la de oficio.

Recorrimos las callejuelas de La Ysabela. Concentrados como estaban en sus cenas, ninguno de los habitantes se apercibió de aquellas figuras que se deslizaban por las paredes de la villa, al amparo del rumor de las conversaciones y el ruido de cacharros.

—Una figura de andares poco gráciles, por cierto —murmuré: la mujer iba resollando como un fuelle y hacía enorme escándalo.

Acabó por detenerse a la puerta de una construcción encalada, cuya puerta hallé entreabierta.

—Entrad ahí y subid.

—¿Que suba? —pregunté.

—¿Sois sordo?

—¿Qué? No. Pregunto por qué he de subir a ningún sitio.

—Yo no sé nada —dijo ella—. Me pagan y obedezco.

Escuchamos el paso metálico de la patrulla nocturna y la mujer se embozó los chapones y se perdió callejón abajo como alma que lleva el diablo.

—¡Espera! —susurré entre dientes.

Y viendo que la patrulla estaba ya próxima, atravesé aquella puerta y cerré tras de mí.

Allá en la empalizada que rodeaba la villa, se cantó la hora y las puertas de la villa también se cerraron.

## 2

Vine a dar a un almacén de aperos de pesca; entre aquellas cuatro paredes se amontonaban redes y bicheros y anzuelos de todo calibre.

Una escalerita que ascendía conducía a una trampilla abierta, a través de la cual se vislumbraba el cielo estrellado.

—Quién va —susurré.

Nadie respondió.

Visto que no podía salir a las calles y que no tenía mucho sentido quedarme allí dentro a pescar, decidí subir por la dicha escalera.

Salí a una terraza y allí me encontré con otra figura en sombras, que me daba la espalda. Por un momento creí hallarme ante el maldito Conrado Racú, que me perseguía para llevarse ahora la vida que antes me había perdonado. La figura se volvió al escucharme llegar, y enseguida se liberó del embozo que ocultaba su rostro.

—Dios bendito —murmuré, lleno de asombro—. Qué haces tú aquí.

—Mi señor —dijo el buen Bencomo.

Estrechamos las manos y aún cumplimos el reencuentro con un abrazo.

—Por todos los demonios, canario, explícate. Esa mujer…, ese soldado que me franqueó la salida del barco…

Él se reía; brillaban a la luz de la luna los dientes dorados.

—Una de las cosas que he aprendido de los conquistadores castellanos es que, en vuestro mundo, el oro todo lo puede. Nada como los dineros para comprar y torcer un par de voluntades, mi señor. He pagado por vuestra libertad.

—Pero cómo —repliqué—. ¿Es posible?

Señaló en derredor.

—Aquí estáis, y no encerrado en ese barco.

Desde lo alto de aquella construcción se atisbaban los otros tejados de La Ysabela. Acababa de liberarme el señor Dientescerdo, por ventura: todavía habrían de continuar la vida y obras de este viejo sicario de las muy Católicas Majestades.

Estreché su mano de nuevo, con grande fuerza.

—Te debo la vida. Una vez más, creo.

—Dejaos, dejaos —replicó.

Ya me veía yo libre, por cierto, pero perseguido; nada más amanecer y enterados de mi huida, los soldados de Colón habrían de ensartarme en cuanto me echaran la vista encima. Acaso mi destino estaba en volver a la selva con Racú y los indios, ya que me estaba vedado el contacto con mis camaradas blancos.

Y Bencomo, que debió leerme el pensamiento, señaló hacia el horizonte marítimo. Hasta nosotros llegaban las voces y risas desde la ensenada, mar adentro; se afanaban los marineros en sus naves, ultimando los detalles de la partida. Todos aquellos, que tanto habían luchado por viajar hasta allí, ahora no ansiaban otra cosa que volver a la seguridad de su árida Castilla, su Aragón helado.

—Vuestra escapada no termina aquí, mi señor, sino ahí.

—¿Ahí?

—Lo he dispuesto todo para que podáis embarcar en cuanto amanezca; regresáis al mundo, señor Fernando.

—Pero… eso es imposible, Bencomo —repliqué. De todo punto imposible, toda vez que carecía de los dineros que habrían de pagar mi lugar en la nave y mi sustento. Contemplaba yo las naves con ojos de niño desconsolado.

—Imposible.

Rebuscó Bencomo entre sus ropas delicadas. Sacó una bolsita de cuero, tomó mi mano e hizo que la guardara.

—Qué es esto —pregunté.

—Me parece un precio muy barato si este oro, amigo Fernando, consigue que volváis a Cádiz.

Me quedé en verdad muy azorado; y él, viendo que estaba a punto de tartamudear, rio con ganas y dijo:

—¡Tengo más!, no sufráis por dejarme pobre.

Contemplé la bolsa llena de pepitas. «Como en el caso del vino —murmuré—, también entre los hombres hay diferentes calidades».

—Te lo agradezco infinito, amigo mío.

Me dio una palmada en el hombro quitándole importancia a aquel regalo; se reía muy ufano, aquel hombre noble y bueno.

—Restan todavía algunas horas para que amanezca y podáis colaros en la nave. Habremos de aguardar aquí, tened paciencia.

# 3

Nos sentamos en aquella terraza a dejar que nos cayera la noche. Permanecimos en silencio un buen rato, contemplando nuestro derredor y disfrutando de aquella calma.

—Carajo —dijo él—, ¿os habéis fijado en lo bonitas que son las estrellas de las Indias?

—Son las mismas, Bencomo. Es solo que aquí, lejos de tu casa y tus culpas, con el bolsillo lleno de oro, además, te parecen más dulces.

—¿Son las mismas?

—Tan frías aquí como allí. Y tan bonitas, si quieres.

Sacó de su chaqueta una navaja y una fruta. La peló con grande parsimonia, desgajó un pedazo y me lo ofreció. Comí con ganas aquella fruta desconocida. Era muy rica y algo empalagosa. Luego, comió él.

Eché de menos un buen vaso de vino. A lo largo de la travesía, todo el vino se había echado por la borda, pues al señor Colón lo habían estafado los vinateros gaditanos y aquel brebaje asqueroso que le vendieron hedía a pescado. Tampoco es que dijese con ello ninguna cosa, si hasta el último tablón de aquella nao infecta parecía hecho de mar podrido y meados.

—Bencomo, ¿has probado el *grec de Nàpols*?

—No que yo sepa. O quizás lo bebí durante mi corta estancia en Nápoles, no lo sé, pues no tengo paladar para las cosas ricas.

—Es un buen vino. Lo conocen en Castilla como Griego de Nápoles, y no son pocos los que le sacan provecho en Génova y Bizancio, pero también a lo largo de la costa valenciana.

Durante un momento creí entrever en aquella voz de deje canario un rasgo de sana envidia.

—Yo apenas he probado el vino —dijo— y vos habéis conocido el mundo.

A mí mismo me sorprendió este detalle: en aquella terraza perdida de aquella villa perdida, el mundo entero parecía poca cosa. Hubiera dado las más hermosas ciudades, *il campanile di San Marco*, las vidrieras de *la Sainte-Chapelle*, por pisar de nuevo las arenas de las Canarias. Acudían a mi pensamiento igual que si me llamaran; y por cierto que me llamaban, la suya era la voz de cierta muchacha.

—¿Lo echáis de menos? —preguntó—. Nápoles, digo.

—Sí.

—¿Volveréis un día?

—Tengo toda la intención.

Me limpié la cara pasándome el antebrazo. Se me había quedado la boca dulzona y sedienta.

—¿Y tú? —le pregunté—. ¿Volverás a tu tierra?

Se rio.

—Dientescerdo está muerto —respondió—. No, señor Fernando, he encontrado mi camino, aquí en las Indias. Y espero de corazón que vos encontréis el vuestro.

Se quedó esperando a que le replicara. Que le contara acaso si había encontrado por fin a Conrado Racú. Mas yo callé, y él no quiso investigar más.

4

A la mañana siguiente, en el segundo día venido de febrero del año de nuestro Señor del noventa y cuatro, partieron de La Ysabela doce de las diez y siete naves que habían viajado hasta las Indias.

Una pizca del polvo dorado del amigo Bencomo, Dientesoro, había bastado para untar a los guardianes y procurarme aposento a bordo de una de aquellas doce bienaventuradas que regresaban a Cádiz; en aquella nave discreta y hermosa, que tenía por nombre La Blanquilla, pude al fin pasar desapercibido.

Acodado en la borda, como suelo hacer siempre, me ensimismé mientras nos alejábamos. Quedó la isla fuera de mi vista, poco a poco.

Algunas de aquellas naves que ahora desaparecían de mi mirada partirían días más tarde, a navegar entre las muchas islas que pueblan estos mares y capitaneadas por el señor Christoval Colón.

Colón era mal administrador de dineros o industrias; el suyo era el corazón de un aventurero. Solo esto le gustaba en verdad: navegar, encontrar una isla y bautizarla, encontrar otra y otra y otra.

Dejaría atrás La Ysabela, al cuidado de su hermano y expuesta a la ambición de tantos hombres que iban a levantarse contra el almirante y traicionarlo. Los colonos se resistirían a trabajar duro, ahora que se hallaban en la tierra prometida, y prefirieron folgar con las indias o levantarse en armas contra el señor Colón —deporte este en que destacaron—. Se le irían amotinando indios y hombres; y nunca halló el término medio para contentar a unos o a otros: si perdonó porque pretendía ser magnánimo, le perdieron el respeto; si porque no le perdieran el respeto quiso mostrarse inflexible, dio en ser un hombre cruel —de él, sus enemigos contaron que para castigar a algún rebelde había ordenado que lo desollaran vivo—.

Pobre Christoval, qué mala fortuna la suya. Aquel viaje segundo se saldaría con malos resultados: el oro del que tanto se hablaba ni era tanto ni tan fácil de encontrar. Viendo Colón que era poco el oro, comenzó a mandar esclavos indios a Castilla. Ysabel y Fernando se escandalizaban, cuando los veían llegar a palacio engrilletados y desnutridos; ordenaron a Colón que ya no enviara más y que cuidara «amorosamente» a los salvajes, que los cristianizara y dejara en paz sus indios culos.

El infeliz Colón todavía habría de hacer un par de viajes más.

Del tercero de ellos volvió a Castilla rodeado de cadenas, para que Ysabel y Fernando juzgaran tantos desmanes. Apenas hubo hombre en las Indias que no lo odiara a muerte.

El cuarto y último viaje lo haría casi por su cuenta, en tres pobres naos desvencijadas, pues había querido retomar el espíritu primero de su viaje del noventa y dos. Acabó encallado en una isla perdida durante un año, con una tripulación que iba muriendo poco a poco a su lado, de inanición y fiebres. De allí solo pudo salir gracias a que uno de sus enemigos tuvo a bien acudir al rescate.

Cuando consiguió al fin regresar al viejo mundo, estaba tan enfermo de gota y tan acabado física y moralmente, que duró pocos años más. Se retiró a un convento, sin fuerzas ya para ir a ver a sus majestades y solicitar los favores que se le debían. Y allí murió, olvidado y maldito.

Pobre Christoval, desgraciado hasta el fin. Durante algunos meses fue sin duda el hombre más afamado de los reinos de Ysabel y Fernando. Y luego, *Sic transit gloria mundi*. Yo creo haber llegado a conocerle bien, y sé que se removería en la tumba si se enterara de que este mundo que había hallado no eran sus pretendidas Indias. Y que su paraíso, ay, cómo es el destino, acabaría teniendo el nombre de otro descubridor, un florentín llamado Américo Vespucio, a quien también frecuenté, por cierto, años después, y que me pareció otro redomado cabrón.

En La Ysabela quedó el canario Bencomo, que ahora era un hombre rico y feliz. Bencomo y yo nos habíamos despedido antes de la partida. Hubo pocas palabras y mucha risa. Pude al fin agradecer al canario todo lo que había hecho por mí, y volvió a pedirme perdón por el mal que me hubiera ocasionado un día. «Eso —respondí yo ofreciéndole mi mano— lo hizo otro hombre, amigo Bencomo; no tú».

Nunca más volví a saber de él, pero hoy sé que el señor Conrado Racú tenía razón: todos aquellos colonos que eligieron permanecer en la isla murieron, enfrentados unos a otros, o de fiebres y de hambre. Si alguna vez rezo, cosa que ocurre en rara ocasión, aprovecho para pedirle a Dios que el amigo Dientescerdo encontrara un camino más feliz que aquel.

Carta del almirante Cristóbal Colón:

*Serenísimos y cristianísimos y muy altos y muy poderosos Príncipes Rey y Reina, Nuestros Señores.*

*Si mi queja del mundo es nueva, su uso de maltratar es de muy antiguo. Debo molestaros con la mención de un tal Fernando Corregidor y Valiente, hombre disoluto que no teme a Dios ni a su Rey ni Reina, lleno de achaques y malicias. A este dicho miserable lo había yo prendido en La Ysabela para ser justiciado, pero huyó de sus fierros en mala hora, y doy por cierto que logró embarcar en una de las carabelas que partieron hacia Cádiz.*

*Cierto es que será tarea dificultuosa encontrarlo, toda vez que de seguro se ha servido de un nombre falso y que el dicho canalla es muy capaz de torcidos ingenios para verse desaparecido entre esa grande cantidad de hombres que no merecen el agua para con Dios y con el mundo.*

*Tengo para mí, digo, que no lo hallaremos, mas Vuestras Altezas acordarán lo que en ello se deba facer y se cumplirá con ayuda de la Santa Trinidad con toda diligencia en manera que vuestras Altezas sean servidos,* Deo gratias.

El viaje de regreso fue eterno e incómodo. El capitán Antonio de Torres mantuvo el rumbo a la cuarta del griego, siempre derecho hacia la tramontana. En el trayecto me vi libre de mi viejo padecimiento, y estuve a salvo de ataques del Mal, pero no conseguí librarme al fin de las malditas fiebres, y pasé casi toda la travesía en el sollado, acostado sobre un tablón y tiritando. Al contrario de lo que pueda pensarse, este tiempo me fue muy grato, pues me dio espacio para reflexionar.

Todavía me hallaba pensando en la palabra que me había dado el Árbol; todavía venían a mi mente las de Conrado Racú, cuando me instaba a cerrar el camino que yo había empezado allí, fuera este cual fuera y maldito si yo lo conocía.

Llegado el sexto día de marzo nos cruzamos con una carabela pescantina llamada San Sergio, que bordeaba la costa africana de camino hacia Valencia. Solicité al capitán de La Blanquilla, previo pago, que me permitiera pasar a esta dicha nave, pues desde Valencia me sería más fácil transbordar hacia Nápoles.

He aquí que al atardecer crucé de una nave a otra y me uní a su tripulación. No resultaron pescadores sino contrabandistas, y eran dirigidos por un capitán apellidado Del Fierro, hombre listo y muy avispado para los números, que en cada cosa de la vida era capaz de ver negocio.

Cuarenta y cinco días después de mi partida de las Indias, apareció en el horizonte la silueta familiar del puerto valenciano.

Agradecí al señor Del Fierro su colaboración, con una pepitilla de oro que le puso los ojos contentos.

—¿Hay más de estas —preguntó—, allí de donde venís?

Sonreí.

—Mi capitán, no os aconsejo ese viaje hasta dentro de cuatrocientos años, por lo menos.

Me consta que me hizo caso; y seguramente esto le salvó la vida.

Llegó a mis oídos la noticia terrible: hacía ya que había muerto Ferdinando I di Napoli y Seçilia, el rey Ferrante, hijo bastardo de Alfonso el Magnánimo. Le dediqué para mis adentros unas palabras de despedida a mi amigo, y luego recé una oración por la salud de mi querida Nápoles: mucho iba a necesitar la ayuda de los Cielos ahora que el rey no estaba.

Con esto, pues, quedaba saldado el compromiso de mi misión. Me sentí tan liberado como si me hubiera quitado de encima varios celemines de trigo. Disponía otra vez de mi vida y de mis pasos, libres de nuevo para emprender cuanto quisiera.

Desde que lo encontrara en la tienda del jefe caniba, había traído conmigo el viejo pergamino que Posidonio había copiado del libro de Raziel, protegiéndolo con cuidado dentro de un cilindro de cuero. Acompañado de otro pellizco de oro, le hice entrega al capitán Del Fierro de la pieza maravillosa. Fueron precisas mis instrucciones acerca de que le fuera entregado en Cádiz al librero León Laguna, antes Samuel Ibn Daud. Mucho iba a agradecer este favor, y a buen seguro se lo recompensaría con creces.

Miré al cielo y me pareció encontrarlo más amplio que nunca, tan limpio y azul que impresionaba.

Había tenido mucho tiempo para pensar, en tanto que poco a poco iban apagándose aquellas malditas fiebres —vive Dios que, pese a haber pasado tantos años, a día de hoy aún sufro recaídas de estas calenturas; reaparecen como si nunca se hubieran ido del todo—. Mucho reflexioné, sobre mis aventuras, pero tenía claro cuál habría de ser mi próximo movimiento; no había pensado en otra cosa desde que la mujer árbol me dijera *la palabra*.

No dudaría, ahora que había comprendido por fin cuál era mi deseo. En el atestado puerto de Valencia, no tardé ni cuarenta y ocho horas en embarcar en un mercante que transportaba especias y frutas.

# DE CÓMO, AL FIN, Y A PESAR DE QUE SOY UN REDOMADO NECIO, TODO ADQUIERE SIGNIFICADO

## 1

Pasaron algunas semanas y entremedias pasaron algunas cosas.

Resulta difícil explicar cómo terminé cabalgando a la carrera por aquellos arenales; acababa de robar el caballo y solo gracias a él alcanzaba a tener una oportunidad de llegar a la playa antes de que partiera el barco, en mala hora.

—Arre, maldito —rugía yo, entre dientes, hincando talones.

La pobre bestia rebufaba en la galopada, y con aquellos brincos tanto más se resentían mis riñones que sus costillas.

Advertí que en la distancia se me cruzaban unas figuras en el camino, el diablo se las lleve. Se disponían a emboscarme aquellos arrapiezos que yo ya conocía, cada día más envalentonados: distinguí a las claras la espada de madera. Eché de menos el *puggio* que llevarme a la mano, mas estaba desarmado; ya para siempre lo estaría, durante el resto de mi vida.

—Arre, por tu madre.

Viendo que no estaba dispuesto a detenerme se dispusieron ellos a recibirme a pedradas, y más de una me rozó la cabeza. Hubieron de abrir un hueco para no ser atropellados y pasé entre aquellos mocosos desnudos como una exhalación.

Escuché que gritaban a mi espalda:

—¡Godo *jediondo*! ¡*Hihoputa*!

Suspiré.

—Tiene cojones —dije por lo bajo yo, que no me siento de ningún sitio, que en todas partes me consideran forastero, que no tengo pasado y a nada pertenezco.

A fuerza de mantener aquel galope iba a matar al caballo: el pobre, noble como él solo, resoplaba y resoplaba, pero mantenía el ritmo.

—Aguanta un poco, ya llegamos —le dije—. Aguanta, por favor, que mi destino depende de ti.

Ya se divisaba la alta vela del barco por encima de los arenales, asomando en la distancia como la punta de un campanario.

—No te me vayas a morir ahora, que ya está ahí la playa.

La hallé en esta ocasión mucho más vacía, ahora que no estaban las naves del señor almirante Colón: apenas unos pescadores y alguno de aquellos niños pedigüeños que iban a la caza de amo. Accedí a la playa con grande estruendo, levantando arena sobre aquella montura mía que estaba a punto de echar el corazón por la boca.

Descubrí en el mar la barca, allá al fondo, en dirección a la nao que aguardaba a un centenar de varas de la costa. Nadie viajaba en la dicha barca, sino el marinero que remaba y una mujer que me daba la espalda.

—Dios mío —musité—. ¡Arre!

Hinqué talones y encaminé al caballo hacia la orilla, a fin de que me permitiera salvar aquellas primeras olas que más entorpecerían mi camino hacia la barca.

—¡Espera! —grité—. ¡Ah de la barca, espera!

No se detuvo el marinero, cada vez más cerca de la nao.

Las dos bestias penetramos en el agua, atravesando el oleaje; hubo primero el natural recelo del caballo; mas, noble hasta el fin, ni la marejada ni el agua fría impidieron su marcha. Cada ola que rompía contra nosotros detenía un instante nuestro paso decidido, pero el caballo seguía su rumbo hacia la barca.

Qué sobresalto al encontrar mi reflejo en el agua, fue como ver a un desconocido: me hallé demacrado, ojeroso y mucho más flaco. Mis cabellos eran casi todos blancos, a excepción de unos pocos, aquellos rebeldes empeñados en resistir la batalla.

—¡Espera! —gritaba.

La mujer escuchó mi voz y se dio la vuelta. Me descubrió en el mar, se alzó dentro de la barca.

Pocas varas quedaban ya para que el caballo dejara de hacer pie, de manera que allí separé nuestros caminos. Detuve al animal entre dos olas y bajé de un salto.

—Gracias —le dije dándole un beso en la frente.

Él reculó para regresar a la orilla y yo eché a nadar hacia la barca. Nadaba, nadaba, y entre las brazadas luchaba por aspirar una gota de aire.

## 2

—¿Fernando? —exclamó Daida, perpleja, en aquella cáscara de nuez; y después gritó—: ¡Fernando!

Me parecieron leguas, aquellas varas que nos distanciaban. La corriente me devolvía a tierra; cada brazada mía era un paso perdido.

—¡Daida!

—¡Fernando!

—¡Coño —exclamé con el agua por la barbilla—, me aho…!

Fue como si Neptuno tirara de mí hacia abajo; o acaso era el diablo, que viendo que no había podido hacerse conmigo en tierra, aprovechaba la alta mar para llevarse mi alma. Ya fuera por hache o por be, me hallaba hundiéndome hacia el abismo, exhaustas las fuerzas y rendido al fin, tal que si estuviera relleno de piedras.

Allá adelante irrumpió en el agua una figura, como si la rompiera. Una figura que se hundía en la oscuridad en mi busca, abriéndose paso a brazadas, a brazadas. Era una sirena con faldas, era un ángel. Daida acudía a mi rescate, una vez más.

Bajo el agua y a cierta distancia todavía, hablé con ella en mi mente. Lo primero que le pregunté es si había tenido problemas con el Santo Oficio, y, lo juro, la escuché: me dijo que no con el pensamiento. Muerta la *sayyida*, Torquemada había abandonado la isla pocos días después de mi marcha, al enterarse de que yo había embarcado.

Asediado por los espectros de sus víctimas, el gran inquisidor acabaría buscando refugio en un frío monasterio de Ávila, y ya no se atrevería a salir nunca más. La muerte le llegaría en apenas cinco años. El diablo le tenga en su seno, pido al Cielo que a día de hoy todavía se estén divirtiendo los demonios en avivar el fuego eterno que abrase su alma.

Yo me hundía, por cierto, en el infierno marino y Daida se aproximaba a mí, hinchando los mofletes para contener el aliento. A pocas varas de distancia me sonrió. «¿Es que tengo que pasarme la vida salvándote?», me preguntó con los ojos.

Agarró mi mano. Tiró de mí. Dio en patalear y en abrirse paso con un solo brazo en aquel mundo de agua. Tiraba de mí, digo, y yo me dejaba llevar, muerto ya. Porque debía estar muerto, seguro: nunca experimenté tanta felicidad en vida.

Imaginé que le hablaba, entre burbujas, bajo el agua: «Han pasado tantas cosas, canaria…». Mientras ella me conducía hacia la superficie, poco más o menos le conté con el pensamiento las alegrías y penas que me habían ocurrido; las cosas buenas y las espantosas. Le hablé del señor Dientescerdo, que me había cuidado como el más fiel de los amigos; del almirante Colón y del doctor Chanca; de los temibles caniba comedores de hombres. También le hablé del Árbol, de cierta *palabra* que me había entregado. Ah, la palabra.

Hacía tanto que yo no respiraba que el mundo comenzó a tornarse negro a mis ojos. Era como uno de mis consabidos ataques del Gran Mal, pero más sereno; un ataque calmoso de la muerte, que se apoderaba de mi vida despacito.

«Adiós, canaria», le dije sin hablar.

Y ella, que debió escuchar mi pensamiento, me respondió que no con la expresión de su rostro, tiró de mí con tanta fuerza que a punto estuvo de descoyuntarme el brazo y de un momento a otro emergí fuera del agua, saqué la cabeza en una explosión de espuma y de aire. Vivo. Vivo todavía, más vivo que nunca. En la nao cercana el pasaje rompió a gritar y a dar vítores, asomados todos a la popa como quien contempla un número de circo y muy contentos de mi salvación.

A mis pies, bajo el agua, se retiraba hacia sus dominios oscuros Neptuno. O quizás, quién sabe, era el diablo quien se alejaba hacia lo profundo, con el condenado rabo entre las piernas. «Será otro día, grandísimo cornudo —decía el maldito—. Será otro día».

## 3

Daida me sostenía pasándome el antebrazo por debajo de la barbilla; a duras penas me mantenía a flote la pobre, y con la mano libre le hacía señas al marinero de la barca.

—¡Aquí! ¡Aquí, buen hombre!

Nada más vernos comenzó a remar hacia nosotros.

—¡Ay, mi madre, Fernando —decía ella sosteniéndome para que no me hundiera—, qué flaco estás!

—Nada como una temporadita de placer en las Indias —musité yo; y, sonriendo, añadí—: Cómo me alegro de verte, canaria.

—¡Pero qué haces aquí!

Yo alzaba la barbilla para impedir que me entrara el agua en la boca.

—Fui a buscarte a casa del gobernador. El esclavo negro, Cástor...

—Gaspar.

—Ese. Me dijo que acababas de partir hacia la playa de La Luz y que ibas a embarcar para abandonar la isla.

El marinero aproximó la embarcación junto a nosotros y entre él, que tiró de mí por el cuello, y ella, que me empujó por salva sea la parte, acabé cayendo en el interior de la barca con un golpe sonoro.

—¡Ay!

El marinero me contemplaba asombrado.

—¡Pero, por el amor de Dios, vos de dónde salís!

Me hizo gracia la ocurrencia y respondí muy divertido:

—Del Hades.

Puso cara de que no le sonaba el dicho barrio. Ya se aupaba la canaria, mucho le pesaban las faldas mojadas; mas era toda ella una pura juventud portentosa y no le fallaron las fuerzas, acabó entrando en la barca conmigo.

—Adónde te marchabas —le pregunté—. Adónde va esa nao.

—A Cádiz —dijo ella.

Y yo le pregunté al marinero si a bordo había sitio para otro.

—Siempre hay sitio si uno paga —respondió, y se dispuso a remar.

## 4

Puede que aquella fuera la primera vez que me acodaba en la popa de un barco en compañía. Observamos Daida y yo cómo nos íbamos alejando de su tierra querida, la Gran Canaria se hacía pequeñita poco a poco.

El pasaje nos había recibido con mucho alborozo, tras el incidente de la barca; y nada más subir por la escalerilla y acceder a la nao enseguida nos trajeron mantas; pronto pudimos secarnos y entrar en calor: ayudaba, eso sí, aquel bendito clima.

—Habría jurado —dije yo— que precisamente tú serías la última que abandonara esa isla. ¿Por qué Cádiz? —pregunté—. ¿Qué te traes entre manos?

Daida se encogió de hombros.

—Voy en busca de cierto maestro de esgrima, un contrabandista germano que fue, en tiempos, armero de tus majestades, los reyes; un tal Braumann.

Bien conocía yo al dicho caballero.

—Fue él quien enseñó a Racú. Y antes me enseñó a mí.

Esto iluminó sus ojos.

—¿Eso es cierto?

—Ya lo creo. ¿Qué buscas tú del maestro Braumann, canaria?

—Pretendo que me enseñe a espadear.

Sonreí. Hessa Buneder lo había visto, como viera tantas cosas: por suerte o por desgracia, el de la Cerradura ya no sería el tiempo de las letras, sino el de las armas.

Daida contempló mi sonrisa y también sonrió.

—Todavía quedan muchas batallas que luchar en mi isla, Fernando. Esta *sayyida* pretende volver y resolverlas.

La observé de arriba abajo, admirado en verdad.

—Daida la espadachina, la de los grandes ideales.

—¿Te burlas de mí?

—Al contrario —respondí. Ahora eran mis ojos los que brillaban.

Algo azorada, prefirió ella cambiar de tema, pues mucho le incomodaba ser el centro de las atenciones.

—Déjame verte —dijo—. No me lo puedo creer todavía.

Me aferré al olor de sus manos, a su piel canaria; creí que nunca más habría de soltarla. Contemplé su rostro.

—Qué bonita —murmuré.

Y se puso tan roja que hasta ella misma se rio.

—No reconozco a este zalamero que ha vuelto, ¿eres tú de verdad?

—Puede que sea otro.

Ella acarició mi rostro.

—Pero qué flaco estás —dijo, asombrada. Y su mano obró maravillas en mi piel, creía que curaba de golpe la fiebre que pudiera quedarme.

Tenía Daida tantas preguntas que no sabía por dónde empezar, pero una cuestión le preocupaba por encima de todo:

—¿Y Racú? Hace unas semanas tuve un sueño.

—¿Un sueño?

—Sí —respondió ella—. Soñé que volvías y me contabas que habías hecho un viaje larguísimo para encontrarlo, lleno de aventuras. Me contabas que en ese viaje habías conocido a un hombre sin dientes, que se convertía en el más fiel de los amigos; y que discutías con el almirante Colón y también que habías escapado de una tribu de comedores de hombres.

Palidecí.

—Sigue. Qué más te contaba.

—Que habías encontrado a Racú y que él te había conducido hasta un árbol inmenso. Un árbol que hablaba.

Observé el mar encrespado, el Atlántico infinito. Allí seguía la Gran Canaria, perdiéndose a nuestros ojos.

—Y qué decía el dicho árbol —pregunté.

—En el sueño me contabas que te había dicho una palabra. Pero no llegabas a decirme cuál, porque ahí me desperté.

Creía estar febril de nuevo. Giré mi cuerpo hacia ella y, deseoso de su cercanía, la tomé entre mis brazos.

—Qué ciego estuve, Daida. Tú lo sabías; dímelo. Di que sabías que aquel viaje mío era muy estéril.

Sonrió; acariciaba aún mi rostro, mi barba.

—Y pese a verlo —murmuré— tú dejaste que cumpliera mi camino. «Hay quien no sabe cómo vivir si no es perdiéndose».

Rio emocionada. Y también asomó una lágrima en sus ojos.

No sabe uno cómo se desarrollan las cosas; a veces ocurren, sin más, y parece que no medie la voluntad por el camino, sino que pasan porque han de pasar. Sus labios acariciaron los míos, tal que antes me acariciaban sus manos. Daida se reía y lloraba a la vez, igual que yo. Traté de entrar en ella, y ella respondió entrando en mí. Allí, con la Gran Canaria de fondo en el horizonte, se fundieron nuestras bocas, buscando cada uno algo dentro del otro, algo muy lejano.

En mi mente inicié ciertos andares por su cuerpo, sabrosos a ambos. Mis dedos se crecían en su piel, conociendo así las canarias carnes, tan tersas, tan delicadas como yo había soñado. Llenaban mis manos como un agua balsámica, me devolvían poco a poco el viejo ardor, perdido hace tanto.

Dejamos de soñar de pronto, porque abandonó mis labios para enfrentarme la mirada. Tenía los ojos ardiendo en fuego.

Solo entonces, torpe de mí, fui capaz de armar todas las piezas y comprendí por fin. «Cumple tu destino», me había dicho la *sayyida* Hessa Buneder, y yo, qué necio fui, había creído siempre que se refería a quitarle la vida a Conrado Racú. Acaso esto mismo le había pasado a él una vez le dijo el árbol su *palabra*, y abandonó con desprecio el pergamino de Posidonio en la tienda caniba: se pasa uno la vida persiguiendo un sueño, luchando contra vientos y mareas por llegar, en tanto que el verdadero significado de su vida se encuentra frente a nosotros, tan cerca que somos incapaces de verlo. «Ella será la próxima *sayyida*», me había dicho la Buneder. Y cuánta razón tenía.

—Enséñame, canaria —suspiré.

—¿Yo? ¿Enseñarte yo?, a qué.

Hundí mis labios en ese hueco maravilloso que tomaba asiento entre su clavícula y el cuello. Todo su cuerpo vino a estremecerse.

Abrazado a ella, murmuré:

—Enseñarme a ver el mundo con tus ojos. Se me ha olvidado cómo es la luz.

Por primera vez en mucho tiempo, acaso por primera vez en mi vida, tuve la certeza de que estaba en paz.

—Devuélveme los ideales.

No sabía yo en ese momento cuál habría de ser el camino que Daida y yo tomaríamos; si después de Cádiz regresaría con ella a la Gran Canaria, si viajaríamos a Nápoles, o a otro lugar del mundo —la Tierra era ya un poco más pequeña, gracias al señor Colón—. Mas una cosa era segura: ella había prometido enseñarme a entender el mundo con sus ojos. Al menos durante una época de nuestra vida íbamos a compartir ese camino.

A mi mente vino el instante en que la mujer árbol me entregaba *la palabra*, por más que yo no fuera allí capaz de comprender su alcance. Había sido necesario todo lo anterior, y también lo siguiente, cada regalo y cada penuria transcurrida a lo largo de mi vida, para que yo llegara hasta este momento y adquiriera significado al fin *la palabra* que ella me entregó; pues el destino, que es muy marrullero, también es sabio en ocasiones.

A mi mente vino el instante; cuando, en un susurro sobre mis labios y sonriendo, el Árbol del Conocimiento me dijo *mi palabra*:

—«Daida».

# AGRADECIMIENTOS

Este viaje, tan largo, tan duro, fue solo posible gracias a la concurrencia de muchas fuerzas; mucha gente aportó su granito de arena para que la aventura de Fernando Corregidor y Valiente llegara hasta tus manos. Los autores quisieran expresar su agradecimiento a Noelia Berlanga, que estuvo allí cada día; a Fabiola Irisarri, a Ana García Aranda, a Salva Castañón y Carmen Calatrava. A Lourdes Gil Romero y a Jachi Irisarri, que nos ayudaron con la sinopsis; él no lo sabe, pero aparece haciendo un cameo; a Francisco Álcazar. Durante un tiempo, buena parte de la novela transcurría en el interior de Gran Canaria; para que los personajes pudieran moverse a través de aquellos territorios, los autores contactaron con Antonio Vera a través de su blog *Los pasos que dejamos atrás - Senderismo en Gran Canaria*; su ayuda ideando caminos y trayectos fue inestimable.

Sería imposible detallar cada uno de los libros, webs, cartas, películas, documentales y ensayos que sirvieron de documentación a los autores durante el proceso de creación de esta novela, pero sí querrían expresar un reconocimiento explícito a ciertos trabajos: *Canarias en el archivo de protocolos de Sevilla* y *Las míticas carabelas*, ambos de Francisco Morales Padrón; *El segundo viaje colombino*, de M.ª Montserrat León Guerrero; *La historia de Canarias en episodios*, de Carlos Platero; *La conquista en primera persona. Las fuentes judiciales*, de Eduardo Aznar Vallejo; *Las viejas y desaparecidas casas consistoriales*, de Tomás Espinosa San José; *Historia de las siete islas de*

*Canaria*, de Tomás Arias Marín de Cubas; *Historia de la conquista de las siete islas de Gran Canaria* (sic) de fray Juan de Abreu; *Los judeoconversos y la creación de la inquisición canaria a través de un documento inédito*, de Luis Alberto Anaya Hernández; *Los mercaderes y la trata de esclavos Gran Canaria siglo XVI, Los libertos en la sociedad canaria del siglo XVI y Las Palmas en el siglo XVI: una ciudad de artesanos*, todo ellos de Manuel Lobo Cabrera; *Actitudes lingüísticas de los hablantes de Las Palmas de Gran Canaria hacia su propia habla*, de Janne Helen Johansen-Toft; *Alimentos requeridos para el segundo viaje de Colón*, de Jaume Camps; *Aproximación a la lengua coloquial del siglo XV en el Bajo Aragón*, de M.ª Nieves Vila Rubio; *Colón en Canarias*, de Miguel Santiago; *Conocimientos científicos técnicos de los guanches*, de José Molina González; *La construcción y destrucción del fuerte de la Navidad en 1493: un ejemplo de conquista y de resistencia*, de Luis J. Ramos Gómez; *Corregidores y Gobernadores en Canarias entre los siglos XV-XVIII*, de Zaida Díaz Díaz; *Documentos de los Reyes Católicos (1475-1491)*, edición de Andrea Moratalla Collado; *Doramas: su verdadera historia*, de Juan Álvarez Delgado; *El desarrollo histórico de la población canaria: la evolución del régimen demográfico antiguo (1520-1940)*, de Juan Francisco Martín Ruiz; *Ensayo sobre historia de Canarias*, de José A. Alemán, Oscar Bergasa, Faustino García Márquez y Fernando Redondo; *Ensenadas y puertos de Gran Canaria*, de Alfredo Mederos Martín y Gabriel Escribano Cobo; *Fernán Guerra, adalid mayor de la conquista de Gran Canaria y promotor de la fundación de Las Palmas*, de Antonio Rumeu de Armas; *La formación urbana de Las Palmas*, de Eduardo Cáceres Morales; *La evolución de los tiempos verbales en el español del siglo de oro a través de las primeras gramáticas*, de Mónica González Manzano; *La lengua de Cristóbal Colón*, de Ramón Menéndez Pidal; *La toponimia de Gran Canaria en el tiempo en que Colón pasó por ella*, de Maximiano Trapero; *Niveles socio-culturales en el habla de Las Palmas de Gran Canaria*, de Manuel Alvar; *Origen y noticias de lugares de Gran Canaria*, de Humberto Manuel Pérez Hidalgo; *Planos históricos de Las Palmas de Gran Canaria*, de Alfredo Herrera Piqué; *Precisiones cronológicas sobre los primeros gobernadores de Gran Canaria (1478-1529)*, de Mariano Gambín García; pero sobre todo *La conquista de Tamarant (Gran Canaria) desde la perspectiva del derecho. Los pactos de la anexión y Guayedra*, de Normando Moreno Santana; y la imprescindible carta de Diego Álvarez Chanca. Los autores invitan al lector curioso a participar de la lectura de estos textos si busca ahondar en algunos de los hechos recogidos en esta novela.

Desde el principio pretendíamos crear un español imposible, que sonara a medieval pero que fuera comprensible para el lector moderno. A veces tuvimos que sacrificar la pura corrección gramatical, para espanto de nuestro editor de mesa, que nos advertía de las incorrecciones. Vaya para Fernando Contreras nuestro agradecimiento, por su entrega, profesionalidad y paciencia.

Nuestro agradecimiento también a esos dibujantes de mapas fabulosos, cuyos monstruos al final de la tierra nos han hecho soñar.

Gracias a Alicia González Sterling, siempre. Y al luminoso equipo editorial que ha ayudado a nacer a esta novela: Elena García-Aranda, M.ª Eugenia Rivera, Guillermo Chico, Laura Torrado, Juan Carlos Fernández, Mónica Sota, Estrella García, Ángel Mendiola y Luis Pugni.

Gracias sobre todo a quienes nos leen, a quienes escriben reseñas de nuestras novelas, a quienes nos siguen en redes y nos apoyan; ellos son quienes, con su cariño, le dan sentido a este oficio.

# DRAMATIS PERSONAE

**Airam.** Niño canario mestizo con mirada de rey al que Fernando encuentra amenazado por unos esclavistas.

**Álvarez Chanca, Diego.** Médico sevillano que se ofrece voluntario para el segundo viaje a las Indias del señor Colón.

**Álvarez de Maldonado, Francisco.** Gobernador civil del Real de Las Palmas.

**Buneder, Hessa.** *Sayyida* morisca, hija de filósofo y nieta de astrónomo. Ella es la Cerradura.

**Calenda, Constanza.** Anciana anatomista, cirujana y profesora de medicina afincada en Nápoles.

**Cerradura, maese.** Personaje enigmático que vive en la clandestinidad, autor de numerosos escritos prohibidos por la Iglesia.

**Colón, Christoval.** Aventurero y marino de origen incierto que acaba de descubrir un camino más corto hacia las Indias y que organiza ahora un segundo viaje.

**Corregidor y Valiente, Fernando.** Es el nombre falso de este antiguo espía al servicio de los reyes de Aragón y Castilla, que vive su retiro dorado en Nápoles, como tasador de obras de arte.

**Daida.** Joven canaria rebeldona y aguerrida que sirve en casa del gobernador.

**Dientescerdo, Bencomo.** Canario repudiado por los suyos que viaja hasta las Indias buscando labrarse un nuevo futuro.

**Ferrante.** Reina en Nápoles desde hace treinta y cinco años pese a ser hijo bastardo.

**Gaspar.** Esclavo negro del gobernador Maldonado, muy dotado para la música.

**Juana.** Joven hermana del rey Fernando el Católico, se casó con su tío Ferrante y reina en Nápoles.

**Laguna, León; antes Samuel Ibn Daud.** Librero y vendedor de antigüedades afincado en Cádiz, poseedor de un importante pergamino.

**Malpartida, Vinicio.** Enigmático personaje que, en la sombra, mueve los hilos de la política de los reyes de Aragón y Castilla.

**Mayorga, Juan, el Viejo.** Alguacil del Real de Las Palmas, al que Fernando asiste cuando aquel recibe una pedrada en la cabeza.

**Montebianco, Federica.** Astuta y bella espía, antigua enemiga de Fernando, con quien también ha mantenido amores.

**Quevedo, Normando.** Armero y fabricante de armas afincado en Las Palmas. Padre de Airam.

**Racú, Conrado.** Espía y sicario a sueldo de la Corona, sustituto de Fernando en el cargo, a quien todos creen muerto desde hace años.

**Torres, Antonio de.** Capitán. Segundo al mando en la segunda expedición de Colón.

**Torquemada, Tomás de.** Fraile dominico, gran inquisidor del Santo Oficio. Artífice de la expulsión de los judíos.